로마 이야기

로마 이야기

줌파 라히리
이승수 옮김

Racconti
Romani

마음산책

옮긴이 이승수

한국외국어대학교 이탈리어학과를 졸업하고 같은 대학교에서 비교문학 박사학위를 받았다. 한국외국어대학교 이탈리아어통번역학과에서 강의하고 있다. 『내가 있는 곳』『책이 입은 옷』『이 작은 책은 언제나 나보다 크다』『다뉴브』『페레이라가 주장하다』『폭력적인 삶』『넌 동물이야, 비스코비츠!』 등을 우리말로 옮겼다.

로마 이야기

1판 1쇄 발행 2023년 10월 10일
1판 2쇄 발행 2023년 10월 25일

지은이 | 줌파 라히리
옮긴이 | 이승수
펴낸이 | 정은숙
펴낸곳 | 마음산책

편집 | 성혜현 · 박선우 · 김수경 · 나한비 · 이동근
디자인 | 최정윤 · 오세라 · 한우리
마케팅 | 권혁준 · 권지원 · 김은비
경영지원 | 박지혜

등록 | 2000년 7월 28일(제2000-000237호)
주소 | (우 04043) 서울시 마포구 잔다리로3안길 20
전화 | 대표 362-1452 편집 362-1451 팩스 | 362-1455
홈페이지 | www.maumsan.com
블로그 | blog.naver.com/maumsanchaek
트위터 | twitter.com/maumsanchaek
페이스북 | facebook.com/maumsan
인스타그램 | instagram.com/maumsanchaek
전자우편 | maum@maumsan.com

ISBN 978-89-6090-844-4 03880

* 책값은 뒤표지에 있습니다.

노르, 옥타비오, 알베르토에게: 10년 후

그동안 도시는 성장했고,

당시 거주했던 것보다 많은

미래의 인구를 생각하며

요새화할 다른 장소를 찾았다.

—티투스 리비우스, 『리비우스 로마사 1』

그러나 아직 요한의 방식대로

해안은 열려 있었고

어떤 파도도 길을 막지 않았다.

—오비디우스, 『변신 이야기』

차례

■ 일러두기

1. 이 책은 줌파 라히리가 이탈리아어로 쓴 『Racconti Romani』(Ugo Guanda Editore, 2022)를 번역한 것이다.
2. 외국 인명, 지명, 작품명 및 독음은 외래어표기법을 따르되 관용적인 표기와 동떨어진 경우 절충해서 실용적 표기를 따랐다.
3. 주석은 모두 옮긴이 주이다.
4. 본문 중 고딕체는 원서에서 이탤릭체나 대문자로 강조한 부분이다.
5. 책 제목은 『 』로, 편명은 「 」로, 잡지와 신문 등의 매체명은 〈 〉로 표기했다.

모든 갈망은 결정이 된다.

I

경계

1

매주 토요일이 되면 새로운 가족이 찾아온다. 어떤 가족은 멀리서 아침 일찍 도착하여 벌써 휴가를 즐길 준비를 한다. 또 어떤 가족은 해가 질 때까지 나타나지 않는데, 아마도 길을 잃은 후라 기분이 나쁠 것이다. 언덕들 사이 이정표가 적어서 이곳은 길을 잃기 쉽다.

오늘 새로운 가족이 나타났을 때는 내가 그들을 맞는다. 보통은 엄마가 하는 일이다. 올해 엄마는 휴가 중인 한 노인을 돕기 위해 인근 마을에서 여름을 보내야 하므로 내가 엄마 일을 맡았다.

새로 온 가족은 네 명이다. 어머니, 아버지, 두 딸. 그들은 이제야 다리를 뻗을 수 있게 돼 기뻐하며 눈을 또랑또랑 뜨고 나를 따라온다.

우리는 잔디밭이 내려다보이는 그늘진 파티오에서 빛을 걸러내는 나뭇가지 지붕 아래 잠시 머무른다. 나는 미닫이 유리문을 열고 숙소 내부를 보여준다. 벽난로 앞에 두 개의 푹신한 소파가 있는 예쁜 거실, 잘 갖춰진 주방, 두 개의 침실.

파티오에는 안락의자 두 개와 흰색 천으로 덮은 소파가 있다. 누울 수 있는 선 베드와 열 명이 둘러앉을 수 있는 커다란 나무 탁자도 있다.

아버지가 차에서 짐을 내리기 시작하고, 일곱 살과 아홉 살 소녀들이 방으로 사라지며 곧바로 문을 닫는 동안 나는 두 소녀의 어머니에게 여분의 수건과 쌀쌀한 밤에 필요한 모직 담요가 있는 곳을 알려준다.

나는 쥐약이 어디에 숨겨져 있는지도 재빨리 그녀에게 보여준다. 잠자리에 들기 전에 집 안을 날아다니는 파리를 죽이라고, 그렇게 하지 않으면 새벽에 파리가 윙윙거리는 소리에 금방 귀찮아질 거라고 넌지시 알려준다. 나는 슈퍼마켓에 가는 방법, 집 뒤에 있는 세탁기를 작동시키는 방법, 내 아빠가 가꾸는 채소밭 바로 너머 빨래를 너는 곳을 그녀에게 설명한다.

나는 손님들이 마음껏 양상추와 토마토를 딸 수 있다고 덧붙인다. 올해는 토마토가 많이 열렸는데 7월 장마로 지금은 거의 다 썩었다.

2

나는 그들을 관찰하지 않는 척, 신중하게 행동한다. 나는 집안일에 열중하고 정원에 물을 주지만, 그들 가족이 이곳에 휴가 왔다는 것에 흥분하고 신난다는 걸 느끼지 않을 수 없다. 나는 잔디밭을 달리는 소녀들의 목소리를 듣고 그 아이들의 이름을 익힌다. 손님들은 미닫이문을 항상 열어두는 경향이 있기 때문에 나는 부부가 집을 정리하고, 짐을 풀고, 점심에 뭘 먹을지 결정하는 동안 주고받는 말을 듣는다.

우리 가족이 거주하는 작은 집은 숙소에서 몇 미터 떨어져 있는데, 높다란 울타리가 집을 보이지 않게 가려준다. 오랜 세월 우리 집에는 가족 셋이 사용하는 부엌 겸 침실 역할을 하는 방 하나가 전부였다. 그러다가 2년 전 내가 열세 살이 되었을 때, 엄마는 어떤 노인을 위해 일하기 시작했고, 부모님은 그렇게 돈을 충분히 저축한 후에 집주인에게 나를 위한 작은 방 하나를 추가로 만들어달라고 부탁했다. 그 방에는 밤에 벽과 천장 사이 틈으로 통통한 도마뱀이 나온다.

아빠는 집 관리인이다. 아빠는 손님들이 머무는 집을 관리하고, 장작을 패고, 밭과 포도원에서 일한다. 집주인이 애지중지하는 말들도 돌본다.

집주인은 해외에 살고 있지만 우리와 같은 외국인은 아

니다. 집주인은 이따금 이곳에 온다. 그는 가족이 없는지 늘 혼자 온다. 낮에는 승마를 하고 저녁에는 난로 앞에서 책을 읽다가 다시 떠난다.

그의 집을 1년 동안 임대하는 손님은 거의 없다. 이곳의 겨울은 살을 에듯 춥고 봄에는 비가 많이 내린다. 9월부터 다음 해 6월까지 아버지는 나를 아침마다 차로 학교까지 데려다주시는데, 학교에서 나는 내가 남들과 좀 다르다고 느낀다. 나는 다른 학생들과 쉽게 섞이지 못하고, 학교에는 나와 비슷하게 생긴 학생이 없다.

이 가족의 어린 소녀들은 서로 아주 많이 닮았다. 아이들이 자매임을 금방 알 수 있다. 소녀들은 나중에 여기에서 약 20킬로미터 떨어진 해변에 가기 위해 벌써 똑같은 수영복을 입어보고 있다. 소녀들의 어머니도 날씬하고 키가 작아 소녀처럼 보인다. 그녀는 매끄럽게 흘러내리는 긴 머리, 가냘픈 어깨를 가지고 있다. 고슴도치, 말벌, 뱀이 있을지 모른다고 남편이 훈계해도 그녀는 풀밭을 맨발로 걷는다.

3

불과 몇 시간이 지났는데 그들은 마치 이곳에서 오래전부터 살아온 사람들 같다. 일주일 동안 쓰려고 시골로 가져온 물건들이 사방에 흩어져 있다. 책, 잡지, 노트북, 인형, 운동복, 색연필, 노트, 고무 슬리퍼, 자외선차단제. 점심시간에 그들 가족이 접시를 달그락거리는 포크질 소리가 들리고, 그들 중 한 명이 테이블 위에 유리잔을 내려놓을 때마다 매번 나는 그걸 느낀다. 나는 그들의 느긋한 대화를 듣고, 커피 메이커 소리와 커피 향기, 담배 연기를 감지한다.

식사 후 아버지는 딸들 중 한 명에게 안경을 가져다 달라고 부탁한다. 그는 오랫동안 지도를 연구한다. 주변의 구경할 만한 마을, 고고학 유적지, 발굴지를 정리한다. 어머니는 관심이 없다. 그는 이번 주가 업무, 약속, 의무가 없는 1년 중 유일한 한 주라고 말한다.

얼마 뒤 그는 딸들과 함께 바다로 떠난다. 그는 가기 전에 시간이 얼마나 걸리는지, 어느 해변이 가장 좋은지 내게 묻는다. 그는 나에게 이번 주 일기예보를 묻고, 나는 그에게 며칠 안에 무더위가 시작될 것이라고 말한다.

어머니는 집에 남아 있다. 그녀는 일광욕을 위해 수영복을 입었다.

그녀는 선 베드에 눕는다. 나는 그녀가 쉬고 싶어 하는 것 같다고 생각했지만 빨래를 널러 갔을 때 보니 그녀는 무언가를 쓰고 있다. 그녀는 다리 위에 수첩을 올려놓고 펜으로 뭔가를 적고 있다.

이따금 그녀는 고개를 들고 주변 풍경을 살핀다. 그녀는 저 멀리 초원, 언덕, 숲에 펼쳐진 다양한 빛깔의 녹음을 응시한다. 눈부시게 파란 하늘, 노란 건초. 빛바랜 난간과 땅의 경계를 표시하는 낮은 돌담. 내가 매일 보는 모든 것을 그녀가 본다. 그러나 나는 그녀가 그것들 말고 무엇을 더 보는지 궁금하다.

4

해가 지면 그들은 모기에 물리지 않기 위해 스웨터와 긴 바지를 입는다. 해변을 다녀온 후 아버지와 딸들은 뜨거운 물로 샤워를 해서 머리카락이 젖었다.

소녀들은 불타듯 뜨거운 모래, 약간 탁한 물, 조금은 실망스런 약한 파도 등 자신들의 물놀이에 대해 어머니에게 이야기한다. 온 가족이 짧은 산책을 한다. 그들은 말, 당나귀, 마구간 뒤 돼지우리에 갇힌 멧돼지를 보러 간다. 그들은 먼지 날리는 길에서 차들을 몇 분간 막으며 매일 이 시간에 집 앞을 지나가는 양 떼를 구경한다.

아버지는 휴대폰으로 연신 사진을 찍어댄다. 작은 야생 자두나무와 무화과나무와 올리브나무를 딸들에게 보여준다. 그는 나무에서 딴 과일이 들에서 햇볕을 받고 자라기 때문에 맛이 다르다고 말한다.

파티오에서 부부는 와인 한 병을 따고 치즈와 이 지역 꿀을 맛본다. 그들은 노을이 불타오르는 풍경에 감탄하고 거대하고 빛나는 구름에 감탄을 금치 못한다. 10월의 석류 색.

밤이 내린다. 그들은 개구리 소리, 귀뚜라미 소리, 살랑거리는 바람 소리를 듣는다. 산들바람이 불지만 그들은 노을빛을 보기 위해 야외에서 식사하기로 결정한다.

내 아빠와 나는 조용히 안에서 저녁을 먹는다. 식사하는 동안 아빠는 시선을 올리지 않는 경향이 있다. 엄마 없이는 식탁에서 대화가 없다. 보통 저녁 식사 때는 엄마가 주로 이야기한다.

엄마는 이곳, 이 나라를 싫어한다. 엄마는 휴가 온 사람보다 훨씬 먼 곳에서 아빠와 함께 이곳에 왔다. 엄마는 아무것도 없는 시골에서 사는 것을 몹시 싫어한다. 엄마는 이곳엔 괜찮은 사람이 없으며 현지인들이 폐쇄적이라고 말한다.

나는 엄마의 불평이 그립지 않다. 엄마의 말이 맞는 것 같기는 하지만 듣기 싫다. 때때로 엄마가 너무 많이 불평하면 아빠는 엄마 옆에 있지 않고 차에서 잔다.

저녁 식사 후 소녀들은 반딧불이를 따라 들판을 돌아다닌다. 소녀들은 손전등을 가지고 논다. 소녀들의 부모는 소파에 앉아 별이 총총한 하늘, 짙은 어둠을 가만히 바라본다.

소녀들의 어머니는 레몬을 넣은 뜨거운 물을, 아버지는 독한 술 한 잔을 홀짝인다. 그들은 여기에 다른 것이 필요하지 않으며, 이곳은 공기조차도 다르다고, 공기가 깨끗하다고 말한다. 이렇게 모든 것에서 멀리 떨어져 함께하는 것이 참 좋다고 그들은 말한다.

5

아침 일찍 나는 닭장에 가서 암탉의 알을 줍는다. 계란은 따뜻하고 옅은 흰색이고 지저분하다. 나는 그릇에 계란 몇 개를 담아 아침 식사로 손님들에게 가져간다. 보통은 손님이 보이지 않아 파티오 테이블 위에 계란을 두고 오지만, 내려가다가 미닫이문을 통해 소녀들이 이미 일어난 것이 보인다. 소파 위에 쿠키 상자와 부스러기, 탁자 위에 엎어진 시리얼 상자가 보인다.

소녀들은 아침나절 집 안으로 날아든 파리를 잡으려 하고 있다. 언니가 파리채를 손에 들고 있다. 파리채를 뺏긴 동생은 자신의 차례를 너무 오래 기다리고 있기 때문에 항의한다. 동생은 자신도 파리를 잡고 싶다고 말한다.

나는 계란을 놔두고 우리 집으로 돌아간다. 조금 이따가 내가 그들의 문을 두드리고 소녀들에게 우리 집 파리채를 빌려주자 두 소녀는 기뻐한다. 나는 잠자리에 들기 전에 파리를 잡는 게 낫다고 다시 한번 말해준다. 나는 파리가 귀찮게 하고 딸들이 소란을 떠는 것에 아랑곳하지 않고 부모가 쿨쿨 잠을 자는 동안 두 소녀가 파리채를 들고 재미있게 노는 것을 본다.

6

며칠 사이에 예측 가능한 리듬이 만들어졌다. 늦은 아침에 소녀들의 아버지는 우유와 신문을 사고 두 번째 커피를 마시기 위해 마을에 있는 바에 간다. 필요한 경우 슈퍼마켓에 들른다. 그는 돌아오면 무더위에도 불구하고 언덕으로 뛰어간다. 한번은 길을 가로막고 위협하는 양치기 개를 만났고, 결국 아무 일도 일어나지 않았음에도 불구하고 그는 충격을 받은 얼굴로 집에 도착했다.

소녀들의 어머니는 내가 하는 일을 한다. 마룻바닥을 쓸고, 먹을 것을 준비하고, 설거지를 한다. 적어도 하루에 한 번은 빨래를 널어서, 우리는 빨랫줄을 같이 쓴다. 빨랫줄에 옷이 섞인 채로 같이 햇볕에 빨래를 말린다. 그녀는 빨래 바구니를 손에 든 채 빨래를 널 수 있어 얼마나 행복한지 모른다고 남편에게 말한다. 정원도, 발코니도, 옥상 테라스도 없는 도시의 아파트에 살고 있어서 바깥에 빨래를 너는 일이 없었다.

점심 식사 후 아버지는 딸들을 해변으로 데려가고 어머니는 혼자 집에 남아 있다. 그녀는 드러누워 담배를 피우고 정신을 집중해서 수첩에 메모를 한다.

어느 날 소녀들은 풀밭에서 뛰는 귀뚜라미를 쫓으며 몇 시간을 보낸다. 소녀들은 귀뚜라미를 잡으려고 한다. 소녀들은 부모가 먹던 샐러드에서 작은 토마토 조각을 훔쳐 유리병에 담고 귀뚜라미 두 마리를 넣는다. 소녀들은 귀뚜라미를 반려동물로 만들고 이름도 지어준다. 다음 날 귀뚜라미 두 마리는 유리병 안에서 숨 막혀 죽고, 소녀들은 눈물을 흘린다. 자두나무 밑에 귀뚜라미를 묻고 들꽃을 그 위에 올려놓는다.

또 어느 날 소녀들의 아버지는 집 밖에 벗어둔 고무 슬리퍼 중 한 짝이 없어진 것을 발견한다. 나는 아마도 여우가 그것을 가져갔을지 모른다고 설명한다. 다른 한 짝은 주변에 떨어져 있다. 나는 아빠에게 이 사실을 알렸고, 이 지역 모든 동물의 습성과 굴의 위치를 알고 있는 아빠는 이전 가족이 남긴 공, 쇼핑백과 함께 슬리퍼 한 짝을 찾을 수 있었다.

손님들이 이 시골의 변함없는 풍경을 얼마나 좋아하는지 나는 안다. 나는 손님들이 세세한 것들에 얼마나 감탄하는

지, 그런 세세한 것들이 생각하고, 쉬고, 꿈꾸는 데 얼마나 도움이 되는지 본다. 소녀들이 블랙베리를 따러 덤불로 가서 입고 있던 예쁜 옷을 더럽혀도, 어머니는 딸들을 야단치지 않는다. 오히려 그녀는 웃는다. 그녀는 남편에게 딸들 사진을 찍어달라고 부탁한 다음 빨래하러 간다.

동시에 나는 그들이 우리의 고립된 생활에 대해 얼마나 알고 있는지 궁금하다. 허름한 집에서 보내는 매일매일의 똑같은 날들에 대해 그들은 무엇을 알고 있을까? 땅이 흔들릴 정도로 바람이 부는 밤, 빗소리에 잠 못 이루는 밤을 알고 있을까? 우리가 언덕, 말, 곤충, 들판 위를 지나가는 새들 사이에서 홀로 있는 몇 달을 그들은 알고 있을까? 그들은 겨울 내내 이곳을 지배하는 무자비한 고요함을 과연 좋아할까?

7

지난 저녁 차량 몇 대가 더 도착했다. 그들은 손님들의 친구들로, 아이들과 함께 초대받았는데, 아이들은 잔디밭에서 뛰논다.

몇 사람이 도시에서 오는 길이 막히지 않았다고 말한다. 어른들은 해 질 녘에 집과 정원을 둘러본다. 파티오의 테이블은 이미 세팅되어 있다.

저녁 식사 소음, 수다, 웃음소리가 오늘 밤 더욱 크게 들린다. 가족은 시골에서 겪은 자신들의 불운을 이야기한다. 토마토를 먹은 귀뚜라미들을 자두나무 아래 묻었던 일. 양치기 개, 슬리퍼를 훔쳤던 여우. 어머니는 자연과의 진정한 접촉이 아이들에게 좋았다고 말한다.

어느 순간 양초를 꽂은 케이크가 도착하자 나는 오늘이 소녀들 아버지의 생일이라는 것을 안다. 그는 마흔다섯 살이 되었다. 모두가 생일 축하 노래를 하고 케이크를 자른다.

내 아빠와 나는 약간 상한 포도를 먹어치운다. 테이블을 막 치우려는데 문을 두드리는 소리가 들린다. 숨을 헐떡이며 머뭇거리는 소녀들을 본다. 소녀들은 케이크 두 조각이 놓인 접시를 나에게 건네는데, 한 조각은 날 위한 것이고 다른 하나는 아빠를 위한 것이다. 내가 고맙다고 인사하기도 전에 소녀들은 달아난다.

우리가 케이크를 먹는 동안 손님들은 정부, 여행, 자신들의 도시 생활에 대해 이야기한다. 누군가가 어머니에게 디저트를 어디서 샀는지 묻자 그녀는 초대 손님들 중 한 명이 가져왔다고 대답하고, 제과점 이름과 광장 이름을 알려준다.

나의 아빠는 포크를 내려놓고 고개를 숙인다. 아빠가 나를 볼 때 눈에 당황한 기색이 서려 있다. 아빠는 불쑥 일어나더니 눈에 띄지 않게 담배를 피우기 위해 집을 나간다.

8

우리도 한때는 도시에 살았다. 아빠는 손님들이 말한 광장에서 꽃 장수로 일했다. 엄마가 아빠를 도왔다.

부모님은 작지만 쾌적한 곳에서 나란히 하루하루를 보냈다. 부모님은 사람들이 식탁과 테라스를 장식하기 위해 집으로 가져가는 꽃을 팔았다. 부모님은 이 나라에 도착하자마자 장미, 해바라기, 카네이션, 데이지 같은 꽃 이름을 배웠다. 부모님은 꽃들의 줄기를 모두 잘라서 양동이에 담긴 시원한 물에 담가두었다.

어느 날 저녁 청년 세 명이 나타났다. 아빠는 꽃집에 혼자 있었다. 당시 나를 임신한 엄마가 저녁에 일하는 것을 아빠가 원하지 않았기 때문에 엄마는 집에 있었다. 늦은 시간, 광장의 다른 상점들은 모두 문을 닫았고 아빠는 셔터를 내리려고 했다.

청년들 중 한 명이 아빠에게 문을 다시 열어달라고 부탁했다. 그는 여자친구를 만나러 가는 길이었고 예쁜 꽃다발이 필요했다. 아빠는 청년들이 무례하고 약간 술에 취했음에도 부탁을 들어주었다.

아빠가 꽃다발을 보여주자 청년은 꽃다발이 빈약한 것을 보고 꽃을 더 추가해달라고 요구했다. 아빠는 청년이 만족

할 때까지 꽃송이를 더 추가했다. 아빠는 꽃다발을 종이로 감싼 다음 색 테이프를 둘러 묶고 리본으로 고정했다. 아빠가 가격을 말했다.

청년은 주머니에서 약간의 돈을 꺼냈다. 액수가 모자랐다. 아빠가 그에게 꽃을 주기를 거부하자, 청년은 아빠에게 아무것도 이해하지 못하며 아름다운 아가씨에게 줄 멋진 꽃다발을 만들 줄 모르는 바보라고 말했다. 그런 다음 청년은 다른 청년들과 함께 아빠의 이빨이 부러질 때까지 아빠를 때리기 시작했다.

아빠는 입이 피범벅이 되고 비명을 질렀지만 그 시간에 아무도 아빠의 비명을 듣지 못했다. 청년들은 아빠에게 "네 나라로 돌아가"라고 소리쳤다. 그들은 꽃다발을 집어 땅바닥에 처박았다. 아빠는 결국 응급실에 실려 갔다.

1년 동안 아빠는 단단한 음식을 먹을 수 없었다. 내가 태어나고 처음 나를 보았을 때 아빠는 아무 말도 할 수 없었다.

그 이후로 아빠는 말하는 데 어려움을 겪었다. 아빠가 말을 하면 마치 노인이 된 것처럼 단어가 뒤엉켰다. 아빠는 치아가 없어서 웃는 것을 부끄러워한다. 엄마와 나는 아빠를 이해하지만 다른 사람들은 이해하지 못한다. 다른 사람들은 아빠가 외국인이기 때문에 언어를 잘 모른다고 생각하고 때로는 장애인이라고 생각한다.

정원에서 자란 배와 빨간 사과가 나올 때면 우리는 아빠가 먹을 수 있게 거의 투명할 정도로 얇게 잘라준다.

동포 중 한 명을 통해 아빠는 이 외딴곳에서 지금의 직업을 찾았다. 아빠는 전에 시골을 몰랐고 항상 도시에 살았었다.

여기서 아빠는 입을 열지 않고 일할 수 있다. 여기서 아빠는 공격을 당할까 두려워하지 않는다. 아빠는 동물들과 같이 살면서 땅을 경작하는 것을 좋아한다. 아빠는 자신을 보호해주는 이 야생 환경에 이제 적응했다.

나에게 말을 걸 때, 자동차로 나를 학교에 데려다줄 때, 아빠는 항상 같은 말을 한다. 평생 아무것도 할 수 없었다고. 아빠는 내가 공부하고, 대학에 다니고, 자신들에게서 멀리 떨어져나가기를 원할 뿐이다.

9

다음 날 늦은 아침, 소녀들의 아버지는 짐을 차에 싣기 시작한다. 검게 그을린 네 식구는 훨씬 더 친밀해진 듯 보인다. 그들은 떠나고 싶어 하지 않는다. 아침 식사 때 그들은 내년에 다시 오고 싶다고 말한다. 대부분의 손님들은 떠날 때 같은 말을 한다. 일부는 약속했던 대로 다시 돌아오지만 대부분의 경우 한 번의 방문으로 충분하다.

떠나기 전에 어머니는 냉장고 속 물건들을 보여주며 도시로 다시 가져가고 싶지 않다고 한다. 그녀는 이 집이 매우 마음에 들었으며 벌써 그리워지고 있다고 말한다. 아마 불안할 때나 바쁘게 일할 때 이곳이 생각날 거라고 말한다. 깨끗한 공기, 언덕, 해 질 녘에 붉게 빛나는 구름.

나는 가족의 안전한 여행을 기원하며 인사한다. 나는 차가 사라질 때까지 서 있는다. 그런 다음 나는 내일 도착할 새 가족을 맞이하기 위해 집을 준비한다. 엉클어진 침대, 지저분하게 널브러진 소녀들의 방을 정리한다. 파리채에 찌부러진 파리들을 쓸어낸다.

그들은 더는 필요하지 않은 물건 몇 가지를, 잊었는지 의도한 것인지는 모르겠지만, 남겨두고 떠났고 나는 그 물건들을 보관한다. 소녀들이 그린 그림, 해변에서 모은 조개껍데기, 몇 방울 남은 향긋한 바디워시. 소녀들의 어머니가 두고 간 수첩에는 작고 흐릿한 필체의 쇼핑 목록, 그리고 우리에 관한 모든 것이 적혀 있다.

재회

9월의 어느 화창한 날, 두 여인이 시스토 다리에서 만나 포옹한다. 그녀들은 1년간 서로를 보지 못했다. 그녀들은 차량을 막는 낮고 녹슨 사슬을 넘어간다. 연인들이 사슬고리에 자물쇠를 걸어놓았고, 부주의한 보행자들은 사슬에 걸려 넘어지곤 한다. 오후 2시가 지났고 둘 다 배고프다.

시스토 다리 인근에서 자란 한 명은 지금 상복 차림이다. 그녀는 몇 주 전에 아버지를 잃었고, 곧 끝날 결혼 생활 때문에도 슬픔을 겪고 있다. 그녀는 말아 올린 밝은색 머리, 큰 녹색 눈을 갖고 있고, 한쪽 귀에 다이아몬드를 박았으며 작은 금반지를 끼고 있다.

대학 교수인 다른 한 명은 머리색이 짙고 피부색도 어둡다. 그녀는 친구보다 키가 더 크고, 그즈음 더 행복하기도 했다. 그녀는 몇 년간 바닷가에서 생활하고 왔기에 매우 검게 그을렸고 활력이 있었다. 그녀는 남편과 별거 중인 데다 부친의 상중이라 힘든 시간을 보내고 있는 친구와 만날 날을 기다려왔다.

"언제 돌아왔니?"

팔짱을 낀 채 걸으면서 친구에게 묻는다.

"열흘 전에. 넌?"

"그저께."

또래인 딸을 둔 두 여성은 오래전 산 코지마토 광장의 놀이터에서 친구가 됐다. 그녀들은 종종 이런저런 식당에 밥을 먹으러 다니며 긴 수다를 떨곤 했다.

그러나 아버지의 장례를 위해 로마에 온 상복 입은 여인은 몇 년 전부터 가까운 외국 도시에 살고 있다. 그녀는 두 자녀와 함께, 남편 없이 그곳에 살고 있다. 남편은 일 때문에 이탈리아에 머물러야 했었고 당시에 그들 부부는 그래도 잘 지냈었다. 마흔여섯 살이 된 그녀는 분위기를 바꾸고 싶었다. 너저분한 고향 도시가 그녀를 다소 무겁게 짓눌렀기 때문이다.

교수도 최근 로마로 돌아왔는데 장례식이 있어서가 아니라 가족과 함께 안식년을 즐기기 위해서이다. 그녀는 로마를 잘 알고 사랑한다. 그녀는 종종 연구나 회의 참석차 혼자 또는 가족과 함께 로마에 오는데, 이따금 로마의 고대사를 공부하기 위해 오기도 한다.

오늘 상복 입은 여인은 자신이 아주 좋아하는 식당, 시간의 흐름에 완강하고 경이롭게 저항하는 몇 안 되는 식당에 예약을 했다고 말한다.

"새로운 곳을 소개할게. 이젠 내 도시가 네 도시이기도 하니까."

두 사람은 식당으로 가는 길에 상복 입은 여인의 부모가 1년 중 대부분의 시간을 살았던 우아한 건물 아래를 지나간다.

"아버지가 다시는 돌아오지 않을 거라 생각하니 이상해."

상복 입은 여인은 5개 국어를 구사하고 한때 세계를 돌아다녔던 신문기자 출신 아버지를 언급하며 한숨을 짓는다. 여름이면 그녀의 부모는 공기가 시원한 산으로 가곤 했다. 아흔 살이 넘은 그녀의 아버지는 자신이 태어나기도 한 바로 그 산속 마을 침대에서 세상을 떠났다. 도시에 있는 집은 여름에는 항상 비어 있었지만 지금은 다른 방식으로 비어 있다고 그녀는 말한다.

필요한 몇 가지 물건을 찾기 위해 얼마 전에 급히 돌아온 상복 입은 여인은 아버지 소유였던 그림, 책과 물건 들에 둘러싸이자 저절로 마음이 혼란스러웠다고 친구에게 말한다.

"아버님이 세상을 떠나실 때 함께 있었니?"

교수가 묻는다.

"비행기 안이었어. 시간을 맞추지 못했거든."

식당은 사람들로 늘 붐비는 미로 같은 동네의 보도 없는 좁은 거리에 있다. 몇 년 전, 교수는 바로 이 동네에서 여름철 지낼 집을 빌렸다. 상복 입은 여인이 자란 바로 그 거리이다. 두 여인은 서로 다른 시대, 다른 환경에서 살았지만 같은 동네에 머무른 적이 있다는 이 우연의 일치가 늘 기뻤다.

그녀들이 식당에 도착했을 때 건물 외관이 눈에 띄지 않고 아주 평범해서 그냥 지나칠 뻔했다. 관광객들로 붐비는 이 동네 다른 식당들과 닮지 않았다. 예를 들어 거기서 몇 걸음 떨어진 식당, 몇 년 전 여름 거의 매일 저녁 교수와 가족을 따뜻하게 맞아줬던 식당과는 외관이 달랐다. 교수의 단골 식당은 진열장에 와인 병들이 놓여 있었고, 밖에는 너덜너덜한 흰색 파라솔들이 있었다. 경사진 광장, 쩍쩍 금이 간 벽 옆 흔들거리는 플라스틱 의자에 사람들이 앉아 있었다. 그 식당을 운영하는 두 형제는 때때로 식사 후 계산서를 가져오기 전에 테이블 위에 큰 아베르나 술병 하나를 내려놓곤 했다.

그녀들이 오늘 들어간 식당은 외관이 화려하지 않고, 두 개의 유리문이 서로 다른 두 건물에 속해 있다. 건물 하나는 벽돌 건물이고, 다른 건물은 크고 매끄러운 블록들이 옅은 주황색과 분홍색으로 칠해져 있다. 두 개의 문 중 하나는 입구 옆에 있고 다른 하나는 창 역할을 한다. 두 유리문 모두 행인의 시선을 피하기 위해 반투명 유리로 되어 있다. 들어가려면 벨을 눌러야 하고, 입구가 길과 비스듬히 나 있어서 내부가 거의 보이지 않는다.

일단 안으로 들어가자 상복 입은 여인이 식당 주인, 테가 얇은 안경을 끼고 흰색 머리카락을 짧게 깎은 체격 좋은 여인에게 인사한다. 그런 다음 그녀는 여섯 살쯤 돼 보이는 소년과 함께 구석 테이블에 앉아 있는 신사를 알아보고 인사한다. 그들이 나누는 따뜻한 인사를 보며 교수는 그가 식당 근처 같은 동네에서 자란 상복 입은 여인의 오랜 친구임을 깨닫는다.

"등을 돌리고 앉게 돼 미안해."

상복 입은 여인이 앉으면서 남자에게 말한다.

"그럼 내가 여기에 앉을게."

교수가 제안하자 그녀들은 자리를 바꾸고 가방을 가운데 의자에 올려놓는다.

식당은 L자형인데 흰색 벽, 검은색 몰딩, 옅은 색의 대리석 징두리 벽판이 정육점의 장식 없고 깔끔한 모습을 연상시킨다. 상복 입은 여인은 구석에 앉은 그녀의 오랜 친구를 바라보며 앉고, 교수는 모두 같은 사무실에서 일하는 듯한 잘 차려입은 남자들의 테이블을 바라보며 앉는다. 모퉁이 뒤에 뭐가 있는지 볼 수가 없다.

테이블 위에는 메뉴판이 투명한 봉투 안에 들어 있다. 메뉴가 타이핑된 흰색 종이. 그러나 메뉴판이 테이블 위에 있는데도 두 여인은 그것을 쳐다보지 않는다.

요리사이자 종업원이기도 한 식당 주인이 그녀들에게 먹을 만한 것이 뭐가 있는지 알려준다. 팔이 튼튼한 식당 주인은 흰색 반팔 면 셔츠 위에 앞치마를 입었다. 상복 입은 여인은 애피타이저로 야채를 선택한 다음 첫 번째 코스를 선택한다.

"그럼 흑갈색 머리 여성분에게는 무엇을 가져다 드릴까요?"

식당 주인은 교수에게 직접 말하지 않고 에둘러 묻는다.

몇 초 후에 교수가 대답한다.

"저도 똑같은 걸로 할게요."

교수는 위협적인 곤충의 가볍지만 날카로운 다리가 손등에 살짝 내려앉아 있을 때와 비슷한 짜증을 느끼며 묻는다.

"'흑갈색 머리 여자'라고 말할 때 그게 정확히 무엇을 뜻하는지 설명해주겠어?"

"신경 쓰지 마. 여기선 어두운 색 머리를 가진 사람을 두고 그렇게 말해."

상복 입은 여인이 친구의 불편한 심기를 눈치채고 중얼거린다.

자리에 앉고 나서야 교수는 그녀의 친구가 얼마나 지쳤는지 알아차린다.

"잠은 잤니?"

"조금."

"밥은 먹었어?"

"오늘은 먹겠지. 이곳 음식은 언제나 아주 맛있거든."

바로 그 순간 식당 주인이 물과 빵 두 조각만 달랑 담긴 바구니를 가져온다. 이윽고 윤기 도는 진녹색 삶은 야채가 나온다.

"들어요, 자기."

식당 주인이 상복 입은 여인에게 말한다. 교수에게는 "아름다운 숙녀분도 드세요"라고 말한다.

신랄한 어조로 삐딱하게 발음된 새로운 별명은 여전히 그녀의 신경을 거스른다.

"아이들은 어때?"

교수가 상복 입은 여인에게 묻는다. 둘 다 아들과 딸을 두고 있다.

"아이들이 이제야 이해했어. 애들은 산속 마을에서 지내는 엄마에게 맡겨두고 왔어. 내가 보여줄게."

교수도 가방에서 자신의 휴대폰을 꺼낸다.

"네 딸은 너랑 똑 닮았어."

상복 입은 여인이 사진을 보며 말한다.

"네 딸은 아빠와 아주 많이 닮았어."

교수가 대답한다. 그러면서 조심스레 묻는다.

"네 남편은 여전히 그 동료와 같이 지내니?"

"그런가봐. 우리 이제 어떻게 하지?"

"그 사실을 어떻게 알았어?"

"있잖아, 지금 생각해보니 당시에 난 이미 직감적으로 그 사실을 알았나봐. 뭔가 잘못되었다는 느낌 때문에 내가 떠나고 싶었던 거라 생각해."

"잘했어."

"그때 나는 착각에 빠져 있었어. 나는 너처럼 내 아이들과 함께 새로운 곳을 찾아간다고 생각했어. 하지만 내 결정은 죽어가는 결혼 생활의 끝을 앞당겼을 뿐이야."

상복 입은 여인은 이미 변호사와 이야기를 나눴지만 지금은 아이들과 함께 다른 도시에 살고 있어 상황이 다소 복잡하다고 설명한다.

그녀는 점심 식사를 마친 동네 남자 친구에게 인사하기 위해 대화를 멈춘다. 그의 아들에게 말한다.

"이곳 음식이 얼마나 맛있는지 봤지? 나도 네 나이 때 오곤 했단다. 너처럼 점심 식사 때 아빠와 함께."

수줍은 아이는 대답 없이 눈을 동그랗게 뜨고 그녀를 바라본다.

그 순간 식당 주인이 첫 번째 요리를 들고 다시 나타난다.

"말이 너무 많아. 아직도 채소를 다 못 먹었네."

주인이 상복 입은 여인을 다정하게 나무라면서 말한다. 이번에는 교수를 어떤 별명으로도 부르지 않는다.

식사 중에 상복 입은 여인의 휴대폰이 울린다.

"친구와 점심 식사 중이에요."

상복 입은 여인이 전화기에 대고 말한다. 이윽고 그녀는 대화 상대에게 식당에 들러달라고 부탁한다. 그녀는 통화한 남자가 부모님 집의 이웃이며, 돌아가신 아버지에게 전해진 많은 애도 전보를 포함하여 부모님 집에 쌓인 우편물을 자신에게 전달해줘야 한다고 교수에게 설명한다.

몇 분 뒤 이웃 남자가 검은 종이봉투를 들고 나타난다. 이웃 남자는 상복 입은 여인과 가벼운 볼 인사를 나눈 뒤 교수의 손을 꽉 잡고 악수를 한다.

"앉으세요. 커피 드실래요?"

상복 입은 여인이 말한다.

"아니, 괜찮아요. 여기 우편물이요."

그들은 상복 입은 여인의 아버지에 대해 이야기하고, 상복 입은 여인은 아버지의 마지막 나날, 병상에서 아버지가 밝힌 소원, 장례식에 대해 간단히 정리해 말한다.

"아버지는 원하던 그대로 사셨어요."

상복 입은 여인은 눈물을 보이지 않은 채 슬픈 목소리로 말한다.

"훌륭한 분이셨어요. 저는 다른 세계를 여행하는 그분의 직업을 늘 부러워했죠. 우리는 그가 그리울 겁니다."

이웃 남자가 말한다.

이윽고 이웃 남자는 두 여인에게 인사를 하고 떠난다. 맞은편 테이블의 남자들도 일어나 자리를 떠나려 한다. 몇 명은 호기심 어린 눈빛으로 교수를 바라본다.

"그런데 넌 이 도시로 다시 돌아온 게 기쁘니?"

상복 입은 여인이 교수에게 말한다.

"내게 이 도시를 다시 찾는 건 매번 새로운 기쁨이야."

교수가 대답한다. 그리고 이런 말을 덧붙인다.

"내가 진정 집에 있는 것 같이 느끼는 유일한 곳이야."

그러나 교수는 그 말을 내뱉자마자 도시와의 관계가 여전히 미약하지 않나 하는 두려움이 든다. 결국 그녀는 자신이 공부하는 역사와 아무 관련이 없으며, 가족 역사의 일부로서 아버지와 딸의 수많은 좋은 추억이 담긴 신뢰할 수 있는 동네 식당, 엄청난 상실감에도 불구하고 그녀의 친구에게 위로를 주는 공간, 그런 공간에서 점심을 먹는 안도감을 결코 느낄 수 없지 않나 하는 두려움이 든다.

누군가 불을 껐고, 그 때문에 식당 내부가 폭풍이 몰아닥칠 것처럼 더욱 어두워졌다.

"갈까?"

상복 입은 여인이 제안한다.

"가자."

"나 잠깐 화장실에 갔다 올게."

"좋아. 너 다음에 나도 갈게."

테이블에 혼자 남은 교수는 식탁보, 식당 간판, 소홀히 봤던 메뉴판을 자세히 살핀다. 교수는 자신의 가족이 이 식당을 좋아할지 궁금하다. 또한 그녀는 식당 주인이 자신과 닮은 딸을 '흑갈색 머리 여자'라고 부를지 궁금하다. 어쨌든 세상에 많이 알려졌음에도 불구하고 우연히, 그리고 천천히 밝혀질 비밀과 발견 들이 아직 많이 남아 있는 이 도시에 사는 것이 참 좋다고 그녀는 생각한다.

"이 식당은 저분들 집 같기도 해."

상복 입은 여인이 즐거운 표정으로 테이블에 돌아오면서 말한다.

교수는 화장실을 찾으러 간다. 모퉁이를 돌자 교수는 식당 주인 외에도 계산대에 염색한 듯한 검은 머리를 가진, 식당 주인보다 좀 더 나이가 적어 보이는 여성이 또 있다는 것을 깨닫는다. 말없이 조용히 있는 예닐곱 살 정도의 소녀도 보인다. 식당 주인과 나이가 좀 더 적은 여성은 아마도 자매지간이며, 소녀는 그녀들 중 한 사람의 손녀일 가능성이 있다. 그녀들은 협소한 공간을 헤매며 돌아다니는 소녀를 마지못해 돌보고 있는 듯하다.

"여기가 화장실인가요?"

교수는 아무것도 적혀 있지 않은 문을 가리키면서 묻는다.

좀 더 젊은 여성이 그렇다고 무뚝뚝하게 대답한다.

교수는 화장실에서 친구가 관찰한 것, 즉 다른 사람의 집에 있는 것 같다던 말을 생각한다. 흔한 식당 화장실이다. 그러나 그녀는 거기에서 뭔가 어긋난 듯한 불편함을 느낀다.

화장실에서 나온 교수는 다리를 넓게 벌리고 바닥에 앉아 있는 소녀를 발견한다. 그래서 지나갈 수 없다. 소녀가 자리를 비켜주기를 몇 초간 기다린다. 소녀는 움직이지 않는다. 식당 주인과 계산대 뒤의 좀 더 젊은 여성은 소녀에게 일어나라고 말하지 않는다. 그러자 교수는 소녀에게 "지나가도 될까?"라고 묻는다.

소녀는 마치 교수의 말을 듣지 못한 것처럼 행동하며 대답도 반응도 하지 않는다. 그러자 교수는 테이블로 돌아가기 위해 조심스럽게 소녀의 맨다리를 넘어간다.

살과 뼈로 이루어진 소녀의 다리라는 작은 장벽을 넘어가자마자 교수는 소녀가 나지막이 뭔가 불평하는 소리를 듣는데 무슨 말인지 정확히 이해하지 못한다. 교수는 식당 주인의 대답을 통해 소녀의 말을 이해한다. "당신이 아이를 위해 좀 비켜가지 그랬어요."

식당 주인은 여전히 감정을 절제한 삐딱한 어투로 말했다. 교수는 그 어투 때문에 다시 마음이 불편하다.

"우리 계산을 해야 해."

상복 입은 여인이 친구가 돌아오는 걸 보고 말한다.

그녀들은 테이블을 떠나 계산을 하러 간다. 소녀는 양다리를 쭉 뻗고 활짝 벌린 채 아직 그곳에 앉아 있다.

상복 입은 여인이 오자 소녀는 즉시 한쪽 다리를 움직여 지나가게 해준다.

하지만 교수가 오자 다시 길을 막는다.

그러더니 소녀는 앞에 있는 상복 입은 여인을 가리키며 자매인 듯한 두 여인에게 말한다.

"저 아줌마가 더 예뻐."

아무도 대꾸하지 않는다.

소녀는 다시 한번 강조해 말한다.

"저 아줌마가 다른 아줌마보다 예뻐."

식당 주인이 조용히 말한다.

"여자는 다 예뻐. 넌 코흘리개지만."

"그래도 저 아줌마가 더 예뻐." 소녀가 짜증을 내며 다시 말한다. "다른 아줌마는 싫어."

"네 말이 맞아. 내 친구는 아주 예뻐."

교수는 씁쓸함을 느꼈지만 짐짓 유쾌하게 말한다. 그런 다음 그녀는 소녀와 장난을 치며 딱딱해진 분위기를 풀려고 덧붙인다.

"그런데 넌 왜 내가 싫은 거니?"

그러나 소녀는 식당 주인처럼 그녀에게 직접 말을 걸기를 거부한다. 양쪽 다리를 움직이기를 거부했던 것처럼 말이다. 대신 소녀는 식당 주인과 계산대를 관리하는 여성에게 솔직히 말한다.

"다른 아줌마는 싫어. 못생겼어. 아주 못생겼어."

그렇게 소녀는 교수가 소녀와 친해질 수 있는 유일한 작은 틈을 봉인한다.

소녀를 등지고 계산에 정신이 팔려 있던 상복 입은 여인은 소녀의 말을 전혀 듣지 않았다. 식당 주인과 계산대 뒤에 있는 여인은 계속 아무런 말이 없다. 누구도 소녀에게 조용히 하라고 혹은 사과하라고 말하지 않는다.

상복 입은 여인이 교수에게 계산서를 보여주자 교수는

놀라 거의 기계적으로 지갑과 돈을 꺼낸다. 금액이 홀수이고 거스름돈도 홀수여서 상복 입은 여인은 조금 덜 내고 교수는 조금 더 낸다.

"내가 너에게 5유로를 빚졌네."

상복 입은 여인이 말한다.

"괜찮아. 다음에 네가 더 내면 되잖아."

교수가 답한다.

소녀가 상복 입은 여인은 예쁘고 교수는 못생겼다는 어리석고 기분 나쁜 말을 계속해서 후렴구처럼 말하자, 계산대에 있던 여자가 퉁명스레 말한다.

"이제 일어나, 어서. 엄마에게 데려다줄게."

"잘 먹었어요."

상복 입은 여인이 계산대 여자에게 말한다.

"안녕히 가세요, 선생님."

계산대 여인이 대답한다.

"어머니에게 안부 전해줘요."

식당 주인이 덧붙인다.

"저 안에서 방금 무슨 일이 일어난 건지 설명 좀 해줄래?"

교수가 거리로 나오자 묻는다. 땀이 나는데 더위 때문은 아니다.

"내버려둬. 버르장머리 없는 아이야."

"그것만이 아니야, 증오가 가득했어."

"신경 쓰지 마. 미안해."

"나도 미안해. 네가 날 그 식당에 데려가고 싶어 했다는 거 알지만 난 다시는 저곳에 가지 않을래."

"그래."

그녀들은 함께 다리를 건너 오래된 약속들이 가득 달린 첫 번째 사슬을 넘어간 다음 두 번째 사슬을 넘는다. 그녀들은 식당에서 벌어졌던 일, 아무런 야단도 맞지 않은 소녀, 끝끝내 말이 없던 두 여인의 침묵에 대해 이야기를 나눈다. 다리 건너편에서 그녀들은 서로를 꼭 끌어안는다.

"그럼 친구야, 또 보자."

"안녕 친구야, 잘 지내."

그녀들은 한때는 가볍게 헤어지곤 했지만 지금은 그런 가벼움 없이 헤어진다.

몇 분 후, 식당에서 마음의 상처를 입은 교수는 산 코지마토 광장에 도착하여 뜨겁게 달궈진 지저분한 벤치에 앉는다. 뱃속에 있는 음식이 버겁게 느껴진다. 그녀는 참을 수 없는 슬픔에 사로잡혀 추하고 비통한 감정뿐 아니라 굴욕감까지 느낀다.

상복 입은 여인은 강 건너편으로 돌아간다. 그곳의 그늘진 또 다른 벤치에 앉아 부모님의 우편물을 뒤적이면서 돌아가신 아버지에게 부쳐진 엽서 몇 장을 읽고, 가까운 곳과 먼 곳에서 부모님의 친구들이 보낸 애도의 글로 자신을 위로한다.

P의 파티

1

먼저 설명해둘 게 있는데 P의 생일 파티는 겨울 기온이 온화한 이 도시에서 매년 겨울 토요일이나 일요일 오후에 그녀의 집에서 열리곤 했다.

가족끼리 늘 투닥거리며 보내게 되는 의무적이고 혼란스러운 다른 겨울 파티들과 달리 새해 초 열리는 P의 생일 파티는 결코 예측할 수 없는 가볍고 편안한 행사였다. 나는 사람들로 북적이는 분주한 집 안, 물이 막 끓어오르려는 냄비, 주방에서 일손을 돕는 잘 차려입은 다른 부인들을 즐거운 마음으로 기대했다. 나는 점심 식사 전에 스파클링 와인 몇 잔을 마시고 맛있는 애피타이저를 맛보길 기다리곤 했다. 나는 테라스에 모여 신선한 공기를 쐬고 담배를 피우며, 잔디에서 쉬지 않고 뛰어노는 아이들의 축구 경기에 대해 논평하는 어른들 무리를 찾아가곤 했다.

파티 분위기는 따뜻했지만 서로를 너무 잘 아는 혹은 전혀 모르는 사람들이 많아서 개인적으로 친밀한 분위기는 아니었다. 바다에서 교차하면서 잠깐 선명한 대칭 형태를 이루고는 곧 사라지는 두 개의 조류처럼 서로 다른 두 부류의 그룹이 앞에 있었다. 한편에는 오래전부터 파티에 참석했던 내 아내와 나 같은 사람들, P와 그녀의 남편의 오랜 친구들이 있었고, 다른 한편에는 지난 몇 년 사이에 얼굴을 잠깐 비쳤거나 딱 한 번 온 외국인들이 있었다.

외국인들은 다양한 나라에서 일 때문에, 사랑 때문에, 기분 전환을 위해, 혹은 알 수 없는 이유로 왔다. 그들은 유목민이었고 그것이 나의 흥미를 끌었다. 혹시 모를 나의 소설을 위해 모델이 되어줄 사람들로, 나는 P의 집에서만 그들을 만나고 조용히 관찰할 수 있었다. 짧은 기간에 그들은 전국 방방곡곡을 다녔고, 주말에는 우리의 지방 마을들을 구경했으며, 2월에는 우리의 산에서 스키를 타고, 7월에는 우리의 맑은 바다에서 수영했다. 그들은 우리의 언어를 어설프게나마 습득했고, 음식에 적응했으며, 일상의 소란을 이해했다. 그들은 우리가 어렸을 때 암기했다가 거의 잊어버렸던 역사적 사건들, 즉 황제의 계보와 업적을 처음부터 열심히 배웠다. 그들은 도시 안으로 깊숙이 들어가지 않은 채 이 도시와 전략적 관계를 맺었는데, 머지않아 그들의 체류가 끝나고 어느 날 도시에서 사라질지 모른다는 것을 알고 있었기 때문이다.

그들은 내가 속한 그룹과 너무나 달랐다. 즉 로마에서 나고 자란 사람들, 걱정스러운 로마의 쇠퇴를 한탄하면서도 절대 로마를 떠나지 못하는 사람들과 달랐다. 서른 살에 단순히 사는 동네를 바꾸고, 새로운 약국에 가고, 새로운 신문 가판대에서 신문을 사고, 새로운 바의 테이블에 앉아 있는 것이 하나의 출발, 하나의 큰 움직임, 하나의 일탈을 의미하는 사람들과 말이다.

2

P는 아내의 오랜 친구였다. 그녀들은 우리 부부가 약혼하기 훨씬 전, 아름다운 건물이 늘어선 거리에서 함께 자랐기 때문에 수년 동안 서로를 알고 지냈다. 그녀들은 어린 시절 밤늦게까지 같이 놀고, 같은 초등학교와 같은 고등학교를 다녔으며, 당시에는 별로 붐비지 않던 광장 뒤편에서 수상한 남자에게 밀수 담배를 사러 같이 산책을 가곤 했다. 그녀들은 또한 함께 대학에 다녔고 졸업 후에는 도심에 있는 건물 6층에 아파트를 임대했다. 그녀들은 여름에 함께 여러 외국을 여행하며 많은 경험을 했고, 아직도 그 경험에 대해 이야기하기

를 좋아했다. 그러다가 그녀들은 각기 사랑하는 사람이 생겨 헤어졌다. 아내는 신년 파티에서 나를 만났고, P는 생기 없지만 착한 변호사, 보통 키에 잘생겼지만 약간 사팔뜨기인 남자와 결혼하여 네 아이의 어머니가 되었다. P는 나이 차가 몇 년씩 나는 세 명의 남자아이를 낳았고, 저녁 식사로 세 가지 코스를 즐긴 후 신중하게 필요한 디저트를 하나 먹듯 여자아이를 낳았다.

약 5년 전, 딸이 태어난 지 얼마 되지 않아 P는 죽을 뻔했다. 파티에 자주 오던 손님 중 한 명인 유능한 의사가 위험을 무릅쓴 외과 수술로 그녀의 생명을 구했다. 그 이후로 이 연례 파티, 그녀의 생일을 앞둔 화창한 오후의 이 풍성하고 즐거운 점심 식사는 다양한 사람들을 한자리에 불러 모으는 회합의 자리가 됐다. P는 친구, 친척, 이웃, 자녀의 동급생 부모 들을 집으로 불러들여 흥겨운 분위기를 만드는 것을 좋아했다. 그녀는 50번 이상 현관문을 열며 손님을 맞고, 음식을 대접하고, 손님들을 환대하며 가능한 모든 사람과 이야기하는 것을 좋아했다.

내가 1년에 한 번, 시내에서 조금 떨어진 다소 한적한 그 집에 가게 된 것도 아내 덕분이었다. 사이프러스나무와 담쟁이덩굴이 쭉 늘어선 매력적인 곡선 도로를 달리면 그녀의 집에 이르렀다. 사람을 멀리 데려가는 길, 바다로 향하는 도시의 길, 도시의 광란을 뒤로하고 떠나게 해주는 길. 도시를 떠나 달리다가 어느 지점에서 우회전해야 했기에 주의가 필요했다. 갈림길을 놓치기 쉬웠다. 이곳은 좁고 그늘진 비포장도로로 구성된 일종의 주거 단지 미로였다. 집은 보이지 않고 높은 철제 대문과 돌에 새겨진 집 번호만 있었다.

P가 아이들과 남편, 개 두 마리와 함께 사는 집은 이 미로 깊숙이 있었다. 크고 탁 트인 방과 100명 이상의 사람들이 돌아다닐 수 있는 충분한 공간이 있는 널찍한 집이었다. 집 주변 땅이 넓고 근처에 다른 구조물이 없었는데, 내 첫인상은 집이 마치 푸른 바다 한가운데에 있는 흰색 사각형 바위 같다는 거였다. 아내와 나와 대부분의 다른 손님들이 살고 있는 도시의 빛바랜 윤곽이 멀리 보였다. 책, 숟가락, 셔츠 하나하나가 각기 제자리가 있고, 창틀 하나하나와 경첩 하나하나가 친숙하고, 십여 명의 사람들이 식탁에 함께 앉으려면 끼어 앉아야 하는 아담한 우리 집과 비교하며 그 집에 있자니 이상한 기분이 들었다. 그 집 창문에선 다른 집과 창문들, 비슷하면서도 다른 삶들이 내려다보였다.

5년 사이 파티에 대한 내 기억이 뒤섞였다. 파티는 해마다 달랐지만, 나에게는 매년 다소 비슷하게 느껴졌다. 나는 똑같은 대화를 나누고는 곧 잊어버렸으며, 공부를 조금 했었기에 아직은 소통 가능한 외국어 두 개를 연습했다. 나는 크리스마스 식사 후 체중이 증가해 짜증이 났던 것은 아랑곳하지 않고, 두 번이나 테이블을 돌면서 언제나처럼 가득 차려진 똑같은 맛있는 음식을 한껏 즐겼다. 나는 친구들에게 인사하고, '아줌마'가 되기를 꿋꿋이 거부하는 사오십대 여성들에게 볼 입맞춤 인사를 했다. 나는 그녀들의 값비싼 향수 냄새를 맡았고, 그녀들의 따뜻한 어깨 쪽 피부를 잠깐 만지며 그녀들의 나이, 즉 우리 나이에 허용되는 앞가슴이 깊게 파인 아름다운 옷을 감상했다. P의 파티에서 나는 환영받고 배려받는다는 느낌이 드는 동시에 기분 좋게 방치되어 자유로워진 느낌이 들었다. 우리는 우리의 익숙하고 불완전한 삶으로부터, 우리 삶의 성가신 것들로부터 분리되었다. 나는 시간이 확장되면서 적어도 몇 시간 동안은 모든 책임이 정지되는 것 같다고 생각했다.

나는 그녀의 파티가 다른 파티와 뭐가 다른지, 파티에서 일어난 사건들 혹은 세세한 일들이 뭐가 다른지 구분할 수 없었다. 1년이 지나서 내게 특이한 사건, 내 삶의 한 균열로 남은, 움찔 놀라게 했지만 결국은 평범해진 사건이 일어나기 전까지는.

3

나는 그해 파티의 모든 것을 매우 정확히 기억한다. 예를 들어 평소보다 교통량이 많아 거의 한 시간 늦게 도착했던 것이 기억난다. 늦은 것은 상관없었다. P의 집에서는 항상 서서 식사했었으니까. 내가 운전하는 동안 아내는 쉬지 않고 무언가를 말했고 나는 아내의 말에 귀 기울이지 않았던 것이 기억난다. 사실 나는 아내의 다소 쉰 목소리와 장황하게 이야기하는 경향에 짜증이 났었다. 아내는 갤러리스트였다. 나는 아름다운 길을 조용히 운전하고 싶었지만 아내는 고객들, 전도유망한 젊은 화가들에 대해 이야기했다. 차에서 내리기 전에 아내는 신발을 갈아 신었다. 굽이 낮고 편안한 신발을 벗고 굽이 높은 더 우아한 신발을 신어서 몇 센티미터를 더해 나보다 키가 약간 더 커졌다.

P가 자기 아이들의 친구들을 많이 초대했기에 우리는 들어가기 전에 다양한 연령대의 아이들이 햇살 좋은 잔디밭에서 뛰노는 것을 보았다. 해수욕을 하는 동안 비치 타월이 해변에 남겨져 있는 것처럼 아이들의 외투가 잔디 위에 흩어져 있었다. 아이들은 땀에 젖은 채 즐겁게 뛰어 다녔고, 개 두 마리가 아이들을 따라 달리며 컹컹 짖었다.

나는 우리 부부가 낳은 외동아들이 생각나 몹시 그리웠

다. 몇 년 전이라면 우리는 아들을 같이 데리고 왔을 것이고, 아들도 외투를 벗어놓고 잔디밭에서 뛰놀았을 것이다. 하지만 아들은 이미 다 큰 스물세 살 성인이었고, 대학을 졸업한 후 몇 달 전부터 학업 때문에 외국에 살고 있었다.

아내는 그것으로 고통받지 않았다. 오히려 아내는 아들이 점점 더 독립적으로 살아가기를 원했다. 아내 생각에 따르면, 아들이 부모와 떨어져서 스스로 다소간의 어려움을 이겨내고 최근에 약혼했다는 사실은 부모로서 우리의 길고 피로한 여정의 행복하고 가치 있는 결론이었다. 그것은 우리가 좋은 일을 했고 축하할 만한 이정표를 세웠다는 의미였다. 나는 아내가 아들을 걱정하지 않는다는 사실이 놀라웠다. 아들을 집요하게 따라다니고 모든 식사, 모든 축구 시합, 모든 시험, 모든 성적표에 일일이 마음을 쓰던 사람이었기 때문이다. 그러나 이후 나는 아내가 항상 앞을 내다보지 뒤는 잘 돌아보지 않는다는 것을 깨달았다. 이제 아내는 자신의 경력, 연애 생활, 혹시 생길지 모르는 아이, 즉 우리로부터 완전히 떨어져나가기를 목표로 삼고 있었다. 반면 매일 아들을 볼 수 없고, 더는 집에서 아들의 목소리도, 아들이 그저 그렇게 연주하는 바이올린 소리도 들을 수 없고, 아들이 들어오고 나가는 것을 알지 못하고, 아들이 좋아하는 주스를 슈퍼마켓에서 장바구니에 담을 필요가 없다는 사실이 내겐 충격이었다. 물론 나는 아들이 자랑스러웠고 아들의 미래 계획에 열광했지만 내 마음에는 구멍이 생겼다.

대문이 조금 열려 있었지만 우리는 벨을 눌렀다. 평소처럼 현관에서 우리를 기다리고 있던 P와 그녀의 남편에게 볼 입맞춤 인사를 했다. P는 건강하고 환히 빛났으며, 가죽 벨트로 허리를 강조한 어머니 대의 1970년대풍 드레스를 입고 있었다. 우리는 그녀에게 향초, 보디로션, 화제의 신간 소설 등 고심해서 고른 몇 가지 선물을 줬다. 몇 마디를 주고받는데 다시 초인종이 울렸다. 그 때문에 우리는 좀 더 안쪽으로 자리를 옮겼다. 우리는 코트를 벗어 소파 위, 이미 아슬아슬하게 쌓여 있는 잡다한 옷더미 위에 올려놨다. 집 안은 따뜻했지만 평소 추위를 잘 타는 아내는 민소매 드레스를 입고 있었기 때문에 펄 그레이 색상의 울 소재 숄을 어깨에 두르고 있기로 했다.

우리 부부는 음료가 있는 테이블을 찾아 샴페인 두 잔을 마셨다. 우리는 잠깐 서로의 눈을 바라보며 건배했다. 그런 다음 오후 내내 아내와 나는 유감없이 서로를 무시한 채 따로따로 파티의 흐름 속으로 들어갔다.

이따금 방문해서 이미 조금은 알지만 자세히 알지는 못하는 장소에 온 것처럼, 나는 친구들에게 연신 인사하며 집 안을 돌아다니기 시작했다. 우리의 일, 우리를 집어삼키고

정의하는 직업적이고 개인적인 의무에 사로잡혀 있던 우리는 P의 집에서, P의 파티에서 조용히 서로를 바라보는 경향이 있었다. 우리는 식사를 했고, 서로 소식을 전했으며, 이야기를 나누었지만 무슨 얘기였는지는 기억나지 않는다.

동시에 나는 다른 그룹에 많은 관심을 기울였다. 앞으로 소설에 적힐지 모르는 주체들, 몇 마디 주고받았을 뿐인 외국인들, 말보다 눈으로 더 이야기를 나누는 외국인들 무리였다. 나는 그들의 관점이 궁금했다. 비록 그들과 내가 같은 집에 모여 함께 아는 한 친구를 축하하면서 어떤 집단의식을 행하고 있지만, 한데 섞이지 못하는 다른 두 종족으로 남아 있었기 때문에 나는 그 외국인들에게 매혹을 느꼈다. 결국 외국인들은 자기들끼리만 유창하고 자유롭게 말했고, 우리는 우리끼리만 말했다. 그들은 중년의 나이에 스스로 자신의 뿌리를 뽑아 새로운 기준점을 취하기로 한 결정을 자랑스러워하는 것 같았다. 그들은 내 지평 너머의 세계, 내가 회피했던 대담한 발걸음을 떠올리게 해주었다. 어쩌면 영원히 내 아들을 데려간 세상을 떠올리게도 했다.

잠시 방을 둘러본 후 나는 테라스로 나갔다. 나는 담배 한 개비를 몰래 피웠다. 긴장을 풀 때 가끔 집 밖에서 피우는 몇 대 안 되는 담배 중 하나였다. 나는 다른 사람들과 함께 여전히 잔디밭에서 소리치며 놀고 있는 아이들과 바라보았다. 햇빛이 여기저기 심어진 나무를 금빛으로 물들였다. 우리는 모두 남자였다. 이윽고 P가 우리를 찾아와 괜찮은지, 마실 것이 있는지, 식사를 했는지 확인했다. 그녀는 대부분의 손님을 전혀 알지 못함에도 불구하고 마치 평생 알고 지낸 것처럼 각자를 대했다.

"잔디밭이 멋지군요. 여기에 수영장을 지으면 좋겠어요."

누군가 그녀에게 말했다.

"그럴 필요가 없어요. 우리는 여름에 두 달 동안 바다에 가니까요."

P가 대답했다.

"아, 그래요, 어디요?"

"아직 야생에 가까운 외딴 작은 섬이에요. 쇼핑을 하려면 배를 타고 나가야 하죠."

"그게 귀찮지 않나요?"

"사실 바로 그 불편함이 저를 재충전시켜줘요. 어렸을 때부터 다녔던 곳이거든요."

"아주 멋지군요."

"8월에는 섬 전체에 로즈마리 향기가 나요. 작은 등대가 있고, 섬 중앙에는 수영장이 있고, 사방에 바다가 펼쳐져 있죠. 그것으로 충분해요."

P가 말했다.

나는 그 섬에 가본 적이 없지만, 어린 시절 여름에 P의 가족의 초대로 열흘 정도 그곳에 갔던 아내에게 이야기를 듣긴 했다. 아내가 말하길, 어느 해인가 하루에 두 번씩 수영장에서 50바퀴를 돌던 훌륭한 수영 선수가 친구와 경쟁을 하던 중 많은 아이들, 심지어 자신의 자식들 앞에서 심장마비로 사망했다. 큰 충격을 받은 아내는 다시 그곳에 가고 싶지 않아 했다. 우리 부부는 가끔 P와 그녀의 가족과 함께 시골에서 주말을 보내기 위해 떠나기는 했지만, 절대 그 섬으로 그들을 만나러 가진 않았다.

"게다가 전 수영장에서 수영하는 것을 좋아하지 않아요."

P는 내 생각을 짐작이라도 한 듯 덧붙였다.

"왜요?"

"수영장 물에는 생명이 없어요."

우리는 다른 바다와 다른 섬, 해변에 가는 것 대신 배를 타는 즐거움에 대해 이야기했다. 잘사는 사람들의 시답잖은 대화였다. 그런데 이야기를 나누면서 우리는 이상한 정적이 잔디밭에 내려앉았다는 것을 깨달았다. 소년들은 더는 고함을 지르지 않았다. 무슨 일이 일어났다.

4

우리는 가까이 다가갔다. 저 멀리 움직이지 않는 열두 명의 무리가 있었다. 중간에 누군가가 바닥에 누워 있었다.

더 가까이 다가가니 헝클어진 머리에 다리를 벌린 채 표정이 일그러진 열두 살쯤 된 잘생긴 소년이 보였다. 기절한 걸까? 더 심각한 일이 일어난 걸까? 전혀 알 수가 없었다. 이윽고 몇 년 전에 P의 생명을 구했던 의사가 도착했다. 키가 크고 호리호리하며, 어깨를 스치는 검은 머리와 늘어진 콧수염을 한 차분하고 온화한 분위기의 남자였다.

소년 옆에는 창백하고 겁에 질린 여자가 있었다. 소년의 어머니임이 틀림없었다. 나는 그녀를 알지 못했는데, 같은 집, 같은 방에서 몇 시간을 보내면서 같은 테이블을 돌고 같은 음식을 먹었음에도 불구하고 서로 인사를 나누지 못했다.

그녀가 외국인이라는 것을 그녀의 모습에서 금방 알 수 있었다. 그녀는 계절에 맞지 않는 옷을 입고 있었다. 묵직한 목걸이가 삼각형 모양의 가슴 위쪽 맨살을 장식했다. 그녀는 와인색 매니큐어를 손톱에 바른 것을 제외하고는 화장을 별로 하지 않았는데 남들이 인정할 만한 아름다운 미모였다. 그녀는 검은 머리를 목 뒤로 묶었다. 그녀는 내 아내보다 열 살 정도 어려 보였고, 눈빛이 더 예리했으며, 내면에 뜨거운 열정이 있어 보였다.

"무슨 일이 있었습니까?"

의사가 그녀에게 물었다.

"나도 모르겠어요. 아이가 노는 동안 난 안에 있었거든요. 아이 친구가 내게 와서 아이가 아프다고 말했어요. 내가 도착했을 때 아이는 떨고 있었는데, 쇼크를 받아서 방향감각을 잃은 듯 보였어요."

그녀는 자신의 모국어와 우리 언어를 섞어 특이하게 말했지만 충분히 알아들을 수 있었다.

"그리고요?"

"머리가 빙글빙글 돌더니 몇 초 동안 아무 소리도 들리지 않다가 모든 것이 조용해졌다고 아이가 말했어요."

"다들 좀 비켜주십시오."

의사가 말했다.

주변에 모여 있던 사람들이 멀찌감치 떨어졌다. 소년과 어머니, 의사와 P만이 남았다. 나도 몇 걸음 뒤로 물러나려 했지만, 내 아들도 일요일에 지켜보는 부모 없이 공원에서 축구를 하다가 비슷한 일이 일어날 수 있다는 생각에 온몸이 굳은 채 발걸음을 멈췄다. 충분히 그럴 수 있지 않을까? 몇 분 동안 누구도 말을 하지 않았다. 의사는 소년을 진찰하고 발을 들어 올리고 이마를 만지고 맥박을 쟀다. 잠시 후 소년은 일어나 앉아서 물을 조금 마셨다.

"심각한 건 아닙니다, 부인."

의사가 설명했다.

"그런데 어째서 쓰러진 거죠? 늘 활동적으로 움직이던 아이예요. 전에 이런 일은 없었어요."

"아드님에게 가벼운 쇼크가 일어났습니다. 아마도 점심을 충분히 먹지 않았을 겁니다. 이 나이대의 소년들은 그런 것에 아랑곳없이 열심히 놀곤 하죠. 또한 너무 흥분해서 쇼크가 일어날 수도 있습니다. 아드님이 오늘 아침을 먹었습니까?"

"예."

"자주 불안해합니까?"

여자는 질문을 잘 이해하지 못한 듯했다. 어쨌든 그녀는 대답하지 않았다. 이제 소년은 다시 일어섰고, 약간 당황했지만 괜찮다고 주장했다. 소년은 정상적으로 말했다. 소년은 치아 교정기를 끼고 있었다. 소년은 샌드위치를 받아먹었다.

"좀 더 놀아도 될까요?"

소년이 의사에게 물었다.

소년의 어머니와 달리 소년은 로마 억양이 살짝 섞이긴 했지만 이탈리아어를 아주 잘 했다.

"물론이지. 천천히 다니렴."

그게 다였다. 파티는 계속되었다. 우리는 다시 안으로 들어갔고, 케이크가 도착했다. 우리는 P에게 생일 축하 노래를 하고 축하 말을 하고 축배를 들었다. P의 아이들이 그녀에게 멋진 금팔찌를 선물했다. 이윽고 기대하지 않던 이벤트가 있었다. 그녀의 남편이 의자에 서서 짧고 달콤한 사랑의 노래를 박자를 무시한 채 불렀다. P는 감동해 눈물을 흘리다가 웃음을 터트렸고 모든 사람 앞에서 눈을 감고는 오랫동안 남편에게 키스했다.

집 안에 있던 사람들이 점점 줄어들기 시작하더니 하나 둘 떠나기 시작했다. 나는 아내를 다시 찾았고, 아내도 떠날 때가 되었다고 말했다. 우리는 즐거운 오후를 보내게 해준 P와 그녀의 남편에게 인사를 하고 감사를 표한 다음 긴 줄이 움직이기를 기다리며 차에 탔다.

"시간이 늦었네. 즐거웠어?"

아내가 내게 물었다.

"충분히. 당신은?"

"술 마셨어?"

"별로."

아내는 잠시 나를 빤히 쳐다보았다.

"내가 운전하게 해줘."

나는 피곤해서 항의하지 않고 그녀에게 열쇠를 건네주었다. 우리는 자동차 좌석을 바꿨다. 아내는 좌석과 백미러를 조정했다. 안전벨트를 매고, 운전할 때 선호하는 편안한 신발을 착용했다. 막 시동을 걸려는 순간 아내는 P의 집에 숄을 두고 왔다는 것을 깨달았다.

"안전벨트를 풀고 싶지 않아. 당신이 가져다줄래?"

"어디 놔뒀는데?"

"테라스를 뒤져봐. 의자 등받이에 걸쳐 놓은 것 같아."

집은 비어 있었고 조용했으며 버려진 유리잔과 더럽고 구겨진 종이 냅킨으로 가득했다. P와 그녀의 가족은 어디에 있는지 모르겠지만 자리에 없었다. 아내 말대로 숄은 테라스에 있었다. 소년이 아파 쓰러지기 전 내가 잠시 머물렀고 P가 섬에 대해 열정적으로 이야기했던 그 테라스에, 커다란 피자 반죽처럼 숄이 의자 등받이에 살며시 걸쳐져 있었다.

지금 그 소년의 어머니가 내 앞에 서 있었다. 나는 그녀의 뒷모습만을 보았지만 뒤로 모아 묶은 머리카락과 긴장된 목덜미로 그녀를 즉시 알아봤다. 그녀는 혼자였고, 그녀의 아들을 포함한 소수의 아이들이 아직도 놀고 있는 잔디밭을 내다보고 있었다. 그녀는 담배를 피웠다. 그녀가 나를 돌아보았을 때 그녀도 나를 금방 알아보는 것 같았다. 그녀의 창백한 얼굴에는 여전히 고민이 남아 있는 것을 알 수 있었다.

"'가벼운 쇼크'가 정확히 무슨 뜻이죠?"

그녀가 곧 내게 물었다.

"혼란스러운 상태, 신체가 잠시 기능을 못하는 상태죠."

"전 아들이 죽는 줄 알았어요. 잘 알지도 못하는 사람들로 가득한 이 집의 파티에서 말이에요."

"걱정 마십시오. 다 지나갔어요. 저도 의사가 하는 말을 들었습니다."

"저는 한때 심지가 단단한 사람이었어요. 전 제 인생의 모든 것을 관리할 줄 알았죠. 그런데 요즘 이 나라에서는 제 뜻대로 관리할 수 있는 게 없어요."

"그런데 당신은 왜 이곳에 왔습니까?"

"남편이 기자예요. 남편은 로마를 좋아해요. 로마를 나보다 더 사랑한다고 말하죠."

"당신은 어떠십니까?"

"전 행복하지도 불행하지도 않아요. 우리 서로 편하게 말해도 될까요?"

"좋아요."

"당신은 왜 내내 우리 곁에 있었죠?"

"무슨 뜻이죠?"

"잔디밭에서 당신은 다른 사람들과 함께 자리를 떠나지 않았어요."

"당신처럼 걱정이 됐거든요, 그뿐입니다."

"당신도 아들이 있나요?"

"네, 외국에 살고 있죠."

"그렇다면 이해하겠군요."

"뭘요?"

"오늘 나는 최악의 공포에 사로잡혔어요."

5

며칠 동안 나는 그녀와 나눈 갑작스런 대화에 당황했다. 그 여자는 누구일까? 왜 그녀는 낯선 두 사람 사이에 있을 수 있는 흔한 거리를 순식간에 없애면서 그렇게 가리는 것 없이 솔직하게 내게 말했을까? 왜 그녀는 이렇다 저렇다 설명도 없이 내게 자신이 처한 위태로운 상황을 얘기해줬을까? 그녀의 이름은 무엇일까? 언제 어떻게 P를 알게 됐을까? 그녀보다 로마를 더 사랑한다던 남편은 어디에 있을까?

어느 날 저녁, 잠시 망설이다가 나는 아내에게 물었다.

"올해는 P의 집에서 흥미로운 사람들을 많이 만났어?"

"몇 명. 가끔은 새로운 사람들을 만나는 게 귀찮아."

"외국인이 좀 더 많아졌어."

"외국인들은 P의 자식들의 친구들 부모일 거야. 그 아이들은 같은 국제학교에 다녀."

"국제학교가 좋은가?"

"비싸. 난 과대평가됐다고 생각해. 난 우리나라 학교 시스템을 신뢰하거든."

이윽고 아내는 작은 지방대학의 총장직을 포기하고 외국 수도에서 와인 가게를 열 생각을 하는 친구에 대해 이야기했다. 그도 매년 P의 파티에 왔다.

P의 파티를 거론하며 그 여자에 대한 정보를 알려고 한 것은 경솔한 듯했다. 아내 말이 맞을 것이다. 내게 말을 걸었던 여성은 아마도 P의 아이들 친구의 어머니일 것이다. 테라스에서 나눈 대화가 생각날수록 나는 그 순간 우리의 우연한 만남이 더욱 인상적으로 다가왔다. 마치 그녀가 나를 기다리고 있었던 것 같은, 마치 아내가 숄을 잊어버리고 와서 나를 집 안으로 보낼 것을 그녀가 이미 알고 있었던 것 같은 생각이 들었다. 결국 파티 전체에서 비중이 있는 유일한 대화였다. 우리는 서로의 눈을 들여다보며 가까운 거리에서 단둘이 있었지만, 나는 내 소개도 하지 않았고, 아내의 숄을 챙긴 다음 어색한 말을 중얼거리며 도망치듯 나왔다.

시간이 지나면서 그 기억은 희미해졌다. 나는 우리가 아들을 키워낸 집에서 아내와 함께 살았다. 나는 여전히 날씬한 아내의 몸매가 너무 좋았고, 같은 친구들을 저녁에 초대했으며, 늘 맛있다고 평가받는 똑같은 요리를 준비했다. 아내가 갤러리에 가거나 이따금 출장을 가 있는 동안 나는 집에 남아 침실의 한 구석에서 나의 다섯 번째 소설, 나의 칼럼, 나의 미지근한 서평을 느긋하게 쓰곤 했다. 저녁에 아내가 돌아오면 와인을 따라주며, 아내가 자신의 복잡한 일과를 장황하게 이야기하는 동안 아내의 말을 경청하는 척했다. 한 달에 한 번 토요일에는 함께 클래식 음악회에 갔다가 외식을 하거나 전시회 개회식에 가곤 했다. 나는 도서관에 갔고 휴가도 갔다. 아내의 생일을 축하하기 위해서 늘 그렇듯 산으로 휴가를 갔고, 내 생일 때는 비수기임에도 바다로 갔다.

크리스마스에 우리는 아들을 만나러 해외로 나갔다. 거기서 우리는 아들이 즐겁게 살고 있는 누추한 원룸을 보았고, 다른 두 대륙 출신 부모를 둔 아름다운 아가씨인 아들의 첫 여자친구를 만났다. 아들과 여자친구는 대학에서 만났다. 그들은 자신들이 아주 좋아하는 넓고 시끄러운 식당으로 우리를 데려갔다. 나는 내 아들이 채식주의자가 되었음에도 불구하고 나보다 키가 크고 체격이 다부지다는 것을 발견했다. 아들은 와인보다 맥주를 더 좋아했다. 내 휴대폰을 켤 때마다 나타나는 어색한 소년의 사진, 작년 여름 고깃배에서 찍었던 사진은 더는 지금의 아들과 닮지 않았다.

아들의 여자친구 때문에 우리는 더 이상 우리 언어로 말하지 않았다. 아들은 자신이 살고 있는 다민족 동네에 대해 열정적으로 이야기했다. 일주일 내내 여자친구와 함께 7개국의 요리를 먹으러 나갔다고 했다. 내 질문에 대한 아들의 대답은 예의발랐지만 무뚝뚝했다. 우리는 로마 말씨를 썼다. 난 로마 말씨 쓰기가 어려웠고, P의 집에서 로마 말씨는 듣기 좋았지만 아들과 함께 사용하는 로마 말씨는 나를 짜증나게 했고 거짓된 것처럼 느껴졌다. 아들은 부활절에 여자친구와 함께 하이킹을 가서 성 여러 군데와 양 떼를 구경할 거라고 말했다. 며칠 동안 나는 아들이 로마를 암묵적으로 거부할 뿐만 아니라 우리의 삶의 방식, 특정 방식으로 아들을 키웠던 모든 노력도 거부하고 있다는 것을 감지했다.

새로운 도시는 아들에게 활력을 주는 듯했지만 누추한 아파트에 사는 아들, 시끄러운 식당에서 이상하고 값비싼 음식을 앞에 두고 빙그레 미소 짓는 날씬한 여자친구를 옆에 끼고 있는 아들을 생각하니 기분이 좋지 않았다. 만원 지하철을 타고 있는 아들, 혹은 새벽 3시에 거리에서 혼자 술에 약간 취한 채 있는 아들, 일요일 아침도 먹지 못한 채 축구를 하기 위해 공원에 있는 아들을 생각하니 기분이 좋지 않았다. 나는 아들이 충분히 성숙하지 못했을까 봐, 아들이 속으로 슬퍼하고 있을까 봐, 어떤 곤란한 문제에 휘말렸을까 봐 두려웠다. 그러나 미숙하고 연약한 이는 내 아들이 아니라 바로 나였다. 내가 실현할 수 없었던 나의 다른 모습, 내가 무시하고 막았던 나의 다른 모습, 존재하지도 않으면서 나를 패배시켰던 나의 다른 모습이었다. 머릿속으로 이런 생각을 하며 나는 아들의 새로운 도시를 구경했고, 낮고 흐린 하늘 아래의 다리, 공원, 기념비를 참을성 있게 감상했다.

비행기가 이륙하기 전 휴대폰으로 메일을 확인하는 아내를 바라보며 나는 우리가 부부이지만 이젠 아이를 갖고 싶은 욕망도, 우리를 여기까지 묶어 왔던 큰 인생 계획도 없다는 것을 새삼 깨달았다. 아내가 무엇을 읽고 있을까? 누가 아내에게 메시지를 썼을까? 아내는 알 수 없는 발신자로부터 매일 수백 통의 메시지를 계속 받을지도 몰랐다. 빡빡하고 분주한 세상, 그것이 아내의 세상이었다. 그러다 어느 순간 아내는 P의 다음 파티 날짜를 내게 상기시키며 고개를 들었다.

6

자동차를 타고 길을 따라 달릴 때서야 나는 혼란에 빠져 쩔쩔매던 그 어머니, 테라스에서 느꼈던 예상치 못한 그 친밀감이 기억났다. 나는 거의 1년 동안 그녀를 잊고 있었고,

더는 그 일을 생각하지 않았다. 나는 그녀에 대한 호기심을 잃어버린 우산 혹은 아내가 찾아오라고 한 숄처럼 P의 집에 두고 왔다. 한동안 그리워하다가 조용히 흘려보낼 수 있는 그런 것이었다. 그런데 그 집으로 돌아가는 순간, 나는 이미 그녀와 비밀리에 묶인 느낌이 다시 들었다.

길을 달리며 나는 브레이크를 자주 밟았고 주의가 산만했다. 내가 우회전 갈림길을 놓치고, 길을 잘못 들고, 돌아 나가기도 하자 아내가 신경질을 부렸다. 나는 생각했다. 다른 셔츠를 입었어야 하는데, 지금 입고 있는 셔츠는 내게 그리 어울리지 않아. 테라스에서 나눈 예기치 않은 대화의 충격이 나를 다시 흔들었다. 그녀의 예쁘지만 어울리지 않는 옷, 복잡한 장식의 목걸이, 손톱 매니큐어 색깔이 불현듯 선명히 떠올랐다. 마치 지난 1년이 아무것도 아닌 것처럼, 세월의 흐름이 아무것도 아닌 것처럼. 그녀와 악수조차 나눈 적 없었고, 오직 예상치 못했던 서로 간의 이해가 있었을 뿐이다. 그럼에도 약간의 죄책감이 든 이유는 무엇이었을까?

나는 아내를 만나기 전에 경험했던 바보 같은 에피소드가 하나 떠올랐다. 당시 나는 수영장이 딸린 체육관에 다녔는데, 매주 한 번 수영장 가장자리에서 나를 반기며 웃어주던 젊은 여자가 있었다. 그녀는 내가 곧이어 들어갈 레인에서 10시까지 수영했다. 한동안 그녀는 수영장 가장자리에서 내게 열심히 인사해줬고, 그래서 나는 그녀를 얼른 만나기 위해 탈의실로 달려가곤 했다. 우리는 대화를 나눈 적이 없었다. 그녀는 그냥 "수영 잘하세요"라고만 말했다. 그러나 그녀가 나를 바라보며 그 말을 할 때마다 내가 그녀의 삶의 중심에 있다고 느꼈다. 우리는 몇 달 동안 서로 마주치며 지나갔고, 그러다가 그녀가 더는 나타나지 않았다. 나중에 아내를 만났지만 처음에는 침대에서 다른 여자의 시선과 미소가 생각났다.

차를 주차하면서 나는 생각했다. 아마도 위기에 처했던 그 여자는 이번 파티에 없을 수도 있고, 초대받지 못했을 수도 있고, 아니면 다른 약속이 있을 수도 있다. 그녀가 참석할 것인지 여부는 확실치 않았다. 그런데 들어가서 P와 P의 남편에게 인사를 건넨 후, 옆방에서 이미 아내가 편히 대화를 나누고 있을 때 나는 그녀를 보았다.

그녀는 식당 창문 아래, 손님들이 돌아다닐 수 있도록 벽에 쭉 일렬로 맞대어놓은 의자들 가운데 하나에 앉아 있었다. 그녀 옆에는 남편이 있었다. 빛나는 백발, 1월인데도 검게 그을린 젊은 얼굴을 한 키가 크고 잘생긴 남자였다. 그들은 남자의 무릎에 접시를 놓고 각자 포크를 든 채 다른 손에는 와인 잔을 들고 있었기 때문에 남자는 그녀의 남편임이 분명했다. 그녀는 남자와 말을 하는 대신 오른쪽에 앉아 있던 다른 두 여성에게 말을 걸었다. 소음이 너무 커서 나는 그녀의 목소리를 잘 알아들을 수 없었다.

그녀는 많이 변했다. 그녀는 자신이 주인공인 재미있는 일화를 웃으며 이야기했고, 남편은 그녀의 이야기를 들으며 접시를 들고 있었다. 그는 주의 깊은 호남형이었지만 약간 긴장돼 보였다. 그녀는 아이러니하게도 유창하게 말했다. 그녀는 전혀 위기에 처한 여자처럼 보이지 않았다.

그녀는 파티에 참석한 대부분의 다른 여성들처럼 검은색 옷을 입고 있었다. 목걸이 없는 가슴 위쪽 삼각형 맨살이 두드러졌다. 계절에 맞는 꽉 끼는 바지, 반질반질한 가죽 부츠. 그녀의 긴 머리카락에는 흰 실이 몇 올 붙어 있었는데 분명 신경 쓰지 않는 눈치였다. 그녀는 더욱 마르고 아름다워졌다. 선물받은 듯한 미모는 여전했다. 내 아들처럼 그녀도 1년 새 더 편안하고 화사해졌다. 우리는 같은 대도시, 어쩌면 같은 동네에 살지 몰랐지만 한 번도 마주친 적이 없었다. 식당에서도, 약국에서도, 길거리에서도, 체육관에서도 마주친 적이 없었다. 우리는 이 집에서만, P의 파티에서만 만났다.

"이봐, 우리는 테라스에 있어. 밖이 좋아."

오랜 친구가 나를 보며 말했다.

"갈게."

나는 천천히 테이블을 돌아다니며 치즈, 생야채, 얇게 썬 살라미 소시지를 골랐다. 나는 그녀에게 내 존재를 알리려고 노력했다. 나는 그녀의 말을 듣지 못했고, 대신 그 많은 사람들 속에서도 거슬리는 아내의 다소 쉰 목소리를 들었다.

그녀의 남편이 일어나서 바구니를 찾아 빈 접시를 버릴 때, 나는 그녀가 나를 알아보기를 기다리며 그녀를 바라보았다. 나는 수영장에서 만난 여자와 비슷한 미소를 기대했다. 그러나 그녀는 자신이 말하고 있는 일화에 계속 몰두해 있었다.

나는 계속 그녀를 쳐다보았고 그녀는 계속 말을 했다. 그녀의 남편은 자리에 없었고 내 아내는 옆방에 있었다. 내가 그녀를 보면 볼수록 그녀는 침착하게 나를 피했다. 그러다가 갑자기 그녀가 잠깐 시선을 들었다. 분노와 초조함이 가득 찬 두 눈(나는 그렇다고 생각했다), 나를 향해 빛나는 눈부신 두 눈(나는 그걸 희망했다)을 내게 보여주었다.

7

기분 좋은 상상을 했다. 결함 있는 관계, 정해진 약속, 그리고 파티 한가운데서 우리만 있는 것 같은 기분. 아내와 사귈 때 수영장의 그 여자를 생각했을 때처럼 이 관계는 받아들일 수 있는, 온전히 용서받을 수 있는 불륜으로 보였다. 사실 나는 모험하고 싶지 않았고, 가능성을 품은 유대감이면 충분했다. 1년간의 이별 후 몇 시간의 만남은 눈부실 거였다.

나는 모두가 모두를 배신하는 이 도시에서도 아내를 배신한 적이 없었다. 수영장 여자에게 작은 일탈을 한 것 외에는 늘 충실한 남자였고, 심지어 아내를 만나기 전에도 버림받고 배신당하는 데 익숙했지 반대로 여자를 버리고 배신한 적은 없었다. 그건 내 성격에 맞지 않았고 나는 추진력이 부족했다. 나는 아내의 활동, 일, 휴대폰에 계속 뜨는 메시지, 나 없는 저녁 식사, 혼자 가는 외국 출장, 다른 도시로의 짧은 여행 등을 받아들이며 가능한 결론까지도 상상했다. 남자와 곧 잊힐 하룻밤을 보내거나, 점심을 먹거나, 또 다른 남자와 식물원에서 산책을 할지 모른다. 그러나 나는 질투심이 없었기 때문에 내 상상은 상상으로 그쳤다. 부부의 시들해진 애정을 구해주는 것은 언급을 하지 않는 것이다. 그렇게 우리는 심각한 소동이나 지진 없이 함께 23년을 보냈다.

다시 말하지만, 나는 그 유치하고 나태한 즐거움만으로도 만족했을 거다. 그런데 아니었다. 불과 몇 달 후 아내가 P의 집에서 또 다른 파티가 열린다고 언급했다.

"이렇게 일찍? 어째서?"

"P가 큰아들에게 춤을 가르치고 있는데 그러는 동안 다른 종류의 파티를 열고 싶다는 열망에 사로잡혔대. 아이들이 없는 밤에는 다른 분위기의 파티가 될 거야."

"우리가 아들 녀석에게 춤을 가르친 적이 있던가?"

"글쎄."

"누가 오는지 알아?"

"평소처럼 많은 사람들이 오겠지."

8

그날 저녁 날씨가 나빴다. 하루 종일 나는 속이 메스꺼웠다. 밥도 먹을 수 없었고, 책상에 앉았지만 집중할 수가 없었다.

"긴 한 주였어. 두통이 있는데 가시질 않아."

나는 아내에게 말했다.

"그래서?"

"집에 있으면 어때?"

나는 이미 내 제안이 쓸모없다는 것을 알고 있었다. 아내는 정성 들여 옷을 입고 있었는데 오랫동안 입지 않던 짧은 드레스를 선택했다.

"오늘 저녁에 사람들은 춤을 추고 모든 것을 잊을 거야.

어서 서둘러."

어둠 속에서 P의 집으로 가는 길은 새로운 목적지, 점점 더 알 수 없는 낯선 곳처럼 느껴졌다. 운전은 피곤했고, 아름답던 길은 미끄러웠다. 봄 날씨는 내게 맞지 않는 듯했다. 나는 길을 잃었고 아무것도 알아볼 수 없었다.

"최근 집에 도둑이 들었다는 거 알아?"

길게 늘어선 차들 뒤에 주차하면서 아내가 말했다.

"누구네?"

"P의 가족. 가족이 3일간 집 밖에 있었는데 도둑들이 보석을 모두 가져갔대."

"금고에 보석을 보관하지 않았대?"

"안타깝게도 아니래. P가 평소 정리 정돈을 좀 못해."

집조차 어두컴컴했고 아주 낯설었다. 그들은 공간을 만들기 위해 가구들을 옮겨놓았다. P의 딸이 현관에서 우리를 맞이했고 우리의 재킷을 어딘지 모르겠는 곳으로 가져갔다. 나는 아내 옆에 머물렀다. 우리는 첫 샴페인 한 잔을 얻기 위해 함께 갔고, 플라스틱 접시에 빵 조각, 치즈 조각, 꿀을 담았다. 우리는 사귄 지 얼마 되지 않은 수줍은 커플처럼 붙어 있었다.

나는 P의 집에서 항상 만나는 지인들과 낯선 사람들을 모두 보았다. 가구가 옮겨진 방 빼고는 별반 다르지 않은 장면이었지만 나는 전처럼 사람들 사이로 끼어들 수 없었다. 나는 그 여자를 찾으면서 너무 혼란스러웠다. 그녀는 방 건너편에서 남편 옆에 있었다. 이번에는 그녀가 날 밀어내지 않았다. 그녀는 사람들 틈으로 날 쳐다보면서 미소를 짓지도, 동요하지도 않은 채 아무 말 없이 내 존재를 눈에 새겼다.

저녁 식사 후 우리는 춤을 추기 시작했다. P의 첫째 아들이 음악을 골랐는데 요즘 젊은이들이 좋아하는 그저 그런 곡들이었다. 나는 아내와 춤을 췄고, 그녀는 남편과 춤을 췄다. P의 다른 아이들은 우리 사이에서 춤을 추다가 P와 P의 남편과 함께 춤을 추었다. P는 내 아내와 춤을 췄고, 나와도 춤을 췄다. P는 약간 취해 있었는데 맨발이었고, 다정했으며, 보석 하나 걸치지 않았지만 반짝였다. 당신들을 아주 좋아해요, 셋이서 춤을 추는 동안 P는 내 아내와 나에게 말했다.

음악의 효과는 해방감을 주었고 심지어 짜릿하기까지 했다. 항상 좁고 모난 현재에서 마법처럼 우리를 들어올리고, 희망의 희미한 빛을 되찾아주었다. 우리는 각자 나름대로 이전의 삶을 떠올렸다. 성취할 것이 아직 남은 삶, 우스꽝스러운 삶, 정돈된 삶, 화려한 삶. 나는 내숭 떨지 않고 춤추는 여인들, 자신을 잘 관리하는 여인들을 가만히 관찰했다. 그러나 우리는 더 이상 젊지 않았고, 이제는 균열, 건강 문제, 실망을 가득 안고 있었다. 노래는 우리를 되돌려 우리의 첫 키스, 첫 관계, 오래전의 묵은 감정, 첫 심장 떨림, 결코 해결되지 않고 가슴 깊이 묻혀 있는 작은 아픔들, 영원히 아로새겨져 있는 아픔들을 다시 불러왔다.

나는 그녀와도 함께 춤을 췄다. 그것은 고통이면서 승리였다. 우리는 몇 초 동안 서로를 바라보았고, 이따금 나는 그녀의 몸 일부, 어깨, 엉덩이를 훑었다. 우리는 각자의 삶에 못 박혀 있었지만, 뻔뻔한 공범자가 된 것 같은 느낌이 나는 좋았다.

밖에는 여전히 비가 내리고 있었지만 실내는 숨 막힐 정도로 더웠다. 땀으로 뒤범벅된 나는 아내에게 물이 필요하다고 말했다. 나는 화장실에 가서 얼굴을 씻었다. 그런 다음 물 한잔을 마시기 위해 주방으로 이동했다. 그곳에서 나는 집의 입구 곳곳을 감시하기 위해 벽에 설치된 복잡한 시스템을 발견했다. 각기 다른 장소를 볼 수 있는 여러 개의 작은 화면이 있었다. 철제 문, 잔디밭, 안뜰 테라스. 폭우가 쏟아지는 밤의 모든 이미지는 의미로 가득하지만 전혀 해독할 수 없어 불길한 초음파 사진처럼 보였다.

돌아왔을 때 불이 켜져 있는 것을 보았다. 금방 사람들이 떠난 텅 빈 공간은 왠지 아들의 원룸을 떠올리게 했다. 더 이상 춤추는 사람은 없었고 음악은 멈췄다. 옛날 같으면 그저 쉬는 시간이었을 테지만 우리는 이미 지쳐 있었다.

아내는 식탁에서 디저트를 먹고 있었다. 아내는 그녀와 이야기하고 있었다. 두 사람은 내 존재를 알아차리지 못했다. 아내가 말했다.

"춤을 추면서 당신의 목걸이를 보고 감탄했어요. 멋져요. 어디서 샀어요?"

"집 근처에 있는 아주 예쁜 상점에서 샀어요."

"로마에서 얼마나 오래 살았어요?"

"3년이요."

"일 때문에 로마에 있는 건가요?"

"남편 일 때문이에요. 남편은 영원히 여기에 살고 싶어 해요."

"그럼 당신은요?"

그녀가 어깨를 으쓱했다.

"'영원히'는 참 대단한 말이죠."

두 사람은 가방을 가지러 가더니 휴대폰을 꺼내 전화번호를 교환하고 약속을 잡았다.

9

그렇게 내 이야기는 예상치 못한 방향으로 흘러갔다. 단 한 번의 대화, 번개에 맞은 듯 강렬하고 단편적인 대화를 나눴으며 그 이후 이름도 모른 채 불가사의하게 연결되어 있다고 느껴졌던 낯선 여인은 내 아내의 친구가 되었다. 두 사람은 한 달에 한 번 점심을 먹고 함께 옷과 신발을 사러 갔다. 그녀는 내 아내와 우연히 만나 어찌어찌 친구 사이가 됐다. 집에 초대하고 우리 부부의 삶에 들어올 만한 친구는 아니었지만 이따금 개인적으로 편하게 볼 수 있는 친구 사이였다.

두 사람의 우정을 통해 나는 몇 가지 사실을 알게 됐다. 그녀의 이름은 L이고 사는 동네는 산 조반니 지역이었다. 어느 날 아내는 그녀의 남편이 로마와 다른 나라 수도를 오가며 자주 출장을 간다고 말했다. 그들에게는 아들이 하나 있는데 잔디밭에서 아파 쓰러졌던 그 아이였으며, 내 아내가 이미 짐작했듯이 P의 아이들 중 한 명과 같은 학교에 다녔다. 한때 L은 잡지사 편집부에서 일했지만 지금은 로마에서 이탈리아어를 부지런히 공부하며 수많은 유적지를 방문하고 도시의 매력을 발굴하는 외국인 여성들 무리에 속해 있었다. 아내는 새로운 우정에 대해 이러한 몇 가지 세부 사항을 제외한 다른 얘기는 하지 않았다.

나는 결혼 생활 이외에 그러한 우정을 키우는 것이 정상적이며 심지어 옳다는 것을 알고 있었다. 섹스가 개입하는 것이 아니었다. 그러나 나는 그로 인해 고통스러웠다. 나는 글을 잘 쓰지 못했고, 프로젝트 마감일을 지키지 못했으며, 아내가 부러웠다.

나는 아내가 부러운 동시에 고마웠다. 그녀들이 점심 식사를 같이 할 때, 함께 산책을 가거나 전시회에 갈 때 L이 나를 생각하지 않을 리가 없었다. 아내가 나에 대해, 크건 작건 예측 가능한 일들로 가득 찬 우리의 긴 결혼 생활에 대해, 다른 남자들이 있을 법한 아내의 사생활에 대해, 아들과 갈등하는 관계에 대해 그녀에게 말하지 않을 리가 없었다. 내가 어떻게든 아내의 이야기에 포함될 수 있었다. 나는 결혼한 지 20년이 넘다 보니 여자들이 서로 어떤 대화를 나누는지 이해하고 있었다. 그녀들이 나가서 신발을 사고, 샐러드를 먹고, 그림을 감상하는 동안 친근한 분위기에서 풀어놓는 마음속 화제를 알고 있었다.

그런데 나는 무엇을 바랐던 걸까? L과의 진짜 러브 스토리? 약속을 잡고 호텔 침대에서 몇 시간 함께하는 것? 나는 아니라고 생각한다. 함께 춤을 춘 뒤에도 나는 그녀의 몸과 손을 생각하지 않았다. 대신 테라스에서 나눴던 대화, 그녀가 혼란에 빠져 아들을 걱정하며 나에게 속마음을 털어놓았던 때에 집착했다. 그 순간이 나에게는 에로틱한 행위보다 좀 더 위반적인 일처럼 보였다. 우리가 무엇을 공유했을까? 뭐라 설명할 수 없지만 유익하고 친밀한 교환이 있었다. 그리고 이제 우리는 아내를 공유했다.

그렇게 봄이 지나고 한 계절이 지나갔다. 나는 L과 그녀의 남편과 함께 저녁 식사를 하고 극장에 가자는 제안 같은 반가운 소식을 기다리며 엉큼한 마음을 품고 수동적으로 있었다. 그러나 나는 무엇보다도 겨울이 오기를, 그리고 P의 다음 파티가 열리기를 끈기 있게 기다렸다. 비록 내가 소중하게 생각하는 그 가벼운 행사, 그 향기로운 위안이 이미 부식되었다는 것을 알고 있었지만 말이다.

10

늦여름에 P는 다시 갑자기 계획을 바꿨다. 아내와 나는 휴가에 갔다가 돌아와서 이미 창고에 수영복, 수건, 비치 슬리퍼를 보관해두고 있었다. 내가 강하고 기분 좋은 가을 햇살, 식당에서 먹는 치커리 샐러드, 토네이도나 거대한 잿빛 올챙이 떼처럼 갑자기 나타났다가 사라지며 하늘을 휙휙 날아다니는 찌르레기들을 기다리고 있을 때였다. P가 휴가가 끝날 즈음 가족과 매년 풍요로운 두 달을 보내곤 하는 섬으로 우리를 초대했다. P는 바다가 내다보이는 작은 집을 별도로 마음껏 쓸 수 있었는데, 평소 그 집을 별채로 이용하던 사람들이 계획을 바꿔서였다. 아내에게 들었는지, P는 꽤 오랫동안 집 안에 틀어박혀 지낸 나에게 그곳이 글쓰기에 이상적인 장소라고 확신했다.

"사실 나도 그곳으로 돌아가 어린 시절의 두려움에서 벗어나고 싶어."

아내는 수십 년 전에 불쌍한 중년 남자가 수영장에서 죽은 것을 봤던 일을 언급하면서 말했다.

그해 여름은 유난히 더웠고, 아내와 나는 사실 하는 일 없이 집 안을 어슬렁거렸기 때문에 우리는 다시 여행 가방을 싸고, 항구까지 차를 몰고 갔다가 여객선을 탔다. P의 집이 외딴곳에 있듯, 그 섬도 망망대해에 있는 바위섬이었다.

며칠 동안 우리는 늦은 아침에 느긋하게 해수욕을 즐기고, 가볍고 상쾌한 점심을 먹고, 해 질 녘 등대까지 산책을 즐기는 것 외에는 아무것도 하지 않았다. 바다는 투명했고 검은 성게로 가득했다. 섬을 따라 난 오솔길은 아름다웠지만 군데군데 파여 있어 조심해야 했다. 예전에 남편의 사진을 찍던 어떤 여자가 떨어져 죽었다고 P가 우리에게 알려주었다. 우리는 고무보트를 타고 섬 주변을 돌았고, 저녁에는 테라스에서 모기를 쫓기 위해 모기향과 시트로넬라 양초를 피워놓은 채 오븐에 구운 생선을 먹었다.

P와 아내는 매일 점심 식사 전후에 배를 타고 쇼핑을 하러 갔다. 그녀들은 리넨 플레어 원피스를 입고 나가서 코르크로 만든 기발한 팔찌, 소금 향이 나는 향수, 주방에 놓을 다채로운 실리콘 물건 등 몇 가지를 사고 돌아왔다. 그녀들

은 결혼하고 아이를 갖기 전 같은 아파트에서 행복하게 살았던 시절을 기억하며 함께 요리를 했다. P의 남편은 주말에 왔다가 일하러 다시 떠났고, 아이들은 하루 종일 탁구를 치거나 해변에서 과감하게 다이빙했으며, 종종 숨바꼭질 놀이를 하곤 했다.

나와 아내가 묵은 작은 집은 아주 아담하고, 분위기 있고, 약간 어둡지만 시원했다. 이 집은 작가이기도 한 P의 삼촌 소유였는데 나는 이곳에서 연필로 주석을 단 오래된 애장 도서를 많이 발견했다. 남성미가 물씬 풍기는 친근한 공간이었고, 주방이 딸려 있지 않은 원룸이었으며, 옷장 문짝처럼 열리는 네모난 창문을 통해 바다가 내려다보였다. 바뀐 적이 없는 것 같은 실내 장식, 색 바랜 부드러운 안락의자, 윤이 나는 어두운 빛깔의 목재, 해묵은 냄새. 모든 것이 시간에 멈춰 있었다.

이 집에 들어가자마자 나는 기분이 좋았다. 쾌적한 환경이었고, 파티가 없다는 점만 다를 뿐 P의 집과 거의 같은 영향을 내게 미쳤다. 나 자신을 고립시키고 집중하기 위한 피난처였다. 이런 집이 글을 쓰기에 정말 이상적인 장소라고 생각하니 나는 약간 짜증이 났다. 안타깝게도 아내는 그동안 이곳을 피해왔으며, 지금까지 나를 여기로 데려온 적이 없었던 것이다. 아들도 몇 년 전이라면 좋아했을 테지만 지금은 이곳에 아들과 아들의 여자친구를 위한 공간이 없었다. 사실 소파 두 개만이 마주 보고 놓여 있었는데, 소파 두 개는 따로따로 비좁은 싱글 침대로 변했고, 하나는 나를 위한 것이고 다른 하나는 아내를 위한 것이었다.

작은 집에 정착한 후 나는 벽에 붙은 작은 책상에 구부정하게 앉거나 침대 겸 소파에 누워 활력 넘치게 글을 쓰기 시작했다. 나는 P와 아내와 함께 점심을 건너뛰고 3시쯤 바에서 따가운 햇살을 머리에 받으며 샌드위치를 먹었다. 나는 그 여름의 끝자락이 좋았으며 그 섬, 그 아늑하고 편안한 작은 집에서 찾은 영감에 만족했다.

예상대로 미스트랄 바람이 불어왔다. 3일 동안 바람이 계속됐고 귀가 먹먹할 정도로 돌풍이 불었다. 폭풍이 불어온 첫날에 나는 L에 대해 이야기하는 새로운 단편소설을 시작했다. 소설은 P의 집을 배경으로 했다. 소설에서의 과정은 현실보다 더 예측 가능했다. 그녀와 나 사이에는 실제 이야기가 있었다. 하얗게 부서지며 거칠게 다가오는 바다를 바라보는 동안 나는 테라스에서 우리가 나눈 대화를 떠올렸다. 소설에서는 우리가 곧 키스를 나누는 것으로 확장시키려 했다. 나는 우리가 함께 혹은 따로 춤을 추는 장면을 삽입했는데, 내게는 그것이 줄거리의 중요한 전환점으로 보였다. 성가신 전개인 L과 아내 사이의 우정은 소설에서 뺐다.

나는 아련하고 매력적인 소설, 문학잡지가 좋아할 만한 소설처럼 보일 때까지 실제 사실을 재구성하고 수정했다. 이제 내게 남은 것은 결말, 클라이맥스 장면뿐이었다.

그날 아침 나는 글을 쓰기 전에 해수욕을 하며 머리를 완전히 비우기로 했다. 미스트랄 바람이 막 지나갔고 바닷물은 다시 투명한 테이블처럼 잔잔해졌다. 나는 바람을 피할 수 있는 작은 만으로 내려가서 물속에 해파리가 없는지 확인했다. 나는 피라미 떼를 따라 아름다운 녹색 수풀 얼룩을 통과해 빨간 부표를 향해 헤엄쳐갔다. 다시 헤엄쳐서 수풀 얼룩 한가운데로 돌아왔을 때 나를 향해 모터보트가 다가오는 것이 보였다. 나는 멈추고 두 팔을 들어 올렸지만 배는 계속 다가왔다. 나는 고함을 치지 않았다. 고함을 쳐도 소용이 없었을 것이다. 넓은 앞바다의 침묵은 모든 것을 지우기 때문이다. 나는 느리고, 약하고, 겁에 질려 있었지만, 어떻게든 움직여 해안에 도착했다.

나는 반쯤 정신이 나간 창백한 얼굴로 돌아왔다. 하지만 아내는 집에 없었고 P의 집도 비어 있었다. 작은 책상 위에는 다음과 같은 메모가 있었다. 쇼핑하러 가, 나중에 봐. 어지러워진 나는 오렌지주스가 필요했다. 부엌에서 나는 열세 살 된 P의 아이들 중 한 명을 우연히 만났다.

"어떠세요, 괜찮으세요?"

소년이 나에게 물었다.

"배가 나를 덮칠 뻔했어."

"혼자 수영하셨어요?"

"응."

"멀리 나가지 않는 게 좋아요."

"너희는? 재미있니?"

"조금 지루해지고 있어요. 내년에는 다른 곳으로 가고 싶지만 어머니가 항상 이곳에 머물고 싶어 하세요."

"참아봐."

"그래도 제 친구가 오늘 밤에 와서 좋아요."

"누군데?"

"저와 함께 학교에 다니는 아주 똑똑한 외국인이에요. 그 애는 부모님과 함께 배를 타고 여행하는데, 그 애 아버지는 훌륭한 항해사예요. 그들은 이쪽을 지나갈 거고, 저녁을 먹으러 들를 거예요."

11

해 질 녘에 우리는 그들을 환영하기 위해 항구로 내려갔다. 아름다운 모터보트였다. 그들은 보트 펜더를 내리고 있었다. 남편은 키를 잡았고, 아들은 젖은 물건을 널고 있었으며, L은 배를 돌아다녔다. 그녀는 남편에게 정박하기 전에 무엇을 해야 하는지 물으며 재빨리 움직였다. 밧줄을 처리하기 위해 특수 장갑을 낀 그녀는 밧줄 매듭을 능숙하게 묶고 풀었다. 나는 그녀와 남편이 주고받는 간결하고 명확한 대화에 주목했다.

그들은 작업을 마치고 엔진을 끈 다음 우리에게 인사했다. L은 까무잡잡하게 탔고, 남편도 마찬가지였으며, 그들의 아들은 부모보다 키가 컸다. 나는 L의 검게 그을린 근육질 다리와 허벅지에 난 흉터를 보았다. 그녀는 맨발이었고, 땀에 젖었고, 바람에 머리가 헝클어졌다. 그녀는 수영복 위에 투명한 겉옷을 걸쳤고, 우아하지만 낡은 샌들을 신었다.

불현듯 나는 이 장면을 멈추고, 그녀와 함께 배에 올라타 선실로 내려가고 싶었다. 마치 미스트랄 바람에 떠밀린 것처럼, 한 방향으로 쉬지 않고 움직이는 파도처럼, 우리의 러브 스토리를 담은 소설로 인해 예민해진 마음은 나를 그녀의 입에 키스하고, 그녀의 소금기 묻은 피부를 느끼고, 누구와도 공유하지 않은 채 관계를 공고히 하고 싶은 갈망으로 들끓게 했다. 그러나 그들이 배에서 내렸을 때 나와 그녀는 악수를 하며 인사만 나누었고, 그녀는 나에게 간단히 "안녕하세요" 하고 말했다.

우리는 P의 테라스에 자리를 잡았다. 우리는 다섯 명이었다. P의 남편은 다음 날 돌아올 예정이었고, L의 아들은 즉시 친구를 만나러 작은 광장에 나갔다. 우리는 우리의 언어를 사용했는데, 이제 L과 그녀의 남편도 우리 언어를 꼼꼼하게 공부한 후라 어느 정도 유창했다. 폭풍이 모기들을 쓸어갔다. 공기는 깨끗하고 쾌적했다. 식탁에서 나는 L 옆의 식탁 머리에 앉았다. P와 내 아내는 식탁 한쪽에 앉았고 L과 그녀의 남편은 맞은편에 앉았다.

그날 저녁 우리는 술을 조금 마셨지만 육지 멀미에 시달린 L은 술을 덜 마셨다. L의 남편은 최근 선거에 대해 논평하고, 그들의 보트 여행을 이야기했으며, 자신들이 좋아했던 섬과 작은 만 들의 아름다움을 묘사했다. 바다에선 별로 가진 것 없이도 모든 것을 즐기며 삽니다, 하고 그가 말했다.

우리는 라이스 샐러드를 먹고 나서 생선과 수박 몇 조각을 먹었다. L은 나에게 과일과 머틀주 술병을 건넸다. 우리가 먹고 이야기하는 동안, 별을 바라보고 파도를 느끼는 동안, 때때로 쇄골과 어깨가 만들어내는 살짝 파인 그 특별한 삼각형 살갗을 바라보는 동안, 나는 한 가지 사실, 즉 L과 남편이 보트 여행 중에 중요한 결정을 내렸다는 것을 알게 됐다. 다음 달에 그들은 고국으로 돌아가 이탈리아에서의 체류를 끝낼 예정이다. 현실적인 이유에서였다. 남편은 계속 여행하는 데 지쳤고, 아들은 고등학교 1학년을 막 시작하려했으며, L도 이곳에 살면서 희생해야 했던 직장 생활을 그리워했다. 그들은 떠나는 걸 아쉬워했으며, 이미 어떤 일에 대해선 향수를 느끼고 있었지만, 이전 생활로 돌아가기로 한 결정이 가족의 균형을 회복시켰고, 그들이 떨어질 뻔했던 낭떠러지가 더는 그들을 위협하지 못한다는 사실이 분명했다.

"어쩌면 우리는 새해쯤 다시 올 거예요. 우리는 아름다운 1월의 겨울 태양, 파네토네와 판도로를 즐기며 밖에서 점심 식사를 하고 싶어요."

"좋아요. 그럼 제 파티에 오세요."

P가 말했다.

우리는 그들과 함께 항구로 돌아가 부두에서 작별 인사를 했다. 안녕히, 하고 L이 다시 내게 말했다. 그게 다였다. 혼란스러운 와중에 나는 그녀의 뺨에 키스를 했다. 그러나 입이 쇄골 쪽으로 미끄러져 내려가 움푹 파인 삼각형 맨살에 머물렀다. 나는 몇 초 동안 입을 붙이고 있다가 곤혹스러워하며 고개를 들고는 중얼거렸다. "용서해주십시오."

그녀는 즉시 자리를 피했다. 아마도 분노와 격한 감정이 가득 찬 예전의 표정으로 나를 바라보았을 것이다. 그러나 너무 어두워서 알 수 없었다.

그녀는 다른 이들에게 인사를 하고 감사를 표한 후, 내 아내와 P와 포옹을 나눈 다음 가족과 함께 한적한 동굴 앞에 정박된 배의 비좁은 선실로 남편과 밤을 보내러 갔다. 반면 그 방황하는 입맞춤을 엿본 아내는 작은 집으로 돌아오자마자 새벽까지 나에게 욕을 퍼부었다.

"당신들 두 사람 사이에 무슨 일이 있었어?"

"없어. 난 그 여자를 잘 알지 못해."

"당신은 바보야. 내 친구였단 말이야."

"여전히 친구지."

"친구인지 잘 모르겠어. 내 마음의 짐을 없애려고 일부러 이곳을 찾아왔는데, 당신 덕분에 짐이 또 하나 생겼어."

"미안해."

아내는 진정하지 못했고, 계속 나를 공격하더니 울면서 내 창작의 안식처를 지옥으로 만들었다.

12

다음 날, 우리도 예상보다 일찍 서둘러 섬을 떠났다. 내가 P와 그녀의 아이들이 보는 앞에서 L에게 키스했기 때문에 우리가 떠나는 이유를 설명할 필요가 없었다. 그들은 모두 증인이었다. 거센 바람 소리와 성난 파도 소리에도 불구하고 그들은 아마 우리 부부가 새벽까지 싸우는 소리를 들었을 것이다. 며칠 동안 내가 얼마나 바보 같은 짓을 했는지 생각하며 몹시 당황했지만, 도시로 돌아온 아내가 더는 그 일에 대해 언급하지 않았기 때문에 불쾌한 감정은 사라졌다.

우리는 우리의 일상과 습관을 되찾았지만 나는 오랫동안 혼란에 빠져 있었다. 나는 소설을 포기했다. 내가 작업하고 있는 텍스트가 파국에 빠졌다는 것을 깨달았다. 나와 L 사이의 이야기는 불충분한 전제에 지나지 않았고, 결코 이루어질 수 없는 형태였다. 내가 짜놓았던 줄거리는 섬에서 잠시 현실과 합쳐졌다. 그 이야기는 아내에게 상처를 주고 굴욕감을 안겨줬다. 아내는 나와는 달리 신중하게 행동해서 결혼 기간 동안 나를 고통스럽게 한 적이 없었는데 말이다.

나는 그해 크리스마스 이전에 이미 P의 파티에 가지 않기로 결심했다. L이 가족과 함께 방문할 경우를 대비해 미리 변명을 생각해놓았다. 크리스마스 전에 P가 다시 아팠다. 병세가 급격히 나빠져서, 그녀의 생명을 구했던 훌륭한 의사가 더 이상 할 수 있는 일이 없다고 말할 지경이 됐다.

몇 달 후 나는 장례식에 참석하기 위해 P의 생일을 여러 번 축하했던 집에 왔다. 역시 화창하고 온화한 겨울날이었다. 그녀의 생일을 몇 주 앞둔 어느 토요일 오후, 그녀의 가장 가까운 친구들과 파티의 손님들이 함께했다.

큰 충격을 받은 아내는 마치 자매를 잃은 것 같았다. 우리는 집에 들어가기 전에 손을 잡았다. 여자들은 모두 검은색 옷을 입고 황망해했다. 여름에 섬에서 짜릿하게 즐거운 시간을 보냈던 P의 아이들은 방 하나에 줄지어 서 있었다. 아이가 울음을 터트리자 아내가 꼭 안아주었다.

"이 파티는 아내에게 중요했습니다." P의 남편이 내게 말했다. "매년 아내는 파티를 고대했습니다."

"저도요." 내가 대답했다.

우리는 P가 독특하고 밝은 여성이며, 우리 모두를 손님으로 맞을 힘을 가진 유일한 사람이라고 말했다. 문을 수없이 열고, 집을 손님들로 채우고, 사람들을 흥겹게 만들 힘을 가진 사람이었다.

반가이 맞이하는 P가 없다는 것 빼고는 차이가 별로 없었다. 장례식도 일종의 파티였다. 잠시 후 아이들이 잔디밭에서 다시 뛰놀았다. 창문이 많은 방 안 커다란 타원형 테이블에 음식이 가득 차려져 있었고, 손님들이 돌아다닐 수 있도록 의자가 테이블 주변에 배치되어 있었다.

우리는 음식을 먹고 수다를 떨었다. 누군가 죽었는 데도 숨을 쉬며 떠들어대고 어지러이 돌아다니는 걸 보니 모든 것이 잠시 예의에 어긋나고 형편없다고 느껴졌다.

우리는 다시는 이 집에 오지 못할 것이다. 이미 집을 내놓았다. P의 남편과 아이들은 이 집에 머물 수 없었다.

L은 자리에 없었다. 나는 그 사실에 놀라지 않았다. 그녀는 그다지 가깝지 않던 변두리 존재, 이따금 방문하던 손님이었기 때문에 장례식에 초대받지 못했다. 그녀가 속한 그룹의 몇 명, 즉 다양한 언어를 말하는 사람들, 우리의 삶을 잠깐 스쳐 지나간 사람들 중 몇 명이 보였다. 나의 어리석은 몸짓으로 끝난 알맹이 없는 막다른 이야기는 P처럼 그렇게 더 이상 여기에 없었다.

나는 불평할 수 없다. 내 소설의 배경을 만들어준 P는 내 생각과 달리 줄거리에서 살아남지 못했고 나쁜 결말을 만났다. P는 다른 나라에 있는 자식들을 방문하지 못할 것이며, 자식과의 거리와 지나간 시간, 자동으로 흘러가면서 모든 사람을 얽어매고 무릎 꿇게 하는 삶의 무자비한 줄거리를 애도하지 못할 것이다. 그러나 그녀의 파티는 내 안에 남았고, 지금도 그 파티, 사람들로 가득 찬 외딴집, 빛나는 잔디, 도시와 떨어졌던 몇 시간의 숭고한 분리를 생각하면 기분이 좋아진다. 내가 좋아했던 환경, 내가 확장하고 말하려 애썼던 풍성한 창작의 장, 그 속에서 나는 짧은 시기 동안 불성실한 남편, 열정에 불타는 작가, 행복한 남자였다.

밝은 집

밝은 집은 당신의 인생을 바꾼다.

봄에 두 살, 네 살, 여섯 살, 일곱 살, 아홉 살 먹은 다섯 아이들과 함께 이사한 이후 아내는 사람들 다리를 잡아먹는 에스컬레이터, 새벽에 옷장 문을 탁탁 열어젖히는 소리, 광장 노점에서 토마토를 침착하게 고를 때 2미터 거리 너머에서 위태위태 서 있다가 뒤집어지는 파라솔, 뿌리가 썩거나 잘린 채 병들고 방치된 나무들이 도로 한가운데로 쓰러져 자동차나 사람들을 덮치는 사고 때문에 흥분하는 일이 줄었다.

어느 날, 아내는 아이들 중 한 명을 유아차에 태우고 가다가 어떤 불쌍한 남자가 소나무에 깔려 죽는 장면을 목격했다. 죽은 남자는 아마 차에 앉아 누군가를 기다리다 지루해서 휴대폰 메시지를 확인하던 중이었을 것이다. 아내는 죽은 남자가 친한 사람이라도 되는 양 어서 경찰과 소방관 들이 시신을 차 밖으로 끌어내주기를 한 시간 넘게 돌처럼 뻣뻣이 굳은 채 기다렸다. 아내는 쓰레기통 공간을 아끼기 위해 재활용하기 전의 플라스틱 병을 손으로 우지직 구긴 것처럼 자동차가 완전히 찌그러졌다고 말했다. 아내는 몇 주 동안 집에 틀어박혀 있었고, 정신이 반쯤 나갔으며, 어린 아이들을 데리고 어느 곳에도 산책 나가려 하지 않았다.

반면 도시의 동쪽에 자리한 새 집에서 아내는 늘 도사리고 있는 위험을, 누구에게나 일어날 수 있는 신문 기사 속 불행한 재난을 더는 두려워하지 않게 됐다. 뜨거운 물이 준비되었다고 요란하게 울려대는 시끄러운 주전자 소리에 짜증내지 않았으며, 칭얼거리거나 생떼를 쓰면서 방을 난장판으로 만드는 아이들도 귀찮아하지 않았다. 얌전하고 마른 첫째, 약간 통통한 둘째, 벌써 안경을 쓴 셋째까지 남자아이 셋이었고, 그 아이들 틈에 엄마의 완벽하게 구부러진 얇은 입술과 눈썹을 꼭 빼닮은 활기찬 여자아이 두 명이 끼어 있었다.

2층에 있는 아파트는 50제곱미터에 불과했지만 처음으로 우리는 아침 햇빛이 내리쬐는 작은 침실을 갖게 되었다. 이해할 수 없는 비밀스런 메시지를 짹짹 주고받는 작은 새들과 함께 따스한 햇살이 우리를 깨웠다. 우리는 침실의 부드러운 시트를 좋아했고, 아이들이 낮잠을 잘 때 문을 닫고 사랑을 나누면 영혼을 적시는 하얀빛이 침실에 스며들었다. 우리는 심지어 여섯째 아이를 갖는 게 어떠냐며 농담을 했다. 집 주변은 바람이 잘 통했고, 그것은 우리를 일찍 찾아온 봄 더위로부터 구해주었다. 집 안에선 마치 갈매기가 우는 진짜 해변에 와 있는 것처럼 느껴졌다. 성가신 모래와 해파리는 없어도, 뼛속까지 침투해 눈을 감으면 눈꺼풀 뒤로 빨간 인광을 보게 해주는 햇빛은 늘 있어서 마치 바닷가에서 휴가를 즐기는 것 같다고 우리는 서로 우스갯소리를 했다.

도시 외곽 지역에서는 드넓은 하늘, 무한히 펼쳐진 하늘을 볼 수 있었다. 공사장과 많은 콘크리트에도 불구하고 때로는 도시보다 시골에 있는 것 같았다. 비록 많지는 않았지만 나무들도 있었다. 가로수 대신 날카롭고 키가 큰 갈대들이 길을 따라 같은 방향으로 기운 채 인상적으로 얽혀 서 있었다. 한 방향으로 기운 갈대의 모습은 마치 아직도 육탄전을 벌이는 세상에서 거대한 군대가 던질 준비를 하는 창들 같았다. 문 앞에 잡상인들이 조금 있었지만 참아야 했다. 이것은 도심, 관광객이 자주 찾는 북적이는 광장에서도 흔히 있는 일이었다.

우리는 이곳으로 이사 온 것에 마냥 기뻐하느라, 등이 약간 굽고 연로한 과부 이웃에게 미처 신경을 쓰지 못했다. 노파는 우리가 이삿짐과 씨름하느라 바쁠 때 진녹색 잔가지처럼 핏줄이 툭툭 불거진 떨리는 손으로 친절하게 커피와 도넛을 내주었다. 이웃 노파는 아내의 얼굴을 감싸고 있는 베일에 감탄하며, 아내의 베일 쓴 모습이 교회와 박물관의 색 바랜 그림에서 보이는 과거 시대의 고귀한 여성과 닮았다고 말했다. 이웃 노파는 범죄가 드문드문 일어난다며 동네에 대해 우리에게 주의를 줬다. 그녀의 생각에 우리는 좋은 가족이었다.

하지만 꿈꾸던 모든 것을 가지게 되면 더한 것을 원하는 법이다. 옷을 넣을 옷장, 포크를 넣을 서랍, 부엌 창턱에 놓을 수 있는 작은 화분을 아파트에 구비하고 나자 우리도 옆 건물에 있는 아담한 발코니처럼 식물을 몇 개 더 놓기에 딱 알맞은 공간이 있으면 얼마나 좋을까 생각했다. 아내는 침실에서 내다보이는 옆 건물 발코니의 자홍색 히비스커스 가지를 보라고 했다. 히비스커스 가지는 허공에서 흔들리는 화려한 낚싯대처럼 툭 튀어나와 있었다. 아내는 평화롭고 자유롭고 활기차게 흔들리며, 요람에 있는 듯 공중에 떠 있는 그 꽃 핀 나뭇가지가 되고 싶다고 말했다. 아침에 비둘기 몇 마리가 입에 나뭇가지를 물고 와서는, 차양을 감아 펴고 마는 손잡이 옆에 둥지를 짓기 시작했다. 차양 아래에는 흰색 철제 테이블이 있었지만 해 질 녘에 앉아서 먹거나 이야기를 나누는 사람은 보이지 않았다. 딱 한 번 슬리퍼를 신은 여인이 빗자루를 손에 쥐고 나와 새 둥지를 없애며 흡족해하는 모습을 본 적이 있었다.

*

그 집에 들어가면서 나도 처음으로 도시와 동네로부터 보호를 받는다고 느꼈다. 지역 주민과 상점 주인 들은 과장 없이 우리의 존재를 용인해주었다. 예를 들어 아내는 밖에서 돌아다닐 때 발목까지 오는 긴 드레스에 베일로 머리를 가리고 다녀야 마음 편해했는데, 그런 복장의 아내에게 정육점 주인은 다른 부인들에게 친근하게 묻곤 했던 것처럼 닭이나 간을 어떻게 요리하는지 등의 질문은 절대 하지 않은 채 고기를 썰어주곤 했다. 게다가 높다랗고 빽빽한 갈대가 벽처럼 둘러싼, 큰 소음이 없는 동네 같았다. 한쪽에는 큰 병원이 있었고 다른 쪽에는 철도가 있었다. 병원은 많은 공간을 차지했는데, 사람들은 늘 차량으로 붐비는 도로에서

부터 들어왔고, 그 도로와 평행으로 조금 떨어진 도로를 따라 영안실이 있었다. 그 사이에 다양한 병동, 오솔길, 덤불, 화단이 있어 마치 작은 도시 같았다. 높은 철책이 있었지만 모두가 지나다닐 수 있었기 때문에 우리는 마치 입원 환자의 친척인 것처럼 아이들과 함께 산책하러 몇 번 들어가기도 했다. 우리는 벤치에 앉아 꽃이 핀 협죽도와 향기로운 목련을 감상했고, 아이들이 숨바꼭질을 하는 동안 나는 담배를 피웠다. 물론 이 지역의 건물들과 병원을 둘러싼 벽 여기저기에 우리를 밀어내는 글이 있었다. 아, 그런 것들이 사방에 널려 있었다.

*

나는 침대에 누워 우리 옆 건물 발코니, 그러니까 아내가 매우 좋아했던 새 둥지와 히비스커스 가지가 있는 발코니의 닳아 떨어진 커튼 위쪽 장식을 바라보는 것을 좋아했다. 커튼 위쪽 장식은 연신 바람에 살랑거렸는데, 천은 완전히 색이 바랬고, 풀린 실오라기가 마치 머리카락이나 풀처럼 늘어져 있었다. 물결무늬 커튼 윗단에는 원래 동일한 크기의 파도 문양이 있었다. 이제는 모든 파도 문양이 달랐고, 둘로 갈라진 문양은 분리되면서 마치 무대 장막처럼 보이거나 세월에 좀먹은 신성한 파피루스처럼 보였는데, 내가 일했던 벼룩시장에서 일요일에 누군가 파는 물건 같기도 했다. 커튼 테두리가 윗단에서 여기저기 분리되어 하늘을 담은 일종의 텅 빈 눈 모양이 되었고, 이따금 바람에 흔들리면 그 무無를 담은 눈이 부풀어 올라갔다.

자잘하게 찢긴 그 낡은 커튼을 보노라면 전쟁도, 내 조부모님을 죽인 군인들도, 흰나비 떼가 바다 수면 위를 펄럭펄럭 날며 따라오는 가운데 부모님과 함께 이 나라로 온 여정도 생각나지 않았다. 광란하듯, 하지만 경쾌하게 우리와 여정을 함께 했던 나비 떼는 마치 우리에게 길을 인도하는 것 같았다.

처음에 우리 가족은 들판에 거처를 잡았다가, 그 다음에는 카라반이나 그때그때 보이는 곳에 거주했다. 그래서 나는 도시의 여러 지역에서 자랐고, 기억도 잘 나지 않는 곳에서 부모님, 형제, 그리고 이따금씩 찾아오는 각기 다른 친척들과 함께 지냈다. 토요일이 되면 나는 벼룩시장에서 아버지를 도와 시계를 수리하고 배터리나 시곗줄 혹은 기계 장치 전체를 교체하곤 했다. 많은 사람들이 쓸모없는 물건을 사느라 돈을 낭비하곤 했다.

아버지가 돌아가셨을 때 나는 아직 어렸다. 불행하게도 나는 시계가 어떻게 작동하는지 제대로 배우지 못했기 때문에 양말, 속옷, 잠옷 등 옷가지를 팔기 시작했다. 주중에는 여러 회사에 가구나 큰 상자, 가전제품을 배달했고, 일요일에는 중고책을 파는 사람을 돕기 시작했다. 헌책방 주인은 과거에 담뱃잎을 따다가 등을 심하게 다쳤기 때문에 나에게 차에서 짐을 내리고 천막을 설치하는 일을 시켰고, 하루 일이 끝나면 가판대를 정리하라고 했다. 그의 중고책 하나에 엄청난 금액을 지불한 사람이 있었는데, 뭉개진 곤충 얼룩이 여전히 페이지 사이에서 반짝이고 있다는 사실은 그 사람에게 중요하지 않았다.

스무 살에 나는 고국에서 온 여인과 결혼했고, 그녀는 나와 함께 세상 반대편에 있기 위해 자신이 알고 있는 모든 것에서 멀어졌다. 그녀는 추운 봄날 비행기에서 내렸고, 공항에서 집으로 가는 기차를 기다리는 동안 여행에 몹시 지쳤는지 연신 몸을 덜덜 떨었다. 불행히도 나는 그녀에게 줄 코트가 없었다. 행운을 불러오는 상서로운 행위를 성가시고 위험한 행위로 해석한 아파트 세입자들의 항의에도 불구하고, 어머니는 우리의 의식에 따라 그녀를 환영하기 위해 여러 꽃병에 꽃을 꽂아 건물의 문지방과 계단을 장식하겠다고 고집했다.

나는 도시를 소개해주기 위해 그녀를 데리고 다녔다. 우리는 종종 나무들이 많고 조각상이 몇 개 놓인 집 근처 공원에 산책을 나가곤 했다. 한번은 그녀가 은빛 잎사귀를 떼어내기 위해 올리브나무 가지를 만졌는데, 투명한 날개를 가진 소름 끼치는 매미 한 마리가 덥석 그녀에게 날아들어 손에 달라붙는 통에 공포에 질렸다. 그 순간 나무에 대한 그녀의 두려움이 생겨나지 않았을까?

결혼식 한 달 후 아내는 임신했고 겨울에 우리의 첫 아들이 태어났다. 하지만 그해에는 어머니가 치과에서 치아를 뽑은 지 사흘 만에 돌아가셨기 때문에 몹시 힘들었다. 불행하게도 어머니가 세상을 떠나신 후 나는 형제들과 다투었고, 그들은 다른 도시로 이사하거나 심지어 거주 국가를 바꾸기로 결정했다. 그래서 나 혼자 집세를 감당할 여유가 없었다. 나는 작은 행운이 찾아오기를 기다리는 많은 사람들에 섞여 다시 들판에 나가 살게 됐다.

셋째 아이를 낳고 우리는 공공임대주택을 신청했다. 나는 시민권이 필요할 거라 생각했지만, 아내가 여러 가지를 알아보았다. 아내는 불안감이 심하지만 똑똑한 여자다. 그래서 공공임대주택이 우리 같은 사람들에게도 제공되며, 몇 가지 서류를 준비해 시청에 신청하면 된다는 것을 알게 됐다. 모든 서류를 작성하면서도 나는 결과가 좋을 거라고 기대하진 않았다. 그런데 행운의 별이 우리 위에 찾아왔는지

볕이 잘 드는 우리만의 집을 배정받았다.

행운은 그리 오래 지속되지 않았다. 일부 주민들은 안뜰에 모여 서로 쑥덕이기 시작했고 무리를 형성했다. 그들은 우리가 집을 나설 때 불쾌한 말을 날리기도 했다. 한번은 소년들 몇 명이 우리 가족이 도둑이며 식구가 너무 많다고 놀려댔고, 방과 후 큰아들을 쫓아온 일도 있었다. 내가 그 아이들을 찾으러 내려갔을 때 그들의 부모는 훨씬 더 불쾌한 말을 내게 던졌다. 그들은 길가 천막에 출입하는 사람들이었는데, 천막에는 깃발 두 개가 교차되어 꽂혀 있었다. 천막에서 그들은 지나가는 사람들에게 전단지를 나눠 주거나 한쪽 팔을 위로 뻗은 채 시위에 참여하는 것 같았다. 그러던 어느 날 우리 가족 일곱 명이 모두 집으로 돌아가는데 다른 세입자들이 우리가 집으로 올라가게 놔두지 않았다. 여자들은 안뜰을 점거하고 "가방을 싸서 떠나라"고 외쳤다. 그녀들은 검은 직모와 두텁고 진한 눈썹을 가진 까마귀들처럼 보였다. 결국 우리는 그 여자들을 지나왔지만 아이들은 울음을 그치지 않았다. 문 앞에서 나는 또 다른 장애물, 동네 불량배들을 만나지 않을까 두려웠지만 아무도 없었다. 우리 집 문에 어떤 글귀나 상징도 적혀 있지 않았지만, 둥근 문손잡이가 약간 덜거덕거렸다.

하지만 집 안으로 들어와 창문을 닫아놓고 있어도 가방을 싸서 떠나라는 그 말이 꿰뚫고 들어와 환한 방을 점점 더 어둡게 했다. 마치 먹구름이 쏟아져 들어와 하늘이 둘로 쪼개지는 것만 같았다. 분위기는 매우 긴장되었고, 아내는 나무나 에스컬레이터 때문이 아니라 까마귀 여자들의 험악한 말 때문에 다시 외출을 두려워했다. 복도 끝에 사는 나이 든 과부는 뒤로 물러나더니 더는 차를 마시자며 아내를 초대하지 않았고, 아이들에게 캐러멜을 주지도 않았다. 한번은 계단에서 그녀가 나를 슬픈 눈으로 쳐다보다가 슬그머니 사라졌다. 결국 경찰과 기자 들이 개입했고, 위협적인 고소와 고발이 있었다. 겁에 질린 아내가 머리를 숙이고 문짝처럼 두 손으로 눈 주변을 단단히 가린 채 지나가는 동안 까마귀들이 사방에서 아내를 향해 비난의 소리를 지르는 사진이 신문에 실렸다. 우리 아이들이 놀란 표정으로 창문 너머의 성난 군중을 바라보고 있는 사진도 있었다. 마치 우리 자식이 아닌 것처럼 그렇게 이 나라 말을 잘하던 아이들이 벙어리가 됐다. 까마귀 여자들의 사진도 실렸고 우리 같은 사람들이 두렵다고 말하는 그들의 인터뷰도 있었다.

한 젊은 기자가 여러 번 우리 집에 와서 어떻게든 우리를 돕고 싶어 했다. 그녀는 키가 작고 매우 말랐으며 피부가 하얗고 아프리카 스타일로 땋은 머리가 풍성했다. 그녀는 우리가 그 집에 있는 건 합법적이며, 다른 세입자들의 태도는 비난받아 마땅한 불법이라고 주장했고, 우리의 이야기와 관점을 모두에게 알리기 위해 우리를 인터뷰하고 싶어 했다. 나는 친밀한 동향 사람들 이외에 우리 일에 대해 이야기한 적이 없었는데, 젊고 상냥한 기자에게 내 삶에 대해 조금 터놓는다는 생각은 나에게 한 줄기 희망을 주었다. 기자는 아내도 자리를 함께 하기를 원했지만 결국 나는 혼자 갔다. 아내는 인터뷰를 불편해했고, 기자를 믿지 않았으며, 젊은 기자가 나약한 유형이라 말했지만 질투심 때문일 수도 있었다. 우리는 기자가 살고 있는 시내 근처 광장에서 만나기로 했다. 기자는 하늘색 원탁 파라솔 아래에서 나를 기다리고 있었다. 그녀는 아이스티를 마시며 담뱃잎으로 손수 만 담배를 피우고 있었다. 그녀의 발치에 커다란 개가 자고 있었는데 긍정적인 에너지를 풍겼다. 그녀는 나를 마치 자신의 친구인 것처럼 대했다. 그녀는 내가 말하는 것을 지켜보았고, 내 말을 녹음하는 동안에도 왼손으로 메모를 했다. 어느 순간 기자의 휴대폰이 울렸고, 그녀의 상사가 인터뷰 내용이 다음 날 공개된다는 반가운 소식을 전했다.

나는 그녀에게 많은 이야기를 했다. 지난 몇 달 동안뿐 아니라 어린 시절의 많은 시간을 보냈던 주거용 트레일러에 대해, 여름철 내 모든 생각에 반주를 넣어주었던 매미의 떨리는 합창에 대해, 아내의 눈앞에서 일어난 잊을 수 없는 그 일에 대해 이야기했다. 나는 기자에게 나의 어머니에 대해, 밤에 머리를 땋아야 할 정도로 길고 검은 머리를 갖고 있던 시절의 어머니에 대해 이야기했다. 시계 수선 일을 했지만 자신을 위한 시간을 충분히 가질 수 없던 아버지에 대해서도 이야기했다. 기자는 인터뷰가 끝나자, 신문에 싣기 위해 인터뷰 내용을 조금 잘라내야 할 거라고 설명했지만 인터뷰 내내 친절하게 모든 얘기를 들어주었다. 그녀는 내가 편하게 말하도록 해주었고, 나는 바닷물에 뛰어들었다가 나와 젖은 머리가 시원한 상태에서 깨끗한 손으로 샌드위치를 먹을 때처럼 안도감과 만족감을 느꼈다. 기자는 집을 떠나지 말고 버티라고 나를 격려했다. 작별 인사를 하기 전에 그녀는 하늘색 테이블에 앉아 있는 내 사진을 여러 장 찍었고, 나는 가족을 구하고 까마귀 여자들을 물리쳤다고 확신하며 집으로 돌아왔다. 나는 도시를 운영하는 사람들, 시장, 변호사, 힘 있고 존경받는 정치인을 포함하여 수많은 사람들이 우리가 나눈 대화를 읽고 생각을 해줄 거라고 믿었다.

*

다음 날 아침 나는 신문을 사러 길거리 신문 가판대에 가서 신문을 한 장씩 넘기며 내 사진을 찾았지만 인터뷰 기사는 실리지 않았다. 기자는 내게 메시지를 보내 인터뷰 기사가 다음 날로 미뤄졌으며, 이런 일이 자주 일어나니 인내심을 가져야 한다고 말했다. 그러나 다음 날에도, 그다음 날에도 인터뷰는 실리지 않았고, 그녀는 세상의 또 다른 큰 뉴스를 위해 그녀의 상사가 기사 몇 개를 연기했다고 설명했다.

집 주변은 상황이 악화되어 까마귀들이 더 늘어났고, 경찰은 줄어들었으며, 주머니에 칼을 든 청년들이 많아졌다. 나는 더 이상 잠을 잘 수 없었고, 더 이상 햇살이 새들과 함께 나를 깨우지 않았다. 어둠과 낮을 잇는 칙칙하고 희끄무레한 빛이 나를 깨웠고, 그 회색빛 속에서 불안히 잠든 아내의 얼굴을 살폈다. 나는 무엇을 해야 할지, 어디로 가야 할지 막막했다. 결국 처음에 우리를 그토록 행복하게 해주었던 집을 포기하고 다른 해결책을 찾아야 할 것 같았다. 그러던 어느 날, 아내는 우리가 가지고 있는 거의 모든 비상금을 가지고 아이들과 함께 고향으로 돌아가는 표를 예매했다. 고향에서도 여러 어려움을 겪을 테지만 지금 당하고 있는 이런 모욕은 당하지 않을 것이라고 아내는 말했다. 나는 가족이 떠나는 것을 보고 슬펐지만 아내가 옳다는 것을 알았다.

나는 기차를 타고 공항까지 동행했고, 다시 기운을 차린 아내는 내가 식구들 부담 없이 새 집을 찾을 수 있도록 몇 달 동안만 고향에 있을 것이라고 말했다. 아내는 낙담했지만 그래도 긴 면 드레스를 입으면 늘 생기가 넘쳤다. 이후 우리는 휴대폰으로 이야기를 나눴고, 아이들이 휴대폰 화면에 축소되어 초점이 맞지 않은 모습으로 내게 인사하고 몇 초 동안 뽀뽀를 해주는 것을 보았다.

내 상황을 알게 된 헌책방 주인은 자기 건물에 몸을 누이고 살 수 있는 지하실이 있긴 하지만 기다려야 한다고 말했다. 그러던 중 친구 덕분에 중앙역 뒤편 아파트에서 다른 일곱 명과 함께 공동으로 사용할 방을 구했다. 그들은 모두 같은 도시에서 와서 내가 알아들을 수 없는 언어로 이야기했다. 우리는 깊은 냄비에 밥, 고기, 렌즈콩을 넣어 만든 요리로 밤 11시쯤 늦게 식사를 했다. 소화가 잘 안 되는 무거운 요리였고, 집은 매우 덥고 환기가 되지 않았다. 나는 모기가 내 얼굴, 귀, 눈꺼풀을 물어서, 혹은 명확한 이유 없이 30분마다 잠에서 깼다. 매일 밤 나는 잠이 나를 버렸다고 느꼈고, 망각의 갑옷도 입지 못한 채 잠 못 잔 얼굴로 아침에 홀로 나왔다.

지옥 같은 아파트에서의 첫 주가 끝날 무렵, 기자가 내게 전화했다. 그녀는 내가 어떻게 지내는지 물었고, 가족이 떠났다고 말하자 그녀는 매우 미안해하더니 바에서 만나자고 약속을 잡았다. 그녀를 다시 만날 생각에 나는 기뻤지만, 약속 장소에 거의 도착했을 즈음 그녀가 다시 전화를 해서 안타깝게도 만남을 연기해야 한다고 말했다.

바는 매우 작았고, 내가 도착했을 때 바텐더가 막 문을 닫으려 했다. 나는 보도에 있는 플라스틱 의자에 앉았는데 고맙게도 바텐더는 아무 말도 하지 않았다. 그는 나에게 물 한 잔을 권하기까지 했다. 잔을 받아든 나는 오랜만에 약간의 평화를 느꼈다. 그 시간에 거리는 바람이 잘 불었고, 나무들이 바람에 흔들렸으며, 갈고리처럼 구부러진 잔가지들이 나무 몸통에서 여기저기 뻗어 나와 매달려 있었다. 바텐더는 담배를 입에 물고 바 안의 바닥을 비로 쓸었다.

어느 순간 파란색 반팔 셔츠를 입은 키 작은 노신사가 걸어왔다. 노신사는 걷는 데 다소 불편함을 겪는 듯했다. "곧 문을 닫습니다." 노신사가 바에 거의 도착했을 때 내가 말했다. 노신사는 대답하지 않았는데 아마도 내 말을 듣지 못한 것 같았다. 그는 바텐더가 손님이 들어오지 못하도록 입구 앞에 놓아둔 바구니를 넘어갔다.

"영업 끝났습니다."

바텐더가 그에게 말했다.

"목이 마른데."

"뭘 원하시는데요?"

"키노토 한 잔."

바텐더는 유리잔과 병을 집어 키노토를 따랐고, 노신사는 팔꿈치를 긴 바 테이블에 댄 채 한 번도 잔을 내려놓지 않고 다 마셨다. 그런 다음 노신사는 내 옆 의자에 앉았다. 솔직히 나는 바를 집처럼 편안히 여기고, 입구에 놓인 장벽에 신경 쓰지 않고, 성가신 일을 하는 걸 두려워하지 않는 그 노신사가 조금은 놀라웠고 어쩌면 부러웠다. 노신사를 관찰하면서 나는 평생 나 자신을 침입자나 행인으로 느껴왔다는 걸 깨달았다. 오랜 시간이 지났는데도 여전히 내 자리가 없었고, 이제는 가족도 가까이 없었다. 그리고 까마귀 여자들 앞에서 나는 무엇을 했던가?

바로 그때, 맹세코 아내가 보도를 따라 바를 향해 걸어오고 있는 것 같은 착각이 들었다. 그녀는 베일을 쓰고 밑단이 발끝에서부터 살랑살랑 흔들리는 긴 면 드레스를 입고 있었다. 그녀는 옆머리에 커다란 리본 핀을 꽂은 어린 여자아이가 탄 유아차를 밀고 있었다. 그리고 유아차 앞에서 예닐곱 살짜리 남자아이가 줄곧 휴대폰을 보며 걸어가고 있었다. 나는 그 여자가 정말로 아내로 보였고, 혹시 신기루가 아닌가 하고 생각했다. 결국 그 여자가 아내가 아닌 다른 여자, 다른 엄마, 다른 남자의 아내라는 걸 깨달았다. 아무튼 그 모습은 내 가족의 작은 모습이었다. 나는 그녀가 모퉁이를 돌아갈 때까지 그녀를 응시했다. 노신사도 그녀를 흥미롭게 바라보더니 이를 악물고 뭐라 말했다. 듣지 못한 내가 노신사를 조금 당황한 눈으로 쳐다보자 그는 다시 말했다.

"이 더위에, 라고 말했소."

"뭐가요?"

"저 여자, 온몸을 덮었잖소."

사실 그 드레스 천은 매우 가벼워서 햇볕이 강해도 덥지 않다고, 내 아내처럼 그녀도 여기 교회 그림과 박물관에서만 볼 수 있는 귀족 여성과 닮았다고 나는 말했어야 했다. 그러나 내가 뭐라 대답하기 전에 노신사가 덧붙였다.

"20년 후에는 이런 사람들 천지일 거요."

나는 즉시 그 바와 불쾌한 노신사를 떠났다. 그도 까마귀였다. 내 생각에 그는 그녀뿐 아니라 내 아내까지 모욕한 거였다. 나는 아내가 이 도시를 걸어 다니는 게 얼마나 힘든 일이었을지, 그렇게나 우아하고 기품 있는 아내가 자신을 지켜보는 사람들의 생각과 감정을 느끼며 아이들과 함께 긴장 속에 돌아다닐 때 얼마나 힘들었을지 깊이 생각했다. 나는 아내가 왜 떠났는지 이해했고 다시는 돌아오지 못할까 봐 두려웠다.

나는 아파트로 돌아왔지만 그날 저녁은 너무 더워서 밤늦게 산책을 나갔다. 나는 강을 건너 벼룩시장이 열리는 동네까지 걸어갔다. 나는 일요일을 제외하고는 거기에 가지 않았는데, 일요일엔 노점들이 자리를 차지하고 있어 길이 막혔다. 산책을 하는데 천둥소리가 들리더니 비가 억수같이 쏟아지기 시작해서 지하도에서 비가 그치기를 기다렸다. 나무 상자가 있었고 나는 거기에 앉았다. 고요하고 깨끗한 공간이었고, 아무도 없었다. 평소에는 많은 차들이 아래로 지나갔지만 이 시간에는 한적했다. 옆에는 두 개의 넓은 횡단보도가 있었다. 나는 벽에 머리를 기대고 다리를 쭉 뻗은 채 그 자세로 깜빡 잠이 들었다. 깨어났을 땐 억지로 잠에서 깬 느낌이 아니라 드디어 푹 잘 자고 난 느낌이었다.

다음 날 나는 두세 가지 물건을 챙기고 매트리스와 이불을 준비했다. 나는 낮에 지하도에서 값싼 책 몇 권을 팔았는데, 가치 있는 것은 아무것도 없었지만 가끔 누군가가 발길을 멈추고 샌드위치를 살 수 있는 여분의 동전까지 얹어 돈을 주기도 했다. 한 남자도 와서 동전 몇 개를 줍기 위해 지하도를 쓸었다. 우리는 뜨거운 음식을 먹으려고 무료 급식소 앞에 줄을 섰다. 교통체증에 정신이 번쩍 들었지만 예전의 들판에 비하면 적어도 나의 공간이었다. 지하도는 앞뒤로 거대한 창문이 항상 열려 있는 길고 좁고 큰 건물 같았다.

자동차가 옆에서 그리고 위에서 지나갔다. 비가 오면 행인들은 잠시 멈춰 서서 하늘이 개기를 기다렸지만 누구도 나를 방해하지 않았다.

잠들기 전 나는 여전히 햇살 밝은 집에 있는 상상을 하며 아내의 가느다란 발을 얼룩덜룩 비춰주던 빛, 베개에 흩어진 아내의 숱 많은 머리를 떠올렸다. 그러다 아이들이 두 손으로 문짝처럼 얼굴을 가린 모습과 창문 앞에 있는 모습을 담은 신문 기사 사진이 떠올라 괴로웠다. 돌아서면 눈에 서린 공포가 보이지 않았지만 나는 그 공포를 머릿속으로 똑똑히 기억하고 있었다. 나는 그 사진들이 걸어서 지하도를 건너는 모든 사람들, 위아래서 자동차와 오토바이를 타고 지나는 모든 사람들, 공터 주변의 모든 가게 주인들, 그리고 버스를 기다리는 사람들의 휴대폰에 있을 수 있다는 것을 깨달았다. 모두가 그 이미지를 가지고 다닐 수 있다고 생각하니 가슴속 고통이 조금 누그러졌다. 그러던 어느 날 관광객인가 싶은 남자가 멈춰 서서 내 사진을 몇 장 찍었다. 아마도 그는 내가 자고 있다고 생각했겠지만 나는 깨어 있었다. 그는 내 사진으로 무엇을 하고 싶었던 걸까?

나는 화가 나서 벌떡 일어나 한동안 그를 따라갔다가 그냥 놓아주었다. 그를 공격해도 소용없다. 내가 그에게 무슨 말을 할 수 있을까? 나는 가게 쇼윈도 앞에서 잠시 멈췄다. 나는 매우 말랐고, 수염은 텁수룩했으며, 길을 잃은 표정이었다. 나는 빛을 사서 샤워하고 싶었다. 지하도의 어둠으로 돌아가고 싶지 않았다. 다른 일곱 명과 함께 사는 아파트로 돌아가고 싶지도 않았고, 건물 지하실은 여전히 기다려야 했다.

나는 주머니에 있던 동전으로 갑자기 지하철을 타고 도시 외곽으로 돌아갔다. 예전에 가족과 함께 살던 건물이 너무나 그리워 밖에서라도 집을 보고 싶었고, 너덜너덜해진 커튼, 작은 베란다에서 툭 튀어나와 저절로 흔들리는 히비스커스 가지를 훔쳐보고 싶었다. 날카로운 갈대, 피부에 따스하게 와닿는 빛, 간혹 비행기가 이륙하며 내는 굉음, 갈매기의 날카로운 울음소리가 그리웠다. 나는 지금 그 집에 누가 살고 있는지 궁금했다. 혹시 우리 가족의 흔적 때문에 까마귀 여자가 몹시 짜증을 내진 않았을까? 우리 가족이 뭔가 흔적을 남겼을까? 나는 흔적을 남겼을지도 모른다는 의심이 생겼다. 그해 봄 아이들의 키를 재기 위해 신중하게, 문 뒤쪽 벽에 눈에 띄지 않게 연필로 표시를 해두었던 것을 혹시 보았을까?

다시 병원을 찾아갔지만, 아이들이 덤불과 화단 사이에서 신나게 노는 동안 아내 옆에서 걷던 즐거움만이 머릿속에 강렬히 떠올랐다. 나는 벤치에 앉을 생각이었지만 벤치는 거의 다 찼고 딱 하나 비어 있었다. 하지만 그 벤치는 앉는 쪽 막대살이 없었고 등받이 쪽 막대살만 남아 있었다. 그래서 나는 병원 주변의 거리를 계속 거닐었다. 영안실을 거쳐 지나가다가 도시에서 보낸 모든 세월 동안 결코 눈치채지 못한 것, 불안하게 팔랑팔랑 날아다니는 어두운 존재, 나비 떼가 눈에 들어왔다. 나비 떼는 정처 없이 마구 움직였고 나는 나비 떼가 마음에 들지 않았다. 바다 위를 날던 과거의 흰 나비 떼 같지 않았다.

나는 지쳤고, 날이 더워졌기 때문에 그늘을 만들어주는 나무 아래에 멈춰 섰다. 나무 아래에서 나뭇가지, 나무 몸통 여기저기 내려앉아 폭포를 이루는 이끼를 바라보다가 잠이 들었는데 나비들이 내 눈앞을 휙휙 날아다니며 조금 짜증스럽게 했다. 머리 위의 나뭇잎은 별로 흔들리지 않았는데 대신 흙먼지가 눈에 들어와 따가웠다. 나는 나뭇잎 사이로 하늘을 바라봤다. 매일 아침 집에서 맞이했던 그 넓은 하늘이 더는 아니었다. 이 하늘은 나뭇가지, 나뭇잎에 모두 잠식되어 저마다 다른 모양의 작고 들쭉날쭉한 모양을 하고 있었다.

그 하늘 조각들을 가만히 바라보는데 시장에서 팔던 책들이 생각났다. 그중에는 투명한 비닐 봉투로 보호된 고가의 책임에도 불구하고 속 페이지가 손상된 책들이 일부 있었다. 눈을 감은 나에게 눈꺼풀을 통해 느껴지는 세상은 어둡지도 정적이지도 않았고 계속 움직였다. 여러 원이 빙빙 돌아가는 표적이 느껴졌고, 어느 순간 나는 그 사이로 아내, 아내의 눈과 광대뼈, 눈에 띄게 구부러진 눈썹, 차분한 미소까지 보았다. 진짜 얼굴이라기보다는 가면에 가깝다고 말하고 싶은 고요한 얼굴이었다. 나만의 신기루 안에서, 환각 안에서 그 고요한 얼굴은 아내와 닮아 보였다. 아내를 생각했다. 느닷없이 쓰러져 사람들을 죽이는 묵직한 나무들에 대한 아내의 두려움을 생각했다. 이 나무는 나를 보호하고 있을 뿐 쓰러지지 않는다고 아내에게 말하고 싶었다. 잎사귀에서 튀어나와 손에 달라붙는 성난 매미도 없고, 저 멀리 보이는 어두컴컴한 계곡처럼 노출된 튼튼한 뿌리가 단단히 박혀 있다고 말하고 싶었다.

잠에서 깨어났을 때 나는 어디로 가야 할지 고민했다. 나비 떼가 철도로 향했다. 다가오는 기차를 기다리며 나는 아름다운 것들과 선로 사이에 돋아난 빨갛고 노란 양귀비꽃만을 생각했다.

Ⅱ

계단

1. 어머니

이른 아침 계단을 오르던 어머니는 계단 꼭대기에 거의 다다랐을 즈음 발길을 멈추고 잠시 몸을 돌려 전망을 즐긴다. 네모난 지붕 위로 위성 안테나와 굴뚝이 솟아나와 있는데, 굴뚝에서는 깃털처럼 뽀얀 연기가 모락모락 피어오른다. 납작한 잎사귀가 무성한 나무들이 구불구불 도는 강을 따라 늘어서 있다. 빨간 기중기들이 인도교처럼 허공을 향해 뻗어 있다. 숨이 가빠지고 등에 식은땀이 흐른다.

해가 뜨기 전에 여기 오면 모든 것이 뿌옇게 보인다. 건물들은 연기로 만들어진 것 같고, 별 몇 개가 뭉그적거리는 대기는 희뿌연 회색빛을 띤다. 똑같이 생긴 두 개의 돔이 햇빛을 받아 빛나고, 배경으로 보일락 말락 한 산의 모양은 폭풍우가 치는 바다에서 거세게 일어나는 거대한 파도처럼 보인다.

오늘은 시간이 조금 늦어서 하늘은 이미 눈부시게 빛나고 도시는 반짝이고 있다. 어머니는 마지막 계단을 올라 꼭대기에 있는 돌기둥 중 하나에 몸을 기대며 가방에서 휴대폰을 꺼내 파노라마 사진을 여러 장 찍는다. 13년 전 이날 태어난 아들에게 곧바로 사진을 전송한다. 아들은 아직 학교에 있을 거다. 아들은 다른 대륙, 까마귀와 야자나무, 흙먼지가 가득하고 습한 도시에서 조부모와 함께 살고 있다.

버스를 기다리거나 혼잡한 거리를 걸을 때 어머니는 이 드넓은 하늘을 볼 수 없다. 그녀는 지금 있는 위치에서만 제비들, 날개를 움직이지 않고 날아가는 갈매기 몇 마리, 눈이 닿는 곳까지 끝없이 펼쳐진 드넓은 공간을 바라볼 수 있다.

반면에 시선을 내리면 밤에 모이는 아이들 때문에 검게 변색되고 더러워진 석회 계단이 보인다. 온전하거나 깨진 병들, 석판 사이 틈에 쌓인 담배꽁초들, 바닷가에 널려 있는 조개껍데기나 단추처럼 찌그러져 바닥에 널려 있는 맥주병 뚜껑들. 빈 플라스틱 컵들이 뒤집힌 채 어두운 바다를 규칙적으로 쓸고 다니는 등대 불빛처럼 오른쪽에서 왼쪽으로 흔들리고 있다.

계단은 얼룩덜룩한 회색이지만 중간에 화려했던 색이 바랜 계단 조각이 끼어 있다. 열렬한 사랑을 받는 축구팀의 승리를 기념하기 위해 칠해진 노란색과 빨간색 흔적이다. 구멍이 숭숭 뚫린 돌에 이끼가 끼어 있고 잡풀이 난 작은 웅덩이들도 있다.

어머니는 지난밤의 일을 잊은 채 환히 피어난 재스민으로 덮인 벽을 따라 나아간다. 잠시 후면 그녀는 일주일에 6일씩 집안일을 돕는 가족의 저택에 도착할 것이다.

오늘은 저택 문이 열려 있고, 어머니처럼 먼 열대 지방에서 온 수위가 정원에서 가지치기를 하고 있다. 그들은 서로 인사하면서 테라스의 식물들, 두 사람에게 고향의 초목을 기억나게 해주는 식물들에 대해 이야기한다. 재스민 외에도 목련과 히비스커스, 대추야자나무, 바나나나무가 있다.

어머니가 엘리베이터를 기다리는 동안 수위는 그녀의 도착을 가족에게 알리기 위해 가지치기용 가위를 내려놓는다. 어머니가 가방에 문을 열 수 있는 열쇠 다발을 가지고 있는데도 말이다.

어머니는 집안일을 하면서 부부의 두 아이를 돌보기 시작한다. 부부는 사무실에서 일하며 저녁에는 약속이 있다. 어머니는 다른 사람의 아이들과 함께 하루를 보낸다. 그녀는 아이들을 학교에 데려가고, 산책을 시키고, 몇 가지 레슨과 모임, 공원과 치과에 데려간다. 여자아이는 다섯 살이고, 남자아이는 일곱 살이다. 어머니는 그 아이들을 사랑한다.

1년에 두 번 고향을 오가던 그녀의 남편이 그녀에게 로마로 와서 자신이 오래전부터 콜로세움 뒤편에서 운영하고 있는 바 일을 도와달라고 부탁했을 때, 아들의 나이는 일곱 살이었다. 당시 그들은 다른 나라에서 아이를 키울 능력이 되지 않았고 이는 여전히 쉽지 않았다. 그로부터 몇 년이 지났어도 학업을 중단시키고 아들을 로마로 데려오는 것은 복잡한 일이었을 것이다.

아이들이 학교에 있는 동안 그녀는 장을 보고 정육점 주인에게 목록을 보여주며 필요한 고기의 양과 자르는 방법을 일러준다. 오늘 그녀는 자신의 고향을 위해, 멀리에서나마 아들의 생일을 축하하기 위해 정육점에서 고기를 구입한다.

그녀는 심부름을 하며 자신에게 묻는다. 지금, 바로 이 순간 아들은 어떻게 지내고 있을까? 오늘 학교에서, 교복을 입고, 교실이나 학생 식당에서 무엇을 했을까? 선생님의 질문에 어떻게 대답했을까? 학교 친구에게 무슨 말을 속삭이고 있을까? 무슨 일로 웃을까?

그녀는 일하는 집에서, 늘 깨끗하게 닦여 있는 가스레인지를 이용해 음식을 준비한다. 그녀는 이제 미트볼과 롤을 잘 요리할 줄 안다. 오후가 되면 그녀는 아이들을 공원으로 데려갈 것이고, 그곳에서 아이들은 유명한 인물의 대리석 흉상 사이를 뛰어다닐 것이다. 그녀는 아래에 바다가 펼쳐진 것이 아니라 여러 건물들, 나무, 폐허 및 유적지만 있기 때문에 매우 흥미로운 등대에 갈 것이다.

어머니는 늦게까지 일하다가 지쳐서 집에 돌아오는 남편, 그리고 고향 사람 몇 명과 함께 작은 아파트에서 살고 있다. 그들은 자전거나 오토바이로 배달 일을 하고, 레스토랑 주방에서 다 모으면 몇 킬로미터는 될 야채의 껍질을 벗기고 자르고, 얇게 썬 가지를 기름에 튀긴다. 집으로 돌아오면 그녀는 쌀과 빨간 렌즈콩, 염소와 감자 스튜를 식탁에 올려 7인분 밥상을 차린 다음 식사 후 식탁을 치우고 설거지를 한다.

그녀가 돌보는 두 아이의 아버지는 저녁에 귀가하고 어머니는 요즘 해외에 있다. 그녀는 주인 남자에게 장 본 영수증을 보여주고, 아직 냄비에 든 따뜻한 닭고기, 감자, 야채를 가리킨다. 그녀는 앞치마를 벗고, 집으로 가는 버스 정류장에 가기 위해 계단으로 향한다.

지금 계단은 더 이상 그녀의 것이 아니다. 계단을 내려가기 전에 그녀는 짙은 화장을 하고 과감한 검은색 드레스에 부츠 차림인 두 젊은 여자가 사진작가를 위해 포즈를 취하고 있는 걸 본다. 계단 여기저기 사람들이 앉아 있는데, 그들은 분명히 할 일이 없어 일몰까지 머물며 경치를 즐기는 이들일 것이다. 계단 중간에 케이블과 조명, 촬영용 레일과 슬레이트를 가지고 일하는 영화 제작진이 있을 경우 멈춰서 그들이 통과할 수 있다고 말할 때까지 기다려야 한다. 키가 작고 재치 있는 유명 배우가 카메라 앞에서 다른 남자와 가짜 싸움을 벌이는 것을 예전에 한 번 본 적이 있다.

다시 하늘을 가만히 응시하자 어쩐지 아들 가까이에 있는 느낌이 든다. 어디를 가든 하늘의 요소들, 달, 태양, 별, 바람, 비는 변함이 없다. 멀리 있는 그녀의 아들도 그것들을 볼 수 있다.

이상하게도 더 피곤하긴 하지만 계단을 내려가는 것보다 오르는 것을 더 좋아한다. 그녀는 하강을 좋아하지 않으며 균형을 잃는 것이 두렵다. 그녀의 눈에 휴대폰을 함께 보고 있는 그녀 아들 또래의 소년들이 들어온다. 소년들은 무거운 검은 배낭을 계단참에 내려놓고 모두 바싹 붙어 앉아 노래를 부르고 있다. 현기증을 느낀 그녀는 잠시 자리에 앉아 장바구니를 바닥에 내려놓는다.

몇 년 전, 가사도우미 일을 시작하기 전의 일요일, 도시가 텅 비고 매미가 사람보다 많은 것 같은 계절, 벌레 소리에 온 세상이 진동하고 공기마저 떨릴 때, 그녀와 남편은 정오쯤이 되면 야외 계단에서 점심을 먹곤 했다. 그들은 자신들을 곁눈질하는 행인들을 무시하고 고국의 습관에 따라 손으로 밥을 먹었다. 그들은 아직 젊은 부부였고, 그녀는 조만간 아들을 데려올 거라 생각했으며, 곧 아이를 하나 더 낳기를 바랐다.

그녀는 자리에서 일어나 갈 길을 간다. 계단에 커플 한 쌍이 보인다. 길을 잃은 관광객인 모양인데 얼굴이 빨갛게 달아올랐지만 우아하다. 아내로 보이는 여성은 긴 줄무늬 면 소재의 선드레스와 검은색 밀짚모자를 쓰고 있다. 남편은 보라색과 흰색이 섞인 반팔 체크무늬 셔츠를 입고 옅은 주황색의 시내 지도를 들고 있다.

남자가 묻는다.

"공원이 어디에 있습니까?"

"저 위에요."

어머니가 손가락으로 계단 꼭대기를 가리키며 대답한다.

어머니는 불안한 걸음으로 몇 계단 내려가다가 다시 현기증을 느낀다. 지도를 든 남자가 그것을 알아차리고는 반사적으로 친절하게 팔을 내밀어 그녀가 기댈 수 있게 한다. 그녀는 감사함과 당황한 감정이 뒤섞인 채 낯선 사람의 자발적인 도움과 손 아래 피부의 놀랍도록 상쾌한 느낌을 받아들이고, 그들 부부는 그녀를 부축해 자동차들이 지그재그로 주차되어 있는 계단 아래까지 데려다준다. 전차 선로와 버스들이 있는 곳으로 걷기 전 그녀는 공원을 향해 올라가는 행복한 부부를 몇 초 동안 지켜본다.

그녀는 자신의 뒤에서 달려와 그녀의 치마 천을 잡으며 외치는 누군가의 존재를 느낀다.

"저기요, 아줌마!"

그녀는 돌아서서, 음악을 듣고 있는 소년들 무리 중 한 명을 본다. 소년은 장바구니를 손에 들고 있다. 이마에 여드름이 가득하다. 소년이 말한다.

"이 물건 아줌마 거예요."

물건을 건네준 소년은 계단에 앉아 있는 친구들에게로 얼른 돌아간다.

어머니는 이 도시의 계단은 돌로 만들어졌음에도 불구하고 마치 바다 같아서 파도가 조만간 모든 것을 회복시킬 것 같다고 생각한다. 가방을 열자 저녁에 요리할 고기의 시큼한 냄새가 풍긴다.

2. 미망인

늦은 아침 계단을 내려오는 미망인은 산산이 깨져 널려 있는 유리가 무서워서 발을 내딛기가 힘들다. 무엇보다 여름 몇 달 동안 샌들을 즐겨 신기 때문에 맨살이 일부 드러나 있다. 때때로 도로를 걷다가 그녀의 발걸음에 차인 작은 유리 조각이 자갈처럼 튀어 올라 발밑을 찌른다면 어떻게 될까? 잠시 고무 밑창의 틈새에 박혀 있다가 집 안 마룻바닥에서 떨어져 나간다면? 집 안에서 맨발로 걸어 다니다가 유리 파편에 찔려 피를 흘리게 된다면? 이런 더운 날씨에 그녀는 집에서 슬리퍼를 벗고 발아래 대리석의 차가움을 느끼는 것을 정말 좋아한다. 만약 강아지가 발을 다치면 어떻게 될까? 설상가상으로 강아지 입에 유리가 들어가면?

한때 미망인은 여름이 오는 걸 좋아했고, 아름다운 계절을 대비해 시내의 단골 신발 가게에서 즐겁게 새 샌들을 사는 습관이 있었다. 신발 가게는 겨자색 교회 모퉁이에 있었는데, 다양한 모델을 진열장에 전시했고, 비좁은 실내엔 고객을 위한 의자 두 개만 놓여 있었으며, 신발 상자들이 천장까지 쌓여 있었다. 그러나 지금 미망인은 그 즐거움조차 위험할 수 있다고 생각한다.

계단에 부서져 있는 유리는 멜론 조각에 달라붙는 파리들처럼 새벽 두세 시까지 계단에 붙어 있는 청소년들에 의해 산산조각이 났다. 유리 파편 몇 개는 발에 밟혀 반짝이 가루처럼 되지만, 구부러진 채로 단단한 병 모양을 유지하는 꽤 큰 조각들도 있다. 녹색이나 뿌연 황갈색, 혹은 흔하지 않지만 진한 코발트블루 유리 조각들이다. 술병들도 여전히 온전한 상태로 계단 여기저기에 파수꾼처럼 남아 있다. 계단에 흩어진 파편들은 한때 미망인이 어머니와 함께 바닷가에서 주웠던 유리 조각들과 달리 아름답고 부드러운 빛을 띠지 않는다. 바닷가에서 주운 유리 조각은 소중한 보석처럼 보여서, 처음에는 손에 담았다가, 다음에는 비단 안감을 대고 벨벳으로 덮은 작은 상자에 보관했는데 상자에선 겨울에도 해변 냄새가 났다. 바다에서 멀리 떨어진 이곳 계단의 바싹 마른 유리 파편은 날카롭고 역겹기만 하다. 이 모든 것이 그녀에게 쓰디쓴 고통을 불러일으킨다. 때때로 그녀의 건물에 사는 여자들 몇 명이 장갑을 끼고 계단을 청소하면서 지난 계절의 바람에 날아가지 않은 누런 나뭇잎과 밤의 오물을 치우려 한다. 청소를 해도 해도 끝이 없자 누군가 야간 소음에 반대하는 탄원서를 돌리지만 소용없다.

청소년들 때문에 미망인은 더 이상 잠을 잘 수 없다. 옛날에는 그녀의 침실에서 계단이 내려다보였고 밤새도록 감미로운 바람이 불어 모기를 쫓아냈다. 요즘 그녀는 소음을 피해 식당에서 잠을 자고, 그러느라 사람 두 명을 불러 가구를 옮겨야 했다. 미망인은 혼자 살기에 조상에게서 물려받은 장롱과 탁자, 호두나무 침대를 옮길 수 없었던 것이다. 방에서 방으로 몇 가지 가구를 옮기는 소규모 이사로 인해 당혹스런 일을 겪었다. 그녀는 화장대 서랍의 작은 상자에 오래된 브로치를 넣어두었는데 불행히도 브로치가 보이지 않았고, 이사 짐꾼 한 명이 가져가지 않았을까 의심이 든다.

매일 아침 미망인은 계단에 널린 깨진 병 조각들의 공격, 흡연자를 위협하는 글귀가 적혀 있음에도 청소년들에게 마구 짓밟힌 후 버려진 담뱃갑들의 공격을 받고 있다고 느낀다. 엎질러진 맥주로 인해 계단이 끈적거리는 일도 흔하다. 그녀는 계단을 따라 늘어선 벽에 스프레이로 쓰인 모든 것에도 공격을 받고 있다고 느낀다. 그 기이하고 부풀어 오르는 수수께끼 같고 괴물 같은 언어는 무엇을 의미하는 걸까? 그녀는 철자 몇 개를 알아볼 수는 있지만, 사실 몇몇은 철자라기보다 숫자처럼 보이고, 단어는 전혀 알아볼 수 없다. 그녀는 아무것도 해독할 수 없기에 모욕감을 느낀다. 주변에서 들리는 외국인들의 대화 내용을 전혀 알아들을 수 없었을 때의 심정과 조금 비슷하다. 동네를 감탄하며 구경하고 재미삼아 쇼핑을 하다가 떠나는 관광객들과 노점에서 일하며 아이를 낳고 자기들끼리 이야기를 나누는 외국인들 말이다. 이해할 수 없는 낙서 또한 무례한 행동, 비록 조용하지만 분명 건방지기 짝이 없는 행동처럼 느껴진다. 일반적으로 미망인은 청소년들을 배려하는 마음이 부족했고, 교복을 입고 국가를 부르고 학교 운동장에서 국민체조를 했던 과거의 규율을 아쉬워했다.

미망인은 여전히 어느 정도 루틴을 지키려 노력한다. 예를 들어 매일 아침 그녀는 강아지와 함께 공원으로 나갔다가 혼자 신문 가판대에 들른 뒤 바에 가고, 보도에 있는 테이블에 앉아 커피를 마시고, 신문을 읽고, 몇몇 이웃들과 대화를 주고받는다. 오늘 아침 바에서는 모두들 전날 밤의 소음에 대해 불평한다. 누군가 고발을 하자 아침에 계단 근처 도로에 주차된 자동차들의 사이드미러가 깨진 것이 발견됐다.

커피를 마신 후 미망인은 과일과 채소를 사기 위해 광장에 있는 단골 노점으로 간다. 그녀는 늘 가는 곳을 별 어려움 없이 돌아다닐 수 있고, 나이가 들었어도 동행할 사람이 필요하지 않다. 그녀의 친구들 중 일부는 더 이상 혼자 외출하지 못했으며, 움푹 팬 구멍을 두려워했고, 발목이 몸을 잘 지탱하지 못할까 봐 두려워했다. 심지어 이제 다 커서 집에 잘 있지 않는 자식의 방에서 자며 자신을 돌보는 사람을 두고 있다. 그녀는 광장 노점의 농민들이 비유럽연합 출신 청년에게 배달시키는 식료품을 받고 있지 않다. 그녀는 여전히 저녁에 얇은 고기 조각과 함께 먹을 야채를 직접 고르고 싶어 한다.

그녀의 남편은 죽기 전에 팔을 뻗어 그녀의 어깨에 한쪽 손을 얹곤 했고, 그것이 습관이 됐다. 그녀는 하루에 한 번, 오전 늦게 남편을 끌고 외출하곤 했는데, 자신이 마치 수면 위에 간신히 떠 있는 고장 난 고무보트를 끌고 가는 배 같다고 느꼈다. 남편은 시종일관 발을 질질 끌며 걸었다. 남편은 한 발 한 발 내딛어야 하는 불안을 마구 발산하며 뻣뻣한 손가락을 그녀의 어깨에 얹었는데, 지금도 남편의 손 무게가 어깨에 느껴지는 것 같다. 남편은 병들기 전 수십 년 동안 아침에 일어나 옷을 입고, 일하고, 돈을 벌고, 운전하고, 춤을 추고, 여름엔 산을 등반하며 가장 외딴 대피소에서 그녀를 돌보곤 했었다.

장을 보고 집으로 돌아가던 미망인은 그녀가 사는 건물 뒷문으로 이어지는 계단 중간의 작은 철책 문 앞에 경찰관 몇 명이 어슬렁거리고 있는 것을 본다. 이들은 세 명이고 하얀색 글씨로 선명하게 '경찰'이라고 적힌 티셔츠를 입고 있다. 미망인은 그들을 보고 놀라는 동시에 안도한다. 경찰이 지속적으로 계단을 순찰할 필요가 있다고 생각했기 때문이다.

경찰들이 미망인을 보자마자 묻는다.

"문을 열어주시겠습니까, 부인?"

"무슨 일인가요?"

"건물을 수색해야 합니다."

"왜요?"

"누군가 철책 문을 뛰어넘어 간 것 같습니다."

미망인은 움찔 놀라며 급히 가방에서 열쇠를 꺼낸다.

"새벽 두세 시까지 여기에서 노닥거리는 불량한 녀석들 중 하나일 거예요."

미망인이 말한다.

"그럴까 봐 걱정입니다, 부인."

"이런 종류의 일이 늘 두려워요. 예전에 이 구석 동네는 조용했어요. 녀석들의 부모가 누구인지 궁금하군요."

"자녀가 있으십니까, 부인?"

"남편은 세상을 떠났고, 난 아이들이 없어요. 강아지와 함께 살고 있죠."

미망인은 열쇠를 자물쇠에 넣고 철책 문을 연다. 그런 다음 건물의 문을 연다. 미망인이 말한다.

"와주셔서 정말 감사합니다."

"천만에요."

"집에 들어가도 될까요? 위험한가요?"

"누구에게도 말을 걸지 말고 안으로 들어가 당분간은 안에 머무실 것을 권합니다."

경찰들은 앞으로 달려가더니 몇 초 만에 사라진다. 예전처럼 미망인을 위해 문을 열어두거나 장바구니를 든 그녀를 도와주는 경찰관은 없다. 경찰관들의 친절을 기대했던 미망인은 어떤 긴급한 일이 생겼나 보다 생각한다.

집에 들어와 식료품을 정리하고 강아지에게 먹이를 준다. 배가 꼬르륵거린다. 미망인은 식사를 조금 한 뒤 한 시간 동안 침대에 눕는다.

오후에 미망인은 강아지와 늘 하는 짧은 산책을 준비한다. 미망인은 계단을 피하고 싶어서 건물 정문을 통해 나간다. 우편함을 겸하는 긴 테이블에 앉은 수위에게 인사한다. 수위가 몇 가지 청구서를 꺼낸다.

"어떻게 됐어요? 경찰들이 찾아낸 게 있나요?"

미망인이 수위에게 묻는다.

"무슨 경찰이요, 부인?"

"오늘 왔던 경찰들이요. 들어가고 싶다며 문을 열어달라고 부탁했어요. 누군가 계단에서 작은 철책 문을 뛰어넘어 갔다고 하더군요."

"몇 명이었죠?"

"세 명이었어요."

"모두 젊은이들이었나요?"

"그런 것 같아요."

"계단 밑에 경찰차가 주차되어 있는 걸 보셨나요?"

"그건 기억이 안 나요."

"몇 시쯤이었나요?"

"열 시, 열 시 반쯤."

"그 시간에 저는 평소처럼 이곳에 있었는데 특별한 것을 눈치채지는 못했어요."

"그들이 현장 조사하는 동안 못 보셨나요?"

"아니요. 그런데 뭔가 꺼림칙합니다."

"무슨 뜻이죠?"

"그러니까 그들이 진짜 경찰이 아닐 수도 있다는 겁니다."

"무슨 말인지 모르겠어요."

"집으로 돌아오는 사람에게 경찰 복장을 하고 철책 문을 열어달라고 하는 사람들이 있습니다. 불행하게도 그들은 종종 부인처럼 약한 사람들을 표적으로 삼습니다. 그들은 범죄 집단입니다. 간단히 말해서 도둑입니다. 그렇지 않으면 그들이 여기로도 와서 자신들 소개를 했을 것입니다. 그렇지 않나요? 전 줄곧 여기 있었으니까요……."

"세상에. 그런데 진짜 경찰과 가짜 경찰을 어떻게 구분하나요?"

"그건 말씀드리기 어렵네요. 하지만 주변에 항상 범죄가 도사리고 있습니다. 이제 진짜 경찰에게 연락하여 알아보겠습니다."

미망인은 핏속에서 공포의 경련을 느낀다. 그녀가 테라스 난간에 다가가 계단에서 즐겁게 떠드는 시끄러운 청년들을 내려다볼 때 사타구니를 타고 흐르는 감각과 비슷하다. 그래서 미망인은 강아지와 공원에 가지 않고 정문 바로 앞에서 산책을 한 다음 즉시 집으로 돌아간다.

다음 날 강아지와 함께 외출하던 미망인은 아파트 입주자 전원에게 보내는 안내문이 정문에 붙어 있는 것을 발견한다. 동네를 돌아다니는 범죄 집단, 경찰 복장을 하고 집

문을 열어달라고 하는 남자들에 대한 내용이다.

'초인종을 누르는 낯선 사람의 신원을 확인하기 전에는 절대 문을 열어주지 마십시오.'

미망인은 그날 밤 비교적 조용한 그녀의 방에서도 잠을 잘 자지 못했고, 다음 날 아침 평소의 루틴을 지키기가 어려웠다.

3. 외국인

점심시간에 급히 계단을 뛰어오르는 외국인 여성은 다음 날 수술을 받을 예정이다. 의사는 그녀가 수술 후 6주 동안 무거운 것을 들어 올리거나 수영하거나 계단을 오를 수 없을 것이라고 말했지만, 완전히 회복되면 그녀는 바로 여기로 돌아와서 한 번에 스물한 계단씩 여섯 번에 걸쳐 126개의 계단을 걸어 올라가 계단 꼭대기에 도달할 것이다. 꼭대기까지 걸어 올라가면 허벅지 뒤쪽 근육이 당기고, 무릎이 아프고, 심장이 마구 쿵쾅거린다. 보통 이 시간에 계단에는 협죽도가 계단 한쪽을 따라 드리운 그림자를 제외하고는 사람이나 그늘이 없다. 숨 가쁘게 계단 꼭대기에 올라가면 프락시텔레스의 앙상한 조각상처럼 초췌하고 구불구불한 몸통을 가진 해송이 그녀를 기다리고 있다.

무성한 덩굴로 뒤덮인 양쪽 벽도 칙칙하고 심지어 무슨 동물처럼 보인다. 녹음에 완전히 묻힌 위쪽 가로등은 비스듬히 몸을 기울인 채 쉬고 있는 동물, 녹색 털과 길고 곧은 목과 텁수룩한 몸을 가진 사슴 비슷하게 생겼다. 아무렇게나 무성하게 자라난 덩굴은 역설적으로 토피어리 예술의 잘 가꿔진 형태를 연상시킨다고 그녀는 생각한다. 그녀는 곁눈질로 발코니에 있는 건조대를 본다. 건조대에는 들것처럼 보이는 흰색 시트가 걸려 있는데, 그 모습이 아침 일찍 손톱에 매니큐어도 칠하지 못한 채 금식하고 가야 하는 병원을 생각나게 한다.

그녀는 쓰레기를 모으기 위해 계단을 쓸고 있는 청소부를 본다.

"감사합니다." 그녀가 그에게 말한다.

인사를 받는 대신 청소부는 짜증을 내며 투덜투덜 알아들을 수 없는 불평을 늘어놓는다.

계단 꼭대기에 도착하면 외국인은 보도를 따라 큰 공원으로 걸어 들어갈 것이다. 이 시간엔 태양이 뜨겁게 내리쬐기 때문에 주변에 돌아다니는 사람이 거의 없을 것이다. 더위에도 불구하고 그녀는 머리를 비우기 위해, 즉 수술 때문에 마음속에 쌓이는 불안한 생각을 떨쳐내기 위해 장거리 달리기를 할 것이다. 평소처럼 공원은 묵묵히 장엄한 모습으로 그녀를 맞이할 것이다. 그녀는 좁은 길을 따라가다가 청동 늑대상 머리에서 밤낮으로 쪼르르 떨어지는 물을 마시고, 입구에 있는 웅장한 분홍색 아치를 비추는 빛을 지켜보다가 에메랄드빛 풀밭에 드리운 긴 야자수 그림자를 감상할 것이다. 다시는 이 일들을 할 수 없을지 모른다는 무거운 예감을 느끼며 모든 것을 할 것이다.

그녀는 종종 홀로 공원을 달린다. 대가족의 영묘가 있는 고딕 양식 예배당을 지나, 오리와 거위가 노니는 호수를 가로질러, 투명한 다리 너머 풀이 길게 자라난 다듬어지지 않은 잔디밭을 건너간다. 외로운 공원 달리기는 누군가와 이야기를 나눠야 하는 위험 없이 집 밖에 있을 수 있는 유일한 방법이다. 외국인은 시내 중심가를 산책하다가 상점에 들어가 가정용품을 구경하거나, 옷을 입어보다가 판매원이나 다른 사람과 대화를 나누게 되는 것보다 혼자 공원을 달리는 걸 더 좋아한다. 그녀는 로마에서 수년 동안 살았음에도 불구하고 이탈리아어를 엉성하게 일정 수준까지만 말할 수 있다. 그녀의 아이들 수준도 되지 못해서 아이들은 그녀의 이탈리아어를 고쳐주며 놀려댄다. 특히 공립학교에 다니는 둘째 아이는 마치 여기에서 태어난 것처럼 광장에서 놀고 소리치고 몸짓을 한다. 그녀를 알아보고 약간의 할인도 해주는 상인들은 어쨌든 그녀에게 말을 걸기도 하고, 그녀가 이해하기 힘든 복잡한 이야기를 들려주기도 한다. 때때로 그녀는 그들의 이야기에 어지러움을 느끼며 조심스레 기댈 것을 찾아야 한다. 모두가 코테키노를 사느라 길게 줄을 선 어느 겨울날, 계산대 뒤의 여성이 코테키노 요리하는 방법을 하나하나 자세히 설명할 때 그녀는 가게 바닥에 주저앉을까봐 두려웠다.

외국인의 남편은 국제기구에서 일하며 종종 맡은 일 때문에 지구 반대편에 출장 가 있곤 했다. 그에게 로마는 기준점, 출발하고 돌아오는 곳이었다. 그는 가족을 로마로 옮겨왔지만 정작 그는 로마에 살지 않았다. 사실 아들 셋을 따라다니며 뒷바라지를 해야 했던 것은 그녀였다. 처음에 그들은 3년 동안 로마에 머물 계획이었지만 남편의 계약이 갱신되었고 아이들은 친구들을 사귀었다. 그래서 그들은 함께 살 생각으로 구입하고 개조했던 뉴욕 외곽 숲속의 아름다운 집을 팔고 그 돈으로 로마 아파트를 구입했다. 아파트 건물에는 다양한 계단, 1층에 위치한 치과와 정골의학 클리닉, 감옥 문처럼 보이는 높다랗고 육중한 검은색 철책 문이 있었다. 외국인은 여름에 쏟아지는 비를 자양분 삼아 꽃망울을 피워내 이웃들이 감탄해마지 않던 장미꽃 만발한 예전 집 정원도, 너무 날씨가 더우면 아이들이 물을 뿌려주던 이끼 가득한 잔디밭도, 아침엔 커피를 마시고 저녁엔 덤불 사이로 조용히 수줍게 튀어나오는 사슴들을 엿보았던 흔들의자도 이젠 갖지 못했다. 이곳 아파트 테라스에는 잎이 누렇게 떠서 떨어지는 화분 몇 개만 있다. 묘목업자가 아니라서 화분에 물을 얼마나 줘야 하는지 잘 알지 못하고, 운전할 줄은 알지만 강변도로의 무시무시한 교통체증을 대할 엄두가 나지 않는다. 그녀는 하이힐을 신고 꽉 끼는 치마를 입은 채 아무렇지 않은 듯 스쿠터를 타고 목적지로 가는 여성들을 늘 놀라운 눈으로 바라본다.

사실 외국인은 내일 수술을 받기보다는 아이들을 출산하고 지냈던 고향 도시로 돌아가고 싶었지만 그 준비를 하자면 너무 힘들 것이었다. 이곳 일도 복잡했다. 남편은 2주 내내 가족과 함께 있기 위해 맡은 일을 취소하면서 그녀가 다시 외출을 하고 몇 가지 활동을 조심스레 재개할 수 있기를 기다려야 했다. 의사는 기관 전체를 다 제거해야 할 수도 있다고 말했다. 그 경우 더는 아이를 가질 수 없고 곧 폐경이 온다. 의사소통을 할 때 항상 이해하지 못한 중요한 의미가 있는데도, 외국인은 의사의 말을 대충 듣고 알겠다고 대답했다. 하지만 그녀는 자신의 고향 도시가 아닌 이 도시에서 자신의 신체 일부를 영원히 잃는다고 생각하니, 비록 몸에 문제가 생겼으니 어쩔 수 없다 해도 불쾌했다.

그녀는 외과 의사에게 이렇게 말하고 싶었지만 이를 표

현할 언어 구사 능력이 부족했다. 의사 선생님, 진단은 놀랍지 않아요. 벌써 몇 년째 저는 강제로 수술을 받는 꿈을 꿔요. 언제나 똑같은 불안한 꿈, 아니 악몽을 꿔요. 셋째 아이가 태어난 후 그런 꿈을 꾸기 시작했어요. 제가 건강검진을 받고 있는데 수술을 받아야 한다고 해요. 왜, 언제, 어디서 수술을 받는지는 설명해주지 않고요. 매번 가족에게 말해야 한다는 당혹감을 느껴요. 나 아파서 수술해야 해, 병원에 입원해서 내 신체의 일부를 제거해야 해, 하고요. 마지막으로 이 꿈을 꾸었을 때, 저는 꿈속에서 수술을 받았고, 깨어난 후 제거해야 하는 것은 잇몸에 박아 넣은 의치인 양 제 배 속에서 사람 형태를 완전히 갖춘 채 죽은 작은 여자아이라는 것을 알게 되었어요.

외국인은 다음 날 실제로 수술을 받는 것보다 그 불안한 악몽을 천 번 꾸는 게 더 좋을 것 같았다. 그녀는 이미 거대한 병원에서 수술을 준비하기 위해 이 병동 저 병동 옮겨 다니느라 지쳐 있었다. 처음에는 접수처에서 수술비를 지불하다가, 그다음에는 대기실에서 홀로 한 시간 이상 기다리다가 낙담했다. 그녀는 예전에 MRI 검사를 하면서도 충격을 받았었다. 그녀는 그 좁고 둥근 공간이 조용할 것이라고 생각했다. 그러나 방사선 기술자가 그녀에게 준 귀마개에도 불구하고 수백 개의 테니스공이 있는 것처럼 모든 것이 흔들리고 진동했으며, 그 소음은 그녀가 겨울이 끝나고 거위 털 이불을 말릴 때 사용했던 건조기 소음을 떠올리게 했다. 무엇보다 그녀는 마취를 매우 무서워했다. 치과 시술이나 출산을 위한 부분 마취가 아닌 전신 마취였다. 생각, 꿈, 감각이 일정 기간 동안 사라지는 것이다. 하찮은 몸이 되는 것, 무엇에도 반응할 수 없게 되는 것에 대한 두려움.

그녀는 계단 꼭대기에서 같은 외국인인 그녀의 친구가 요가 수업을 하러 내려오는 것을 본다. 친구는 배낭에 요가 매트를 말아 넣었다. 활기차게 계단을 오르던 그녀는 속도를 줄이다가 멈춘다. 친구가 그녀에게 와 말한다.

"안녕, 이게 얼마만이야! 잘 지내?"

"그럼, 잘 지내지."

"걱정이 있어 보여. 무슨 일 있어?"

"수술을 받을 거야."

그녀가 말하며 배 위에 한 손을 얹는다.

"심각한 일이 아니길 바라. 모두 잘되기를 바랄게."

"수술받은 적이 있니?"

"몇 번. 너는?"

"없어."

"안심해. 나랑 요가 수업에 갈래? 그러면 긴장이 풀릴 거야."

"그보다는 달리기를 하고 싶어. 한 가지 물어봐도 될까?"

"말해봐."

"마취하면 어때?"

"멋지지."

"아무것도 느끼지 못하는 거 아니야?"

"바로 그거야. 아무것도 느끼지 못해."

"그걸 생각하면 마음이 무거워."

"그런 생각하지 마. 넌 아무것도 할 필요가 없어. 그냥 저절로 진행돼."

"그래서 어떤 느낌인데?"

"잠자는 것과 같아."

"그다음은?"

"그러다가 깨."

"확실해?"

"그럼. 너에게 눈을 감고 아주 아름다운 곳을 상상하거나 편안한 기억을 떠올리라고 말할 거야. 해보자, 어서. 눈을 감아봐."

외국인이 눈을 감는다.

"뭐가 보여?"

지금은 팔린 예전 집 정원의 장미, 날씨가 너무 더우면 잔디밭에서 뛰어다니며 물을 뿌려대던 아이들과 해 질 녘 덤불 사이로 나타난 사슴을 보면서 커피를 마시던 흔들의자를 상상하려고 애쓴다. 대신 그녀에게는 조금 전 곁눈질로 보았던 플라스틱 빨래 건조대, 들것처럼 보이던 그것이 떠오른다. 이윽고 그 이미지조차 사라지고, 외국인은 그녀의 등을 때리는 햇살과 청소부들이 작은 청소 트럭에 유리병을 쏟아붓는 소음을 느낀다.

4. 소녀

오후 2시에 계단을 내려오는 소녀는 자신처럼 방과 후 막 학교를 벗어난 다른 소녀들에게 둘러싸여 있다. 떼 지어 쪼르르 내려오는 소녀들은 마치 폭포수처럼 생기 있게 미끄러진다. 어느 누구도 소녀에게는 피자나 아이스크림을 먹으러 가자고 제안하거나 라이터가 있는지 묻지 않는다. 다른 소녀들과 달리 소녀는 계단에 서서 담배를 피우거나 노래를 듣거나 휴대폰으로 영상을 보지 않는다.

소녀들은 모두 거의 같은 나이이며, 선생님들도 같고, 저녁에 해야 할 숙제도 같다. 다만 소녀는 다른 소녀들과 달리 부드러운 전등갓 같은 미니스커트, 창문 윗부분만 가린 커튼처럼 가슴 바로 아래까지 오는 셔츠, 타이트한 바지와 머리띠, 블라우스와 아랫배가 보이는 탱크톱을 입지 않는다. 비록 소녀의 배는 항상 검게 그을렸고 완벽하게 평평하지만 말이다.

학년이 거의 끝나갈 즈음이다. 소녀들은 모두 시를 읽고,

쓰고, 암송하는 데 지쳤다. 소녀들은 계단에서 이번 시즌 유행하는 투피스 수영복이 뭔지 휴대폰으로 공부하는 것을 더 좋아한다. 소녀들은 곧 가족과 함께 휴가를 떠날 거여서 이미 바다나 시골, 검은 모래가 있는 화산섬, 나무가 없는 섬, 과거에 죄수들을 보냈던 섬 등으로 휴가를 갈 계획을 이미 세우고 있다. 소녀들에게는 맞아줄 조부모, 사촌, 삼촌, 친구들이 있다. 소녀들은 함께 산에서, 배에서, 농가에서 열흘을 보내자는 초대장을 교환한다. 소녀는 자신의 부모가 같은 공동체에 속하지 않은 낯선 가족의 집에서 열흘은커녕 단 이틀 밤 머무르는 것도 허락하지 않을 것이기 때문에 차라리 초대받지 않는 게 더 좋다고 생각한다.

오늘은 금요일이고 소녀는 월요일 아침까지 계단에 돌아오지 않을 것이다. 소녀는 이제 집으로 곧장 가서 부엌에서 어머니를 돕고 방을 함께 쓰는 남동생들을 돌본 다음 기도하러 갔다가 숙제를 할 것이다. 급우들은 벌써부터 가족들과 서둘러 저녁을 먹고, 계단으로 돌아와 제일 친한 친구들을 다시 만나고, 다른 동네에서 온 소년들과 함께 흥겨운 파티에 가려고 벌써부터 안달 나 있다. 반면 소녀는 꽉 끼는 옷을 입고 길거리를 거닐며 뭔가를 마시다가 다시 계단으로 돌아와 왁자지껄 웃고, 친밀감을 나누고, 꿍꿍이짓을 하고, 즐거운 소동을 벌이지 않을 거다. T가 오늘 저녁 널 찾고 있어. 걔가 너한테 뭐라고 했는데? 널 원한대. 다른 소녀들은 총총히 뜬 별 아래 계단에서 금방 자연스럽게 다시 만나, 남자친구의 다리 사이에 앉아 남자친구의 손이 어깨 주위나 등 아래를 만지는 걸 느낀다. 이러한 것은 소녀들의 부모가 소녀들 나이 때 이런 일을 했을 경우에만 경험할 수 있는 즐거움이다.

소녀의 부모는 밖에 나가서 먹고, 노닥거리고, 빈둥거리는 걸 좋아하지 않는다. 집 안의 문 닫힌 방에서 식사하는 것을 더 좋아하고, 차들이 주차된 광장이나 심지어 택시, 자동차, 오토바이나 트램, 버스 들이 옆에서 지나가는 보도에서 식사를 한다는 생각은 꿈에도 하지 못한다. 소녀의 부모는 그 어디에도 별장을 가지고 있지 않다. 그들은 해변에 가지도 않고 절대 일광욕도 하지 않는다. 사실, 그들은 상당히 까무잡잡한 피부를 가졌기 때문에 희어서 창백하기까지 한 피부를 아주 좋아했는데 특히 조만간 아내가 될 여성들은 하얀 것이 더욱 선호되었다.

소녀의 아버지는 계단에서 그리 멀지 않은 곳에서 신발, 옷, 프라이팬, 식탁보를 판매한다. 때때로 그는 몇 가지 물건을 집으로 가져오고, 소녀의 어머니는 그 물건들을 침대 밑에 보관된 크고 남루한 여행 가방에 넣는다. 부모는 소녀의 지참금을 천천히 마련하고 있으며 언젠가는 자신들 공동체에 속한 좋은 남편을 소녀에게 찾아줄 거라고 말한다.

소녀는 낯선 사람과 결혼한다고 생각하니 피가 얼어붙는다. 그 때문에 소녀는 아버지가 코를 골며 자고 어머니가 꿈을 꾸며 신음하는 한밤중에 그 여행 가방을 비워내고 자신의 물건들로 대신 채운 다음 가출하는 꿈을 꾼다. 하지만 어디로 갈까? 누가 소녀를 반가이 맞아줄까? 소녀의 부모는 만약 소녀가 나쁜 행동을 한다면, 만약 학교에서 나쁜 성적을 받는다면, 만약 좋은 아내가 되는 법을 배우기 위해 집에서 어머니를 돕지 않는다면, 소녀를 다른 대륙으로 보내 생면부지의 친척들과 함께 살게 할 거라고 말한다. 방문을 잠그고 방에 들어가기 일쑤인 학교 친구들, 부모를 속이고 남자아이들과 어울려 다니면서 늦게까지 밖에 있다가 종종 친구의 집에서 잠을 자는 학교 친구들로부터 소녀를 떼어놓기 위해서라면 반드시 그렇게 하겠노라고 말한다.

이젠 지나간 에피소드인 듯하지만, 소녀가 남자에게 느꼈던 유일한 감정적 경험을 누구에게 말할 수 있을까? 소녀가 어렸을 때 알고 지냈으며 항상 삼촌이라고 불렀던 부모의 고향 사람과 관련된 에피소드이다. 그는 모국에서 화학을 공부했지만 여기서는 피자 만드는 일을 했다. 그녀가 어렸을 때 그는 수학 숙제를 도와주었다. 그는 수염이 풍성했지만 젊었고, 특별히 키가 크진 않았으며, 청바지와 운동화가 잘 어울렸다. 그는 일요일이 되면 소녀의 집에서 식사를 하고, 발코니에서 혼자 담배를 피웠다. 때때로 그는 그녀에게 로마 사투리 단어의 의미를 묻곤 했다.

삼촌은 어느 여름날 도시 외곽 호수로 나들이 계획을 세운 최소 30명에 달하는 무리 중 한 명이었다. 적어도 호수엔 그늘이 있기 때문에 모두들 바다보다 호수를 선호했다. 이들은 수박과 함께 삶은 계란, 커틀릿, 병아리 콩, 감자칩 등 집에서 준비한 음식을 나무 아래 풀밭에서 먹기 위해 관광버스를 타고 함께 갔다. 다소 흐린 날이어서인지 호수에는 사람이 거의 없었고, 소녀의 남동생과 사촌들은 다른 아이들과 함께 신나게 야외에서 뛰고 물놀이를 즐겼다. 나무들이 있었음에도 불구하고 날씨는 매우 더웠고, 유일한 사춘기 학생이었던 소녀는 물에 들어가고 싶었다. 소녀는 자신의 어머니나 이미 결혼한 다른 여자들과 달리 발목까지만 물에 담그고 싶지 않았다. 결혼한 여자들 중에는 소녀의 또래도 있었다. 불행히도 소녀는 수영을 할 줄 몰랐다. 남자들은 덩치 큰 애들까지 수영복을 입은 반면 여자들은 옷을 입은 채였고 면 옷자락이 젖지 않도록 헐렁한 바지를 걷어 올렸을 뿐이었다.

어느 순간, 수영을 아주 잘하는 피자 요리사 겸 화학자 삼촌이 무릎 깊이의 물에 들어가 있는 소녀에게 말했다. "자, 수영을 해봐." 그는 말랐고 그가 입은 수영복 천은 허벅지

주위에 달라붙어 있었다. 그는 소녀의 아버지와 다르게 배가 나오지 않았고, 펼쳐진 책 페이지 사이의 금처럼 등에 기다란 흉터가 나 있었다. 어머니는 소녀에게 주의를 기울이지 않았고 아버지는 호숫가를 산책하러 갔기 때문에 소녀는 물이 허리까지 차오를 때까지 피자 요리사 겸 화학자 삼촌을 따라갔다. 짧은 수영 강습 후 그 역시 물속에 머리를 집어넣고, 뱀이 기어다닌 것처럼 구불구불한 길이 나 있는 모래 바닥을 잠시 바라봤다. "이제 누워." 삼촌이 소녀에게 말했다. "그리고 눈을 감아." 그는 소녀의 등 아래에 손을 받쳤다. 소녀는 무서웠지만 몇 번의 시도 끝에 등이 활처럼 휘어지며 두 다리가 마치 아무 무게도 없는 것처럼 들어 올려지는 걸 느꼈다. 마치 몸이 물 위를 떠다니듯 물이 소녀를 여기저기로 이동시키며 사방으로 살며시 끌어당기는 동시에 하늘을 향해 높이 밀어내는 것 같았다.

상쾌한 기분으로 물에서 나온 소녀는 자신이 혼자 떠 있었다는 사실, 물에 누운 상태에서 하늘을 보았다는 사실, 물의 신비한 숨소리를 귀로 들었다는 사실에 놀랐다. 이윽고 소녀는 어머니의 분노에 찬 시선과 다른 여자들의 난처한 시선을 보았고, 자신의 몸을 보지 않고도 젖은 옷이 몸에 찰싹 달라붙어 거의 투명해졌으며 박물관의 대리석 조각상처럼 주름이 잡혔다는 것을 깨달았다. 모든 사람들이 소녀의 검은 젖꼭지와 허리 곡선, 둥근 배꼽, 허벅지의 윤곽을 엿볼 수 있었다. 어머니는 수건을 주면서 "몸을 가려라" 하고 속삭였지만 다른 사람들 앞에서는 아무 말도 하지 않았다. 호수 나들이 이후 소녀는 피자 요리사 겸 화학자인 삼촌을 더는 보지 못했다. 그는 소녀의 집을 더는 방문하지 않았고, 소녀의 부모는 더는 삼촌을 언급하지 않아서 그에게 무슨 일이 일어났는지 알 수 없었다.

아마 그와 결혼하는 것도 나쁘지 않았을 거야, 하고 소녀는 지금 계단을 내려오면서 생각한다. 침대 밑 트렁크에서 혼수품을 꺼내고, 등에 난 기다란 흉터를 만지고, 아이를 몇 명 낳고, 다른 기혼 여성과 이야기를 나눈다. 결국 소녀의 급우들이 원하는 것이 이런 존재 아닐까? 약혼자, 자신들을 보고 만지고 기쁘게 해주는 남자친구를 찾는 것 아닐까? 비록 누구도 소녀에게 그런 이야기를 털어놓으라고 요구하지 않았지만, 소녀의 작은 러브 스토리는 다른 소녀들에게는 너무 생소하고 터무니없게 느껴질 것이었다. 어쨌든 소녀에게는 삼촌이라고 부르는 피자 요리사 겸 화학자와 결혼할 가능성이 더는 없었다.

계단을 내려가면서 마치 물에 떠 있는 것처럼 여러 방향으로 기분 좋게 당겨지는 느낌이 든다. 소녀의 귓가에는 물의 신비한 숨소리 대신 다른 소녀들의 중얼거리는 목소리가 들려온다. 소녀들 무리가 눈에 띄건 띄지 않건 상관없이 매일 2, 3분 동안 소녀는 매끄러운 팔과 다리를 드러내고 머리를 풀어헤친 소녀들 무리에 합류해 잠시나마 그들 중 하나가 되는 상상을 한다. 소녀들은 욕설과 조롱을 하고 전자담배를 피운다. 소녀들은 이루 말할 수 없을 정도로 아름답다. 모든 여자들이 갈망할 만큼 아름다운 미소년들보다도 훨씬 더 아름답다. 몇 분 동안 소녀는 소녀들의 에너지, 소녀들의 우정, 소녀들의 미래인 멋진 하얀 공간에 휩싸여 있는 상상을 한다.

그 느낌은 오래가지 않는다. 그 느낌은 여름에 아주 잠깐 내리는 보슬비 같다. 나뭇잎이나 지붕이나 유리창에 물방울이 똑똑 떨어지는 소리를 듣고 얼굴에 비를 맞기 위해 잠깐 달려나갔을 때의 느낌 같다.

사실 소녀는 더 오래 계단에 머물고 싶다. 아니, 늘 계단에 머물고 싶고, 나뭇가지가 강물에 밀려 저절로 떠내려가듯 소녀를 데려가는 그 무리에 섞여 계단을 내려가고 싶다. 그래서 소녀는 마지막 계단에 도착한 뒤 소녀들 무리에서 떨어져 나와 자신의 길을 가는 게 싫다.

5. 두 형제

노을을 보며 계단에 앉아 맥주를 마시는 두 형제는 부모님과 함께 로마로 이주했을 당시 계단이 평화로운 만남의 장소였다는 게 기억난다. 그때 형제는 여덟 살과 열 살이었지만 쉰 살과 쉰두 살이 된 지금 그들의 먼 기억은 아주 정확하기도 하고 희미하기도 하다. 여러 가지 우스꽝스러운 일들이 생각나는데, 예를 들어, 아파트의 세탁기가 제대로 작동하지 않아 노부부가 운영하는 작은 가게에서 양말과 속옷을 산 것이 첫 심부름이었다. 가게 주인아주머니가 선반에 가지런히 쌓여 있는 상자들에서 마치 지폐가 가득 차 있기라도 한 듯 조심스럽게 물건을 꺼내는 동안, 주인아저씨는 그렇게 협소한 가게에서 물건을 훔치거나 부수거나 하물며 만져볼 수조차 없을 텐데도 어리둥절해 있는 우리 가족을 의심스러운 눈초리로 바라봤다.

형은 버스 정류장에서 30분 넘게 기다린 후 버스를 타서 새 학교를 보러 갔던 때를 기억한다. 그 생각을 하면 여전히 짜증이 난다. 오렌지색으로 칠해진 학교는 초록색 철책 문 뒤에 있었는데, 주변에 테니스장과 축구장이 있었다. 여름이었고, 학교는 문을 닫아서 아무도 없었기 때문에 그저 건물만 보고 왔다.

동생은 쓸데없이 학교 구경 갔던 일은 기억하지 못하지만, 전 세계에서 온 학생들을 가득 태우고 학교로 데리고 온 회색 스쿨버스와 운동장의 깃발, 매일 아침 모든 학생들에게 인사를 해주기 위해 교문 바로 앞 벤치에 늘 앉아 계시던 교장선생님은 또렷이 기억한다. 교장선생님은 키가 작고 수수께끼 같은 분위기의 신사였는데, 형형색색의 신발을 신고 안경테가 요란한 큰 안경을 쓴 데다 선명한 색의 화려한 옷을 입었다. 그리고 짧은 머리에 굽 낮은 신발을 신고 가볍게 화장한 채로 스포티한 옷을 입은 자신들의 어머니와 달리, 핸드백과 보석을 걸치고 하이힐을 신어서 아침 8시에 클럽에 갈 준비가 된 것처럼 보였던 다른 어머니들을 또렷이 기억한다. 형제는 축구팀 코치로서 빗속에서 경기를 시키기도 했던 과학 선생님, 입술에 자홍색 립스틱을 바르고 그들을 오스티아와 타르퀴니아로 데려갔던 엄격한 역사 선생님을 기억한다.

형제는 계단 아래 노란색 건물, 시간이 멈춘 것 같은 아파트 2층에서 함께 사용했던 방을 기억한다. 그 방은 어두웠고 불편한 가구로 가득 차 있었다. 온통 하얀 욕실에는 깊은 욕조가 있었으며 겨울에도 모기가 있었다. 저녁에 비가 오면 지붕이 평평해서 빨래를 널 수가 없었다. 건조기는 세탁기보다 상태가 더 나빴는데, 한번은 어머니가 건조기를 켜자

불이 나간 적도 있었다. 그들은 해외에 사는 아파트 주인에게 전화를 해서 배전반이 복도의 보기 흉한 정물화 뒤에 숨겨져 있다는 것을 간신히 알아냈다.

형제는 꼭대기 층에 살면서 노래를 공부하고, 자신들을 돌보러 내려와서는 아직 전혀 이해하지 못하는 이탈리아어로 말을 걸었던 베이비시터를 똑똑히 기억한다. 형제는 그녀와 함께 카드놀이를 했고, 생물체를 그려놓고는 종이를 접어 다른 사람이 방금 그려놓은 머리, 몸통, 다리 같은 신체 부위를 숨겨 우스꽝스럽게 만들었다. 동생은 그 재미있는 그림을 모두 잃어버리기 전까지 오래 간직했던 걸로 기억한다.

형제는 아프리카에서 이사 온 미국인 가족과 함께 창고처럼 상자로 가득 찬 추운 집에서 추수감사절을 축하했던 것을 기억한다. 늘 추위를 많이 타던 어머니는 식탁에서 코트를 벗으려 하지 않았다.

동생은 어머니가 로마에서 맞는 자신의 첫 생일을 기념해 한쪽에 큰 무화과나무가 있는 시내 광장의 한 식당에서 점심 식사를 계획했던 것을 기억한다. 어머니는 학교 친구들을 부모와 함께 초대했고, 아무도 오지 않을 것으로 예상했지만 꽤 많은 사람들이 좋은 선물, 몇몇은 값비싼 선물까지 들고 흥분한 얼굴로 나타났다. 부모들은 긴 테이블에서 먹고 마셨고, 옆방에 있던 아이들은 거의 아무것도 먹지 않은 채 무화과나무 아래에서 축구를 하러 나갔다. 아이들이 먹지 않고 나갔기 때문에 걱정이 된 어머니는 아이들에게 케이크 촛불을 켜러 다시 안으로 들어가자고 했다.

형은 다소 어수선했던 그 파티를 거의 기억하지 못하지만, 아버지가 아주 아늑한 식당을 예약했을 때 벌어진 부부싸움은 잘 기억한다. 어머니에 따르면 아버지가 예약한 식당은 관광객을 위한 장소였다. 저녁 식사 후 어머니는 사람들로 북적이는 광장의 벤치에 앉아 울었고, 아버지와 두 형제는 어찌할 바를 몰랐다.

형제는 야구나 축구를 하러 아버지와 함께 공원으로 가기 위해 계단을 오르던 일요일을 기억한다. 해 질 녘이면 사방에서 날아오는 구름 같은 작은 곤충 떼에 묻히곤 했다. 어머니는 공원에 오면 자갈이 깔린 오솔길을 따라 혼자 산책을 했고, 형제는 아버지와 함께 공놀이를 했다. 당시 어머니는 집필 중인 책에 빠져 있었기 때문에 종종 집에 틀어박혀 일을 했고 두 형제는 아버지와 함께 돌아다녔다. 스트레스받지 않고 집에서 업무를 보던 아버지와 함께 교회, 박물관을 다니며 기념물을 구경하곤 했다. 보통 어머니는 베네치아나 피렌체 등으로 회의 차 자주 나갔기 때문에 장을 보고 음식을 준비하는 것은 아버지였다. 역설적이게도 지금 생각해보면 연구를 하고 책을 쓰기 위해 로마에 살고 싶어 했던 어머니는 대부분 슬픔에 잠겨 있거나 긴장해 있었던 반면 아버지는 매우 행복해보였다. 아버지는 상점이나 식당에서 이탈리아어로 틀린 말을 하는 것을 부끄러워하지 않았던 반면 어머니는 몹시 자책했다.

형제는 이제 다른 기억의 동굴로 떨어진다. 형은 리에티로 짧은 여행을 갈 때 동행했던 금색 수염을 기른 남자가 자동차를 운전했다고 주장한다. 그 남자는 형제와 같은 국제학교에 다니던 쌍둥이 딸의 아버지였지만, 쌍둥이가 어렸기 때문에 형제는 그 아이들과 어떤 접촉도 없었다. 그날 차에는 네 명이 있었고, 그 남자의 쌍둥이 딸은 없었다. 형제는 그 여행의 세세한 부분까지 잘 기억한다. 쓰다듬어달라며 울타리까지 살금살금 다가왔던 들판의 말들, 허허벌판 한가운데 있던 원형극장, 라틴어 문구가 적혀 있던 종탑, 세로나 가로로 혹은 거꾸로 배치된 글자들, 그리고 언덕 위에 질서 정연하게 줄지어 있던 올리브나무들까지 기억난다. 원형극장에서 쌍둥이 딸의 아버지는 형제를 안내하며 벽돌 하나하나를 어떻게 손으로 만들고 쌓았는지 설명했다. 그러한 정보에 관심이 없었던 형제는 대신 무대 뒤로 달려가 상당한 높이에서 아래 암석으로 착지하기 위해 대담하게 뛰어내렸다. 미친 듯이 신나게 노는 동안 형제는 두 아버지가 계속 그 자리에 머물며 라틴어 비문을 해독하고 있을 거라 생각했다. 형제가 그들에게 가기 위해 다시 올라왔을 때 그들은 보이지 않았다. 형제는 10여 분 후에 그들이 벽 뒤에서 나오는 것을 보았다. 형은 아버지가 차를 빌려 리에티까지 운전해 왔다고 주장하지만, 동생은 쌍둥이의 아버지가 모는 고물 자동차를 탔다고 확신한다.

그해는 쏜살같이 지나갔다. 6월에 형제는 교사들과 교장 선생님에게 작별 인사를 해야 했고, 사귀자마자 벌써 헤어지게 된 친구들과 조금 더 오래 같이 있기 위해 방학이 되자마자 2주 동안 캠핑 여행을 떠났다. 부모님은 형제를 산꼭대기에 내려줬다. 젖소들이 노니는 초원, 위험한 지그재그 커브길. 갈 때는 어머니가 차를 운전했다. 때때로 어머니가 가파른 도로에서 저단 변속을 하지 못해 엔진이 멈춘 적이 있었다. 그때 어머니는 울음을 터트렸다.

2주 후 부모님이 형제를 데리러 왔다. 어머니는 매우 피곤해 보였다. 어머니가 형제에게 입맞춤하고 포옹했을 때 형제 중 한 명은 어머니의 몸이 긴장했으며 평소의 풀 내음과 레몬 향을 풍기지 않았다는 것을 기억한다. 그들은 다시 도시로 출발했다가 어느 지점에서 차를 멈췄다. 잠깐 쉬면서 샌드위치를 먹을 생각이었다. 샌드위치를 먹은 후 그들은 아름답게 펼쳐진 풍경 앞에서 잠시 더 머물렀고, 그곳에서 아버지는 자신이 쌍둥이 아버지를 매우 사랑한다고 말했다. 친구로서뿐 아니라 어머니를 사랑했던 것처럼 사랑하며, 어머니에 대한 감정은 세월이 흐르면서 다른 종류의 애정으로 변했다고 말했다. 아버지는 자신이 로마에 남을 것이며 여름마다 형제는 이곳에 돌아와 함께 지내며 즐거운 휴가를 보낼 것이라고 설명했다. 어머니는 거의 반응을 보이지 않았고, 아버지가 말하는 동안 저 멀리 지평선과 계곡을 바라보았다. 때때로 기차가 지나갔는데, 휙 하고 빠르게 지나가는 기차 소리가 뒤따르는 침묵을 더욱 강렬하게 만들었다.

실제로도 그렇게 됐다. 형제는 배신당한 어머니와 함께 돌아왔고, 어머니가 강의를 하는 대학 도시에서 예전의 생활을 다시 시작했다. 아버지는 로마에 남아 미친 듯이 사랑에 빠졌다. 아버지와 F라고 불리는 다른 아버지는 초록색 철책 문 뒤의 오렌지색 학교에서 스캔들을 일으키며 한동안 학부모들의 입방아에 오르내렸다. 그 이후로 형제에게는 한 곳에는 어머니가, 다른 곳에는 두 아버지가 있었었고, 매년 여름 로마로 돌아와 보트를 타고 여러 섬을 돌아다니며 멋진 휴가를 보내곤 했다. 늘 F가 동행했으며 어떤 때는 그의 쌍둥이 딸들도 동행했다. 쌍둥이는 세월이 흐르면서 긴 머리카락이 엉덩이까지 내려오는 예쁜 두 소녀로 성장했으며 형제의 말을 듣지 않았다.

시간이 지남에 따라 아버지와 F는 시골에 있는 땅을 사기로 결정했고 원형극장에서 멀지 않은 곳에 집을 지었다. 처음에는 그곳에서 주말과 멋진 여름휴가를 보내기 위해서였다가 그다음에는 올리브를 따고 허허벌판에서 긴 산책을 즐기기 위해 1년 내내 시골집에 머물고자 했다. 오후 2시 이후에는 늘 바람이 불고 공기에 라벤더 향기가 섞여 있는, 계곡에 자리한 아름다운 집이었다. 그들은 올리브 과수원 너머에 수영장을 만들었는데 벌, 검은 나비와 흰나비, 흰 배에 자잘한 노란색 반점이 있는 검은 도마뱀이 수영장에 떨어져 그물로 자주 건져내 청소해야 했다. 형제는 그곳을 좋아하게 되었고, 점차 자신들의 약혼자와 아내와 아이들을 데리고 왔다.

오후 2시가 넘어 바람이 부는 가운데 아버지는 계곡을 감상하기 좋은 올리브나무 아래 벤치에 앉아 고통 없이 세상을 떠났다. 마을에 쇼핑을 하러 나갔던 F는 하늘을 향해 눈을 뜬 채 백발을 바람에 날리며 풀밭에 쓰러져 있는 아버지를 발견했다.

아버지는 마을 공동묘지에 묻혔고 그 옆에는 이미 F를 위한 묫자리가 있었다. 형제는 아내와 가족을 데리고 장례식에 참석하기 위해 돌아왔다. 그들은 항상 이미 죽었거나 죽어가는 생물이 가득한 수영장에서 수영했으며, 종종 그물로 수영장을 청소했는데 그들의 아이들이 가장 좋아하던 놀이였다.

그래서 형제는 계단을 다시 찾게 됐다. 아내와 아이들이 다른 도시들을 여행하는 동안 형제는 장례를 치른 다음 몇 가지 뒷정리를 하고 F와 며칠을 보낸 후 따로 로마로 내려가 옛 동네를 방문해 계단에 앉아보았다. 부모님이 아직 부부였을 때 함께 1년 동안 살았던 노란색 건물이 계단에서 여전히 보였는데 이젠 더 밝은 톤의 건물이 됐다.

형제는 아직 젊었던 아버지, 지금 두 사람보다 더 젊고 호리호리했던 아버지와 공원으로 놀러가기 위해 계단을 올라갔던 그 일요일을 조심스럽게 재구성해본다. 그때 형제가 다니던 학교의 또 다른 아버지가 강변을 달리기 위해 계단을 내려오고 있었다. 두 아버지는 계단을 내려가고 올라가며 서로 만났고, 서로를 알아보자 이야기를 나누며 커피 약속을 잡았다. 형제는 공원에 가려고 서둘렀다. 장례식이 끝난 후 F는 "내 인생에서 가장 눈부신 순간이었다"고 말했다. 계단에서의 짧은 대화를 통해 두 남자는 아직 어떻게, 언제일지는 알지 못했지만 앞으로 무슨 일이 일어날 거라는 사실은 명확히 깨달았다. 아내와 자식을 무척 아끼는 형제는 그런 종류의 열정을 그 두 남자처럼 뚜렷하게 경험한 적은 없다고 서로에게 고백한다.

6. 시나리오 작가

계단과 가까운 건물에 살면서 거의 하루 종일 집에 머무는 시나리오 작가는 이번 주 무더위 속에서 자신이 마치 드라큘라 같다고 느낀다. 오늘 아침 그는 더위 때문에 깼다가 다시 10시까지 잠을 잤다. 잠을 자면서 그는 자신 위에서 선풍기가 윙윙 돌아가는 소리를 들었다. 때로는 쌩쌩 때로는 느리게 돌아가는 소음이었다. 꿈속에서 그는 자신이 아직 젊으며, 금속 촉수가 차례대로 흰 종이를 치는 옛날 타자기 앞에 불편하게 웅크리고 있다고 생각했다.

일어나자마자 그는 덧문을 닫고, 방을 환기하기 위해 밤에 열어두었던 덧문 창살을 다시 내린다. 시원할 때 산책하기에는 이미 너무 늦었다. 평소 그는 아침에 혼자 동네를 걸어 다니며 다리 스트레칭을 하고 생각을 정리하다가 책상에 앉아 정신을 집중하는 것을 좋아한다.

낮에는 파란색보다 흰색이 더 많은 하늘을 본다. 그는 공기 중에서 매캐한 냄새를 맡는다. 그것은 어딘지 모르지만 도시의 방치된 녹지에서 덤불에 불이 붙어 나는 냄새일 것이다. 점심시간에 잠시 밖에 나가 길 건너 카페에서 가볍게 토스트를 먹은 뒤 다시 집으로 돌아온다.

시나리오 작가는 이번 주 새 프로젝트와 씨름하면서 로

마에 머물 수밖에 없었다. 그는 다른 시나리오 작가와 함께 작업한다. 평소에는 그가 다른 시나리오 작가 집에 가거나 다른 시나리오 작가가 그의 집에 와 식당에서 글을 쓰지만 오늘은 너무 더운 데다가 택시 파업까지 있어 이동을 피하고자 각자 따로 일하기로 했다. 어제는 감독의 집에서 장시간 모임이 있었다. 그들은 19세기 로마를 배경으로 영화를 만들고 있다. 당시 열여섯 살의 소년, 싸우기에는 너무 키가 작았던 가리발디 군대의 북 치는 소년이 평소 시나리오 작가가 자동차를 주차하는 계단 꼭대기에서 살해당했다. 영화는 사실과 다른 이야기를 했다. 감독은 소년이 죽는 장면을 촬영할 때 이마 한가운데에 프랑스 군인이 쏜 총을 맞고 "로마 만세!"를 외치며 쓰러지는 순간을 담고자 했다.

점심 식사 후에 그는 자신보다 스물두 살 어리고, 두 아이와 함께 바다에 가고자 자동차를 가져간 두 번째 아내를 생각한다. 두 번째 아내는 여름의 로마를 참을 수 없어 했다. 매년 6월 말, 아내는 평생 여름을 보냈던 그 바다, 그 해변으로 간다. 같은 시설, 같은 모래사장, 같은 파라솔 아래서 같은 친구들과 여름을 보낸다. 몇 년 전 시나리오 작가의 사생활에 살며시 끼어든 장인 장모로부터 물려받은 집은 세상과 단절된 철책 문, 그리고 거주민들을 바다로 데려가는 전용 지하도가 있는 아파트촌에 자리했다. 아내는 소꿉친구들과 수다를 떨며 하루를 보낸다. 아마도 작은 바에서 예전 남자 친구에게 인사를 건네고, 잠깐 집에 돌아올 때면 수건과 선크림을 모래 위에 그대로 놔둔 채 올 것이다. 그들의 집 문은 항상 열려 있고, 아이들은 나이에 따라 무리를 형성하고 경찰과 도둑 놀이를 하며 끊임없이 돌아다닌다. 부겐빌레아, 끈적끈적한 모래, 발밑에서 뛰어다니는 가는 도마뱀. 해 질 녘 태양이 물 위에서 지글지글 타는 낙원. 시나리오 작가는 들어가기 어려운 곳이다.

요즘 시나리오 작가는 항상 저녁에 집을 나서서 혼자 또는 친구와 함께 외식을 한 다음 젊은이들의 얼굴을 연구하고 열여섯 살의 외모와 자세, 태도와 행동 방식을 기억해둔다. 일부는 벌써 남성미가 풍기고 또 일부는 어린아이 티를 벗지 못했다. 그 소년들은 축복받기도 했지만 불운하기도 했다. 어머니와 조부모, 증조부모가 사랑해마지않는 바다에서 즐겁게 해수욕하고 세상과 차단된 문 뒤에서 자정까지 고삐 풀린 듯 노는 자신의 어린 자식들과는 달리 그 소년들은 들끓는 도시에 갇혀 있기 때문이다. 그가 두 번째 아내와 낳은 아이들은 사춘기가 되려면 아직 멀었다. 깡마른 딸은 해수욕할 때 팬티만 입고, 어린 아들은 여자아이들과 어울리길 원하지 않는다. 그러나 조만간 아이들은 변할 것이고, 첫 결혼에서 낳은 시나리오 작가의 다른 두 아이, 이젠 성인이 되어 각자의 자식을 낳은 아이들처럼 될 것이다.

밤이 되면 계단은 일종의 고대 원형극장처럼 보인다. 십대 아이들이 야외에서 무리 지어 앉아 그들 자체가 공연인 어떤 비극을 보려는 것 같다. 밤의 드라마는 저돌적이거나 맹숭맹숭한 대화, 공공장소에서 이뤄지면서도 사적인 대화로 만들어진다. 그 아이들은 드문드문 떨어져 옹기종기 모여 있는 자신들의 무리 외에는 아무것도 신경 쓰지 않는다. 가리발디 시대에 계단 꼭대기에서 희생된 북 치는 소년에 대해 그들은 무엇을 알까? 예전에 그 아이들을 보면서 시나리오 작가에게 아이디어가 떠올랐다. 이 장면, 이 밤의 의식을 촬영하면 어떨까? 이 무리를 카메라에 담아 아이들의 삶을 따라가는 일종의 다큐멘터리영화를 만들면 어떨까? 아이들의 어둡고 포착하기 어려운 마음 상태를 더 잘 이해하기 위해 아이들을 인터뷰하면 어떨까? 그러나 처음의 번쩍이던 열정 이후 그는 그 아이디어를 버렸다. 그는 결국 불안한 그들 존재를 다루고 싶지 않았다.

저녁에 시나리오 작가는 하던 일을 접고 열이 나 윙윙거리는 컴퓨터를 끈다. 그는 샤워하고, 면도하고, 머리를 빗는다. 산뜻한 리넨셔츠를 입고, 얼마나 걸었는지 시간을 확인하고자 예순 살 생일 파티에서 두 번째 아내가 선물해준 손목시계를 찬다. 다음 날 바다에 갈 수 있도록 작은 여행 가방을 준비한다. 호텔 옥상에서 술을 마시기로 한 친구가 마지막 순간에 전화를 걸어 차질이 생겼다고 한다. 그래서 시나리오 작가는 집에 머물면서 자몽주스를 마시고 텔레비전 프로그램을 시청한다.

밤 9시쯤 그는 거리 끝자락에 있는 동네 식당으로 혼자 저녁을 먹으러 간다. 그 길은 원근법으로 봤을 때 비스듬히 위치한 커다란 복숭아색 교회 앞에서 끝난다. 공기 중에 감돌던 매캐한 냄새는 희미해졌지만, 그는 여전히 그 냄새가 코끝에 살짝 느껴진다. 식당 주인인 어머니와 아들에게 인사하고 야외 테이블, 강렬한 코발트색을 띠는 하늘을 배경으로 교회 정면을 감상할 수 있는 의자에 앉는다. 늘 보던 웨이터가 그에게 첫 번째 코스, 두 번째 코스, 그리고 화이트와인을 가져온다. 식사를 하고 나서 기분 좋게 얼린 유리잔에 담긴 술을 받아 든다. 언제나 굳게 닫혀 있는, 텅 비었지만 아름다운 복숭아색 교회를 본다. 이 시간의 교회는 불타듯 붉은 수박색을 띤다.

그가 쓴 술을 마시는데 말벌이 날아오더니 접시에 남은 비스킷을 잠시 맛본다. 보통 말벌은 점심시간에 더 귀찮다고 시나리오 작가는 생각한다. 날씨는 앞으로 더 무더워질 것이다. 생각은 수십 년 전 휴가로 거슬러 올라간다. 첫 부인과 함께 있었고, 아이들은 어렸고, 그와 아내가 아직은 잘 지냈던 시기다. 그리스 섬에 간 그들은 매일 아침 칙칙한 흰색 면 천막 아래 바다가 내려다보이는 야외의 큰 테이블, 다른 호텔 손님들과 공유하는 유일한 테이블에서 아침 식사를 하곤 했다. 갓 구운 빵과 참깨 비스킷, 걸쭉하고 맛있는 요구르트와 꿀, 섬의 신선한 과일로 길고 풍성한 아침 식사를 했다. 바람이 한 줄기도 불지 않았는데, 불행히도 말벌이 날아와서 매우 짜증스럽게 했다. 말벌들은 지그재그로 움직이며 위험할 정도로 가까이 날아와 아이들의 팔과 뺨, 살이 드러난 어깨를 스치고 지나가면서 아이들을 겁먹게 했다. 아들은 뻣뻣이 굳었고, 딸은 눈물이 고인 두 눈을 커다랗게 떴다.

말벌들을 쫓아내는 것은 불가능했다. 대신 시나리오 작가는 빈 잔을 테이블에 거꾸로 뒤집어 빠르게 말벌을 가두었다. 그는 오른쪽에 하나, 왼쪽에 하나, 동시에 두 개의 잔을 사용하는 전문가가 되었다. 아이들은 일단 말벌이 갇히자 좋아하면서 홀린 듯 말벌들을 연구했다. 아침 식사가 끝나면 뒤집힌 잔이 적어도 예닐곱 개는 있었고, 그 원통형 유리 감옥 안에서 말벌들이 움직였다. 말벌들은 V 자 모양의 얇은 날개로 탈출구를 찾으며 재빨리 위아래로 움직였다. 말벌 몇 마리는 테이블로 떨어졌지만 숨이 막힌 건 아니어서 움직임을 멈추지 않았으며, 결코 쉬지 않았다. 오히려 말벌들은 계속 붕붕거리며 왕성하게 움직여 불쾌감을 주었다. 그는 말벌

한 마리를 가두면 아마도 말벌 무리 내부의 화학적 소통을 통해 다른 말벌들이 날아올 것이라는 점을 알아차렸다. 수영장이나 바다로 가기 위해 테이블을 떠나기 전 시나리오 작가는 말벌 모두를 풀어주었다. 그가 잔을 들어 올리자마자 말벌들은 감금됐던 잔에서 벗어나 구름을 향해 더욱 활기차게 날아올랐다.

시나리오 작가는 이제 성인이 된 자신의 아이들이 그 여름과 당시 아버지가 용감히 유리잔 안에 말벌들을 가두었던 것을 기억하고 있을지 궁금하다. 그는 잔을 들어 물을 버리고 이 말벌을 가두려 하지만 잡을 수가 없다.

저녁 식사 후 그는 혼잡한 거리를 걷기 시작한다. 강변에 위치한 룬고테베레 길과 사람들로 가득한 광장은 피한다. 그는 자신이 밤에만 돌아다니는 드라큘라 같다는 느낌이 든다. 도시에 포위된 채로 점점 타락해가는 도시의 화려함을 즐긴다. 아내와 달리 그는 모든 계절의 로마를 사랑하고 이해한다. 그는 한 줄기 바람을 찾아 부지런히 발걸음을 옮긴다. 그는 한산한 모퉁이에 있는 어떤 건물의 기념 명판을 읽고, 대문 아래 돌 포장도로 사이에 금색으로 새겨진 유대인 이름들을 읽는다. 그는 이 시간엔 관광객들이 찾지 않는 분수 앞에서 발길을 멈춘다. 마침내 밤 11시경이 되자 기분이 좋아진다. 공기 중에 나던 타는 냄새가 완전히 사라졌다. 점점 한산해지는 도시를 한 시간 넘게 걸으며 거의 시계를 보지 않는다. 오늘 밤은 잘 자리라 생각한다. 만족한 그는 집으로 돌아간다.

내일 아침 그는 두 번째 가족과 합류하기 위해 기차를 탈 것이다. 아내는 그를 역까지 차로 데리러 올 것이고, 아내를 보면 기쁠 것이다. 마흔두 살인 아내는 아직도 저녁 시간에 계단에 놀러 나올 듯한 소녀 같다. 그들은 해안선을 따라 곶에 있는 탑까지 산책을 하고 해변에 있는 여러 친구들, 아마도 아내의 전 남자친구 몇 명에게 인사를 건넬 것이다. 그리고 그는 물이 해안선을 따라 차오르는 것을 보면서 모든 노력, 삶의 모든 즐거움, 달성했거나 실현한 모든 목표, 모든 기억이 단지 한순간 지속될 뿐이라고 생각하며 우울해할 것이다. 마치 파도가 해안에 부딪히면서 심장박동 그래프처럼 요동치는 선을 자연스레 남기듯이 말이다.

자신이 사는 건물 가까이의 모퉁이를 돌며 시나리오 작가는 평소처럼 시끌벅적한 원형극장 같은 계단을 기대한다. 대신 텅 비어 있는 계단이 보인다. 오늘 밤, 이유가 무엇이든 동네 아이들은 다른 곳에서 신나게 놀기로 작정한 모양이다. 불 켜진 가로등의 하얀 점들이 마치 크고 넓은 M 자를 그리며 처럼 계단 주위에 대칭형 별자리를 형성하고 있고 계단 꼭대기에 여섯 개의 보호용 돌기둥이 박혀 있는 게 보인다.

저 위에 있는 자동차가 도로를 벗어나 추락한 적이 있는지 궁금하다.

그는 양쪽으로 비스듬히 주차된 차들 사이를 걸어가며 조용하고 어두컴컴한 거리를 따라 나아간다. 그는 자신의 차를 확인한다. 휘발유를 넣어야 한다. 거의 대문에 다다른 마지막 순간, 그는 126개 계단 전체를 모두 오르기로 결심한다. 왜냐하면 오늘 밤 계단은 온전히 그만의 것이고, 삐걱거리며 돌아가는 선풍기 아래 침대로 들어가기 전 마지막 노력을 해보고 싶었기 때문이다.

첫 번째 계단참까지 올라간 후 그는 주변에 어떤 존재가 있음을 알아차린다. 한 사람 이상, 적어도 두 사람, 어쩌면 세 사람일지 모른다. 이윽고 그는 목덜미에서 무언가 날카롭고 칼보다는 두꺼우며, 칼이라기에는 충분히 길지 않은 무언가를 느낀다. 술을 마신 듯한 어린 소년의 목소리가 들린다. "가진 돈 다 내놔. 시계도."

이제 그는 목덜미에 닿은 차갑고 날카로운 물체가 틀림없이 그의 발치에 널린 많은 유리 조각 중 하나라는 것을 깨닫는다. 그리고 이 시간, 이런 상황에서는 고분고분 말을 듣는 것 외에는 다른 선택이 없다는 걸 안다. 지갑을 꺼내 돈을 건넨다. 팔을 뻗자마자 소년은 생일 파티에서 아내가 선물해준 시계를 낚아챈다.

돌아서기 전 그는 목덜미에 손을 대고 피가 나는지 확인한다. 손가락에 아무것도 묻어나지 않고 따끔거리기만 한다. 등만 보이는 세 소년을 가능한 한 눈으로 좇는다. 예전에 그가 아이들을 보호하기 위해 솜씨 좋게 유리잔 안에 가두었다가 풀어준 말벌들처럼 소년들이 쏜살같이 달려가 사라진다.

Ⅲ

택배 수취

주인아주머니가 휴가 가 있는 동안 해외에서 보낸 소포가 도착한다. 하지만 택배비를 내야 하기 때문에 집배원이 관리인에게 메시지를 남긴다. 메시지에는 손 글씨로 '우편물 도착 안내서'라고 적혀 있다. 주인아주머니의 테라스 화분에 물을 주러 갈 때 나는 엽서처럼 보이는 우편물 도착 안내서 종이쪽지와 함께 각종 청구서와 중요해 보이는 다른 몇 가지 것들을 챙겨 책장 위에 놓는다.

주인아주머니는 시골 친구 집에 갔고, 날씨가 좀 더 시원해지는 이달 말에 돌아올 예정이다.

그런데 주인아주머니가 일주일 만에 돌아와 곧장 내게 전화한다.

주인아주머니는 어두컴컴한 초원을 지나다가 구덩이에

발이 빠져 발목을 삐었다. 주인아주머니의 말에 의하면 어떤 동물의 굴임에 틀림없다고 했다. 발목을 삔 사고 이후 다행히 저녁 식사 자리에 의사가 있었는데 의사는 그녀에게 MRI를 찍고 물리치료를 받으려면 도시로 돌아가야 한다고 조언했다.

주인아주머니는 자신의 차를 운전할 수 없었기 때문에 그녀를 초대한 친구의 아들이 집으로 데려다줬고, 친구 아들은 곧바로 기차를 타고 다시 떠났다.

"차라리 잘됐어." 주인아주머니가 짐을 푸는 걸 도와주는데 그녀가 말한다. "그곳에서 나는 잠을 제대로 못 잤고 나쁜 꿈을 꿨어. 매일 새벽 3시에 깨서는 다시 잠들지 못했어."

하지만 내 생각에 주인아주머니는 집에 돌아와서 기쁜 게 아니라 줄곧 소파에 있어야 하는 것에 낙담한 듯하다. 지금 상태에서 주인아주머니는 다락방에 놓인 침대까지 계단으로 올라갈 수 없기에, 장신구가 있는 방에서 자고 싶어 한다. 장신구 방 벽에는 화려한 목걸이들이 걸려 있고, 두껍고 반짝이는 팔찌들이 선반에 정리되어 있다.

주인아주머니는 건축가다. 광대뼈 바로 위 살갗이 말린 무화과 껍질처럼 자글자글하지만 나이가 많지는 않다. 그녀는 종종 집에서 일하긴 하지만, 활동적인 편이라 많은 저녁 식사를 계획하고 한 번의 식사에 열두 명씩 초대하며, 세계를 여행한다. 나는 일주일에 몇 번 주인아주머니 집에 와서 빨래와 청소를 한다.

주인아주머니는 내 고국을 여러 번 방문했고, 우리는 이에 대해 가끔 대화를 나눈다. 주인아주머니는 겨울이면 늘 내가 한 번도 가본 적 없는 외딴 바닷가로 간다.

주인아주머니는 사원을 방문하고 몸을 해독하기 위해 그곳에 간다. 그녀는 특별한 다이어트 식단을 따르는데, 한번은 레몬주스를 많이 마시는 다이어트를 했다.

주인아주머니는 늘 피부가 까무잡잡하게 그을려 있고, 날씬하며 에너지가 넘친다. 그녀는 천, 건물의 색깔, 여자들이 움직이는 태도를 좋아한다. 그녀는 휴대폰으로 찍은 붉은 흙길과 하얀 해변의 사진 등을 내게 보여준다.

주인아주머니는 혼자 산다. 한때 그녀에게는 다른 집이 있었고, 그곳에서 남편과 두 자녀와 함께 살았다.

아들은 엔지니어가 되기 위해 공부하고 있고, 딸은 남자친구와 함께 살기 위해 이사를 갔다. 그들은 해외의 서로 다른 두 나라에 살고 있다.

아이들의 아버지, 텔레비전 뉴스 기자인 그녀의 남편은 딸보다 세 살 많은 젊은 여자와 재혼했다. 주인아주머니가 내게 들려준 얘기다.

주인아주머니는 항상 할 일을 찾아서 하는 사람이라 발

목 부상에서 회복되는 동안 집 안 정리를 조금 하고 싶어 했고, 나는 기꺼이 그녀를 도왔다.

주인아주머니는 침대, 소파, 바닥에 물건을 던져놓는 방식으로 여러 옷장을 비운다. 그래서 나는 그녀의 옷 몇 가지를 받았다.

옷이 무릎까지밖에 오지 않았는데 나는 몸을 더 많이 가리는 옷에 익숙해 있었기 때문에 처음에는 옷을 받고 싶지 않았다. 그러자 아주머니가 고집을 피웠다. "머리부터 발끝까지 가리는 옷은 그만 입어. 너무 덥잖아. 넌 다리가 예뻐. 여기선 아무도 네게 뭐라 안 해. 넌 좀 더 편하게 입어야 해."

어느 날 주인아주머니는 내가 챙겨둔 우편물을 가져다 달라고 부탁하고 우편물 도착 안내서를 읽는다.

"어떤 택배가 온 건지 모르겠네. 아마 책일 수도 있고, 아니면 아이들 중 한 명이 내게 뭔가를 보냈을 수도 있어. 네가 우체국에 가서 좀 찾아다 줄래?"

그런 다음 우편물 도착 안내서에 서명하고 내게 책임을 위임한다.

너무 더워서 이 시간엔 걸어서 다리를 건너고 싶지 않다. 태양이 강하게 내리쬔다. 우체국에 가기 위해 버스를 탄다. 하지만 버스는 불편하다. 보도를 깨부수는 드릴처럼 버스가 시끄럽게 흔들린다.

나는 의자에 앉기 싫어하는데, 의자가 불편하고 너무 높아서 신발이 바닥에 거의 닿지 않기 때문이다.

바싹 붙어 있어 짜증나는 사람들 속에 서 있노라면 기분이 나빠진다.

나는 두 개의 편안한 손 주머니가 있고 부드럽게 주름진 물방울무늬 스커트가 마음에 든다. 천은 진한 파란색이고 물방울은 흰색인데 크기가 작다. 나는 몇 년 동안 이런 옷을 입은 적이 없다.

우체국에 사람이 많다. 나는 대기 번호를 뽑고 기다리기 시작한다.

나무 의자는 대리석 바닥에 고정된 봉에 부착되어 있다.

내가 창구를 지켜보는 동안 빨간색 대기 번호가 바뀌고, 대기 번호판이 반짝이며 띵 소리와 함께 번호가 표시된다.

창구 뒤에 있는 직원들은 모두 여성이고 결혼식에 온 이모들처럼 서로 수다를 떨고 있다.

반면에 우리는 공연을 보는 소수의 관객들처럼 말없이 앉아 있다.

위층에는 유리로 된 곡선형 발코니도 있다.

전반적으로 편한 분위기는 아니다. 시원하지만 혼잡한 곳이다.

내 옆에 있는 사람은 신문을 읽고 있다. 여름철 비가 많이 내리는 내 고국에서 찍힌 기사 사진을 나는 곁눈질로 흘끔거린다.

반면 이곳은 올여름 비가 오지 않아 밤낮으로 보도를 따라 졸졸 흘러내리는 작은 원형 분수의 물을 단수한다고 한다.

신문에 실린 사진에는 시체들이 줄지어 놓여 있는데, 모두 어린이들이다. 그 아이들은 국경을 넘다가 강에서 익사했다. 어머니 둘이 마치 잠자는 동안 아이들을 따뜻하게 해 주려는 듯 거대한 시트로 시신들을 덮는다. 아이들의 동그란 얼굴은 하늘을 향해 있다. 한 아이는 머리를 왼쪽으로 돌린 채 마치 휴식을 취하는 것처럼 눈을 감고 있다.

약 30분 후 내 대기 번호가 나타난다. 창구에 갔지만 여전히 기다려야 했는데, 내 앞의 젊은 여성이 여전히 창구에서 우체국 직원과 이야기하고 있었기 때문이다. 젊은 여자는 몇 가지 정보를 더 묻는다. 그녀는 검은색 브래지어와 긴 다리가 거의 드러나는 시스루드레스를 입고 있다. 그녀는 어깨를 드러냈고 플랫 샌들을 신었다. 여기선 아무도 네게 뭐라 하지 않아, 하고 주인아주머니가 말했던 것처럼. 드레스의 얇은 어깨끈이 흘러내렸지만 젊은 여자는 아무렇지 않은 듯 다시 제자리로 끌어 올리지도 않고 창구 뒤의 직원과 계속 대화한다. 그들은 친구라고 해도 될 정도로 말을 많이 한다.

직원이 젊은 여자에게 말을 걸며 짓던 미소는 내가 나타남과 동시에 사라진다.

나는 주인아주머니가 서명한 우편물 도착 안내서와 내 신분증을 꺼낸다.

그러나 직원은 급히 내게 말한다.

"소포가 여기에 없어요. 소포는 이미 반송됐어요."

그런 다음 직원은 안내서 발행일로부터 영업일 기준 7일 동안만 소포를 찾아갈 수 있다고 적힌 곳을 손톱 끝으로 명확하게 보여준다.

"그러면 어디로 반송되었나요?"

"말해줄 수 없어요."

"누가 소포를 보냈나요?"

"모르겠는데요."

"그러면요?"

"그럼 아무것도 할 게 없죠, 안녕히 가세요."

나는 유감스러웠지만 주인아주머니가 화를 많이 내지 않기를 바랐다. 밖에는 바람이 살랑살랑 불었고, 나는 집까지 걸어서 돌아가기로 한다. 기분 좋게 다리를 건너는데 치마가 마치 구름처럼 나를 감싸는 느낌이 든다.

나는 잠시 걸음을 멈추고 생각보다 빠르게 흐르는 강물을 바라본다. 강물도 푸르고, 식물도 푸르고, 둑을 따라 우거진 플라타너스 잎사귀도 푸르다. 내 팔꿈치 옆쪽 난간 벽에서 흩어진 채 움직이는 한 무리의 개미 떼를 보고 놀란다. 개미들은 자신들의 몸집에 비해 크고 무거운 파리 시체를 옮기고 있다. 나는 개미들의 끈기에 감동한다.

여느 때처럼 젊은 남녀 한 쌍이 서로를 품에 쏙 안고 천천히 평온하게 키스하고 있다. 남자는 서 있고, 여자는 무모하게도 난간 위에 가만히 앉아 있다. 약간만 밀어도, 심지어 돌풍이 휙 불기만 해도 뒤로 넘어지기에 충분할 것이다.

나는 다리를 지나 잡초가 돋아난 부서진 아치 아래를 걸어간다.

그런 다음 자전거를 판매하는 상점들을 통과한다. 갑자기 거기 있는 자전거 하나를 타고 강으로 돌아가 자전거도로를 달리고 싶은 생각이 든다.

마지막으로 자전거를 탔던 때가 언제인지 기억이 나지 않는다. 내가 균형을 잃었었던가? 나는 오빠 덕분에 어려서부터 자전거를 배웠고, 오빠와 함께 먼지투성이 길을 탐험하곤 했다. 나는 내 얼굴에 닿았던 공기의 놀라운 느낌을 아직도 기억한다.

그런 마음을 접고 그늘에 자리한 주인아주머니의 집을 향해 걸어가는데, 차량이 붐비지 않는 시원하고 한적한 도로 옆에 자리한 그 집마저 푸르러 보인다.

소포를 찾지 못해 유감스러웠던 나는 진작 소포를 찾으러 가야 했다고 생각한다. 여러 가지 생각에 잠겨 있을 때 뒤에서 오토바이 소리가 들린다.

오토바이가 가까이 오면서 속도를 늦추는가 싶더니 갑자기 어떤 목소리가 소리친다. "당장 가서 네 다리나 닦아."

나는 돌아서서 잠시 그들을 본다. 헬멧을 쓰고 프레임이 얇은 선글라스를 낀 소년 두 명이 오토바이를 타고 있다. 그러다 어깨에 날카로운 통증이 느껴지고 머리 위로 하늘이 보인다.

우리는 지난번에 갔던 무료 해변에 다시 가기로 결정했다. 바에서 다시 여자애들을 만날지 모른다. 파란색 매니큐어를 칠하고 팔에 문신을 한 여자애가 나는 마음에 들었다. 우리는 몇 분 동안 여자애들과 이야기했었다. 우리는 다시 그 여자애들과 얘기를 나눌 수 있을지도 모른다.

도시를 떠나기 위해 우리는 성벽으로 둘러싸인 긴 길, 오르막내리막이 계속되는 가는 리본 같은 길을 택한다. 그런 다음 우리는 시골 한가운데로 들어간다. 아름다운 바다가 왼쪽에 펼쳐져 있다. 땅은 평평하고, 아래에서 돋아난 듯한 거대한 흰 구름이 드넓은 하늘에 보인다.

고속도로는 어둡고 매끄럽다. 아스팔트는 방금 다시 깐 것 같아서 마치 우리가 처음 그 아스팔트 위를 달리는 것 같다.

어느 순간 우리는 언덕 꼭대기에 있는 도시를 지난다. 내가 어렸을 때, 자동차로 이 도로를 달릴 때 할아버지가 해주셨던 말이 떠오른다. 할아버지는 옛날에 도로가 생기기 전에는 바다가 마을 가까이에 있었다고 말했다.

우리는 4시 이후 해변에 도착한다. 날씨는 여전히 덥고, 주변 시골은 황량하며, 100일 이상 줄기차게 비가 내리지 않고 있다. 주차장은 먼지가 많고, 건초에서 벌레가 기어가는 소리가 들린다.

내 친구가 오토바이를 주차하는 동안 나는 휠체어를 밀고 있는 소년을 본다. 휠체어에 그의 형제인 듯한 또 다른 소년이 앉아 있다. 그들은 얼굴이 비슷하지만 앉은 소년의 다리는 너무나 짧고 가느다란 기형이다.

나는 당장 물에 뛰어들고 싶어서 신발을 벗었지만 친구가 아는 사람을 만나 우리는 바에 잠시 들러 커피를 마신다.

그들이 대화를 나누는 동안 발에서 뭔가 불편함을 느낀 나는 발을 뒤덮은 개미들이 우왕좌왕 재빨리 기어다니는 걸 본다. 문신을 한 여자애를 찾아 테이블을 둘러보지만 찾지 못한다. 친구가 식사를 하고 싶어 하지만 나는 지금 배가 고프지 않다. 친구는 샌드위치와 물 한 잔을 시킨다. 나는 친구가 식사하는 동안 접시를 바라본다. 그리고 마침내 우리는 해변에 간다. 나는 친구를 모래사장에 둔다. 공기가 후텁지근한데도 친구는 추위를 느껴서 배를 위로 한 채 햇볕을 쬔다.

물속에는 서로 이야기하는 많은 사람들, 아이들, 아줌마들이 있다. 해안선에서 어떤 아버지가 헛되이 아들을 부른다. "페데, 페데리코, 페, 데, 리!"

나는 마치 모래언덕에 앉아 쉬는 것 같은 낮은 구름에 둘러싸여 있다. 물은 흐리지만 시원하고 나는 몸을 쭉 펴고 있다.

나는 물에 떠다니면서 물속에 있는 사람들, 해변의 다양한 시설물들을 본다.

어떤 의미에서는 사람들로 북적이는 물보다 맑은 하늘이 더 편안해 보인다.

나는 잠시 수영을 하고 나서 산책하러 나간다.

해수욕하는 사람들 사이를 요리조리 빠져나가니 모자, 수건, 면 치마를 파는 행상들이 보인다. 그들은 선 베드에 누워 약간 짜증을 내거나 혹은 호기심을 보이는 나른한 여자들에게 찰싹 달라붙어 물건을 판다.

한 사람은 옷장 안의 봉에 걸린 목발들처럼 팔뚝에 가방끈을 줄줄이 걸고 있다. 가까이 다가가보니 문신으로 뒤덮인 또 다른 팔이 보인다. 그녀다. 여전히 지난번 같이 있던 여자 친구와 함께 있다.

나는 걸음을 멈추고 그녀들의 큰 비치 타월 위에 웅크리고 있는 행상인을 본다. 그녀들의 다리 위로 활발히 몸을 놀리며 물건들을 보여준다. 부드러우면서도 환히 비치는 여러 색상의 스카프를 적어도 열두 개쯤 보여주고 있다.

그녀들은 행상인과 대화를 나누는데, 행상인의 말에 혹해서 우물쭈물 결정을 내리지 못하고 있다.

행상인은 현재 도시의 우리 동네, 즉 수세기 전에 건설된 수로와 철도 사이에 자리한, 한때는 조용했던 지역을 돌아다니는 많은 사람들과 닮았다.

그 사람들은 자신들의 작은 식당을 가지고 있고, 우리가 읽을 수 없는 푯말을 진열장에 놓는다. 그들은 누추한 방에서 맨발로 기도한다. 그들의 어린 아이들은 수로 반대편 마른땅에서 축구를 한다.

부모님은 조만간 그들이 우리보다 숫자가 더 많아질 것이라고 말씀하신다. 한편 내 친구의 부모님이 운영하는 바는 그들 중 거의 누구도 아침이나 오후에 방문하지 않으며 우리네 커피를 좋아하지도 않기 때문에 장사에 실패하고 있다.

행상인은 오랫동안 여자애들과 함께 있는데 왜 그 애들이 행상인을 쫓아내지 않는지 궁금하다.

뭐라고 말하고 싶지만 소란을 피울 필요는 없다. 여자애들은 미소를 짓고 웃더니, 돈을 꺼내 여러 가지 물건을 산다.

"이름이 뭐예요?" 문신을 한 여자애가 행상인에게 묻는다. 그녀는 내게 전혀 시선을 주지 않는다.

나는 땀이 나서 다시 물속으로 뛰어든다.

나는 해가 지고 해변에 있는 모든 사람들의 피부가 똑같이 황금빛을 띨 때까지 그곳에 머문다.

나는 바닥에 닿기 위해 몇 번 물속으로 자맥질한다. 물속은 볼 것이 별로 없고, 생기 없고 방향감각을 잃은 물고기 몇 마리와 마디 굵은 나뭇가지 몇 개만 있을 뿐이다.

내 친구가 오토바이에서 강물을 향해 던졌던 총처럼 빛나는 물건 따위는 없다.

친구는 몇 차례 총을 발사했고, 여자는 바닥에 쓰러졌다. 여자의 길게 땋은 검은 머리는 두껍고 붉은 고무줄로 묶여 있었다. 여자는 키가 작았고 흰색 물방울무늬 치마를 입었다.

내가 말했다. "미친놈, 정말 쐈어."

하지만 친구는 대답하지 않고 속도를 올렸다.

나는 소리쳤다.

"누구에게도 총을 겨누지 않겠다고 말했잖아!" 내가 덧붙였다. "여자애였다고."

총을 내던진 후에야 친구가 말했다.

"그들을 겁주기 위해서야. 우리한테 그들을 죽일 마음은 없잖아."

그들 대신 내가 겁을 먹었다. 마커 펜을 가지고 돌아다니며 벽에 낙서를 하고, 도로표지판에 몇 문장을 적던 밤의 아드레날린이 그립다.

해가 물속으로 사라지자 무료 해변의 인명구조원이 파라솔을 접기 시작한다. 파라솔은 소녀의 땋은 머리 고무줄처럼 모두 빨간색이다. 꽉 묶인 모습만 봐도 소녀의 긴 땋은 머리가 생각난다. 소녀가 걸을 때, 가벼운 치마가 그녀의 까무잡잡한 다리 주변에서 살랑거렸었다.

나는 수영을 조금 더 하지만 쌀쌀해지기 시작해서 물속에 혼자 있고 싶지 않다. 먼 바다에서 느긋하게 수영하는 또 다른 사람이 있긴 하다.

자전거를 파는 거리에서 우리를 기억하는 사람이 있을까 궁금하다. 어쩌면 내가 그 소녀를 모욕하기 위해 던진 말을 누군가 기억할지 모른다.

나는 물에서 나온다. 나에게는 비치 타월이 없고 지금은 그것을 파는 사람들이 돌아다니지 않는다.

나는 피곤하지만, 집에 가기 위해 주차장으로 걸어가는 사람들이 느끼는 행복한 피로감과는 거리가 멀다.

나는 몸이 마를 때까지 기다린다. 파도의 쉭쉭거리는 소리가 내게는 뱀이 쉿쉿거리는 소리처럼 들린다.

친구를 찾아간다. 잠에서 깨어난 친구는 이제 가야 한다고 말한다. 그는 어깨에 너무 많은 햇빛을 받았다고 불평한다.

돌아와서 보니 목덜미까지 빨갛다. 하얀 구름과 먹구름이 모두 두텁고 낮게 깔렸는데, 마치 화재가 나 지평선에서 피어오르는 연기처럼 보인다. 우리가 똑바로 계속 달리는 동안 얼굴에 부딪히는 공기가 차갑다.

차 한 대가 다가온다. 친구는 살짝 브레이크를 밟고 나는 본능적으로 뒤를 돌아본다.

그들은 우리를 붙잡지 않는다. 그들은 우리 앞에 있는 다른 사람을 찾는다.

창백한 하늘에는 하루 종일 그곳에 머물러 있던 초승달이 떠 있다.

병원에서는 내가 10미터 정도 떨어진 곳에서 발사된 총에 맞아 기절했다고 말한다. 구급차를 부른 사람은 자전거를 타고 지나가던 아저씨였다.

나는 응급실에 실려 갔지만, 병원에서는 나를 입원시키지 않는다. 총알 몇 개를 찾아냈고 공기총이었다고 설명한다. 그들은 몸 전체에 흩어져 있는 총알들을 보여주는 엑스레이 사진과 함께 나를 집으로 돌려보낸다. 엑스레이사진은 멀리서 보면 밤의 언덕 위에 떠 있는 흰색 점들이나 치마의 물방울무늬처럼 보인다.

이제 나는 주인아주머니처럼 몸을 회복해야 하고, 그동안 나는 주인아주머니를 도울 수 없다. 주인아주머니는 내가 필요한 시간만큼 푹 쉬라고 말한다. 사실, 나는 주인아주머니 집으로 돌아가고 싶지 않다. 주인아주머니 집에 있으면 반송된 소포를 찾으러 우체국에 갔던 오후가 너무 많이 생각날 것 같다.

지금은 내 친구가 주인아주머니 댁 일을 하고 있고, 나는 맥주, 음료 등 먹을거리를 파는 내 사촌을 돕는다. 사촌은 내가 앉아서 하는 일은 할 수 있기에 계산대에서 일하게 한다.

사촌은 그런 종류의 상처는 금방 아무니 다행이라고 말하며, 버스를 기다리다가 두들겨 맞아 한쪽 눈을 잃은 사람을 안다고 덧붙인다.

사촌은 우리가 경찰과 얽힐 필요는 없다고 생각한다며 신고하지 말라고 조언한다.

그들이 소년들이었다는 것만 나는 안다. 맥주를 사고 가게 앞에서 담배를 피우기 위해 밤 11시쯤 가게에 오는 소년들처럼 그 두 소년도 그냥 심심했던 것일지 모른다.

소년들은 흩어져 집으로 돌아가지 않고 캄캄한 계단에 앉거나 주차된 차에 기대어 늦게까지 수다를 떤다. 그들은 저녁에 슬금슬금 나오는 고양이나 곤충처럼 길모퉁이에서 만나 몰려다니거나 광기에 차 사냥을 나간다. 나는 그들의 목소리, 그들의 은밀한 대화, 뒤죽박죽 섞이는 그들의 말을 듣는다. 그들의 간헐적인 웃음, 조숙하고도 서투른 욕망이 분출되어 별 위로 가볍게 떠오른다.

나도 그 나이 때는 방과 후 친구들과 고향 도시의 어떤 거리, 만남의 장소에 들르곤 했다.

우리는 잠시 세상에 모습을 드러냈고, 뭔가를 먹었다. 나를 눈으로 좇는 깡마른 남자가 있었다. 그는 이미 대학에서 물리학을 공부하고 있었고, 한번은 나에게 술을 사주었다.

나는 고국을 떠났고, 내 인생에서 다른 곳을 찾았고, 여기에 와서 행복했다.

나는 누군가의 특정한 얼굴을 요리조리 살핀다. 두껍고 창백한 입술, 기름진 피부, 납빛 가로등 불빛을 위에서 받아 반짝이는 눈빛.

자정이 지나고 몇 시간 동안 이 고대 도시는 젊은이들만의 것처럼 보인다. 젊은이들만의 일시적이고 행복한 왕국.

그중에는 나처럼 피부색이 어두운, 남들과 다른 특징을 지닌 소년들도 있다. 그들은 이상한 조화, 밤의 문화, 동일한 몸짓으로 연결된다.

나는 여기저기 흩어져 있어도 한 무리인 그들이 잡담을 나누는 걸 보기 좋아한다. 그들을 보면 나도 모르게 마음이 편해진다. 그와 동시에 가슴 한가운데 총알 하나가 박힌 것처럼 통증을 느낀다. 질투가 나서 죽을 것 같다.

행렬

1

그녀는 시차를 겪지 않는다. 어제 착륙 직전 비행기 창문으로 들어온 날카로운 빛줄기는 갑자기 밤의 여정을 새벽으로 바꾸어놓으며 마치 전류처럼 그녀를 깨웠다. 세계 여행을 하는 젊은 부부처럼 그녀와 그녀의 남편은 각자 가방 하나, 배낭 하나만 가지고 있었다. 공항에서 기차를 탄 그녀의 눈에 곧 하늘, 들판, 갈대, 몇몇 돔이 흐릿하게 보였다. 저 멀리에는 노란색 건물, 식물로 가득한 발코니들도 보였다. 트램으로 갈아탄 그녀는 거리를 따라 늘어선, 몸통이 두텁고 나무껍질이 군복 카무플라주 얼룩무늬를 연상시키는 플라타너스 나무들을 구경했다. 오늘 아침 그녀는 일찍 일어나 혼자 아침 식사를 한 다음 가장 가까운 광장에서 쇼핑을 했다.

여전히 멍한 그는 정오까지 잤다. 그는 유럽의 다른 수도는 가봤지만 로마에는 가본 적이 없다. 그는 아내의 50번째 생일을 축하하기 위해 여기에 왔다. 사실 아내의 생일은 몇 달 전이었다. 그때는 두 사람이 함께 교편을 잡고 있는 대학 일로 바빴다. 그는 법학, 그녀는 생물학을 가르친다. 그는 로마가 그녀 삶의 일부라는 것을 알고 있다. 그들이 만나기 전, 열아홉 살의 그녀는 로마에서 1년 동안 공부하며 로마 남자와 처음으로 사랑에 빠졌다.

그들이 임대한 아파트는 가구가 대조되는 방식으로 비치되어 있다. 작은 검은색 가죽 소파와 철제 스탠드, 그리고 투명한 탁자는 현대적인 스타일이지만, 금박 프레임이 있는 큰 거울, 세 개의 뭉툭한 다리가 달린 유리 진열장, 유일한 다리가 야생동물의 꼬리처럼 내려온 초승달 모양의 콘솔 테이블도 있다. 탁자 위에는 이제 막 고개를 숙이기 시작한 해바라기 꽃병이 있다. 벽을 따라 건반이 누렇게 변색되고 부서진 피아노가 놓여 있고, 그 위에는 어두운 풍경의 작은 그림들이 쪼르르 걸려 있다.

옆방에는 묵직한 찬장과 가고일로 측면을 화려하게 장식한 원형 테이블이 있다. 테이블에는 여러 가지 물건들이 어지러이 놓여 있다. 책, 노트, 잡지, 물병, 전자기기, 케이블, 크래커 상자, 카메라, 선글라스, 튜브형 연고, 모기 스프레이 및 알약 병. 테이블 위쪽으로는 크리스털 샹들리에가 매달려 있는데, 양초 몇 개가 빠져 있고 로제트 장식이 일부 떨어져 있다.

그는 소파에 앉아 테니스화 끈을 묶고 있다. 그는 방금 샤워를 하고 나와 머리카락이 아직 젖어 있다. 이미 외출 준비를 한 그녀는 숄더백을 메고 긴 리넨 드레스를 입고 있다. 은빛 머리카락은 가운데 가르마를 타 목덜미 뒤로 묶었다. 피아노 앞에서 남편을 기다리며 열쇠가 가득 담긴 그릇을 뒤진다.

"문이 열리지가 않아."

"무슨 문?"

"복도 끝에 있는 방이 열쇠로 잠겨 있어."

"옷장이라고 생각했는데."

"아니야, 오늘 아침 내려갔을 때 밖에서 방을 봤어. 모퉁이 방이야. 내 생각엔 이 시간에 정말 아름다운 빛이 들어올 것 같아."

"날이 더울까?"

"조금. 하지만 습하진 않아. 식사했어?"

"주방에서 빵을 좀 찾아냈어."

"당신 먹을 크루아상을 가져다놨는데, 못 봤어?"

그녀가 주방으로 가서 흰 봉투를 들고 돌아온다.

"받아."

그녀는 피아노 의자를 들어 올려 피아노 교본을 꺼낸다. 그녀는 피아노 의자에 앉아 말한다.

"복도에 환상적인 지점이 있다는 거 알아? 마법처럼 산들바람이 항상 부는데 바다 냄새가 묻어 있어."

그는 빵을 삼킨 후 대답한다.

"여기선 갈매기 때문에도 바다가 느껴져. 이런 걸 기대하지 못했어. 바람 얘기가 나와서 말인데 주방 창문 겸 문 앞에 무거운 물건을 좀 놔두는 게 낫겠어. 바람에 흔들리는 것 같아."

"베란다에 세탁기가 있는 거 봤어?"

"낡은 식기세척기도 있던데."

"그 안에 뭐가 있는지 궁금해."

"식기세척기 안에?"

"아니, 닫혀 있는 방 안에."

"집주인 물건이 있겠지. 일부 손님이 아파트를 훼손하는 걸 피하려 귀중품들을 치워놓았겠지."

그녀는 아무 소리도 나지 않는 피아노 건반을 무심코 누른다.

"여기가 당신이 아이들과 함께 머물던 아파트였어?"

"아니, 거기는 테베레강이 내려다보이는 비싼 펜트하우스였어."

"잠겨 있는 방을 서재로 사용하면 좋을 텐데."

"우린 테이블에서 조용히 일할 수 있어, 테이블이 크잖아."

그녀가 고개를 들어 본다.

"로제트가 떨어져 있는 거 보여? 샹들리에가 언제라도 떨어질 수 있다고 생각하지 않아?"

"저건 장식일 뿐이야."

"내가 보기엔 허공에 붙어 있는 것 같아. 크루아상은 어땠어?"

"맛있었어. 무슨 맛이야?"

"비시올라 맛."

"그게 뭔데?"

"체리 종류지만 체리는 아니야."

"당신도 똑같은 걸 먹었어?"

"응, 바 테이블에 앉아 신문 기사를 읽으면서."

"내일 함께 가자."

"내일은 일요일이라 바는 문을 닫을 거야."

"아."

"그럼, 준비됐지? 가자, 안 그러면 행렬을 놓칠 거야."

그는 소파 등받이에서 고개를 옆으로 기울이며 눈을 감는다.

"그냥 여기에 남아서 더위를 피하고 이 집의 마법 같은 산들바람을 즐기면 안 되려나?"

"일어나, 볼 만할 거야."

"뭔지 다시 설명해줘."

"성모마리아가 지나가."

"당신 신자도 아니잖아."

"그건 상관없어. 세월이 많이 흐른 지금 그걸 다시 보고 싶어. 그 이유 때문에 이 지역에 임대할 집을 찾았던 거야."

"정말?"

"난 아직도 그녀에 대한 명확한 기억을 갖고 있어."

"누구?"

"성모마리아."

"어째서?"

"나무에 조각되고 비단옷을 입혀 귀중한 보석을 단 성모마리아는 너무나 아름다워. 흰옷을 입은 사람들이 어깨에 메고 갈 거야. 제일 앞에 음악 밴드가 있고 그다음에 위쪽에서 캐노피가 보여. 그리고 신자들이 묵주기도를 노래하는 소리가 들려. 사람들은 장미 꽃잎을 사방에 던지고 말이야."

"그게 무슨 의미야?"

"처음에는 폭풍이나 지진, 전염병 같은 재난의 종식을 알리기 위해 행해졌대. 더는 기억이 나지 않아. 수 세기 동안 같은 단계를 밟으며 행렬을 반복해왔어. 행렬은 내게 너무 감동적이었던 것 같아. 어떤 박물관에서도 찾을 수 없는 도시의 진정한 한 조각이야."

"30년 전 행렬과 같을 거라 생각해?"

"확신하진 못하겠어. 과일 장수 말이 이 행렬은 바뀌지 않았고, 그도 태어난 첫해부터 매년 행렬을 기다린대. 행렬을 한 번도 놓친 적이 없대."

"난 태어난 첫해부터 했던 일이 없었던 것 같아."

"여기서는 그런 일이 늘 일어나."

그는 현관문을 연다.

"열쇠 챙겼어?"

"응, 가방 안에 있어. 그릇에 열쇠 꾸러미가 또 있어."

"엘리베이터를 탈까?"

"난 걸어서 내려가는 게 더 좋아."

"하지만 우리는 꼭대기 층에 있어."

"만약 엘리베이터가 멈추면? 7월이고, 건물은 거의 비었어. 난 걸어서 내려가는 게 좋아. 계단 통로에는 언제나 기분 좋은 바람이 불어."

2

그들은 약간 경사진 삼각형 모양의 광장에 도착한다. 광장은 이 공간을 중심으로 길들이 마치 복도처럼 여기저기 뻗어 올라가는 거실같이 보인다. 광장 중심부에는 특별한 것이 없고, 분수나 조각상도 없으며, 놀이터만 있다. 광장 주위의 건물은 모두 5층 또는 6층 높이인데, 건물의 정면은 노란색, 분홍색, 주황색과 같은 따뜻한 색상이고, 큰 대문과 녹색 또는 갈색 셔터가 달린 창문들이 있으며, 일부는 꼭대기 층에 광장이 내려다보이는 좁은 발코니와 화분들이 있다. 건물 가장자리를 따라 나무 몇 그루와 벤치들이 있다. 광장 주변에는 바 세 곳, 약국, 철물점, 빵집, 와인 가게, 액자 가게, 기타 상점 및 레스토랑이 있다. 한편에는 몇 걸음만 가면 보이는 상설 노점들이 들어찬 구조물이 있다. 광장 중심에서 조금 벗어난 아래쪽에는 벽돌로 지어진 작은 중세 교회가 있는데, 유일하게 고색창연한 요소이다. 교회 여기저기에 벽돌이 빠져 있다. 정문은 서로 다른 두 개의 회색 기둥, 홈이 있는 기둥과 매끄러운 기둥 사이에 있다.

부부는 교회의 철제 문 앞에서 잠시 멈췄다가 계속 나아간다. 오후 2시가 넘은 시각이라 돌아다니는 사람이 거의 없다. 상점과 노점 들은 문을 닫았지만, 축구를 하거나 자전거를 타는 아이들이 있다. 한 무리의 노인들이 벤치에 앉아 있고, 창문 밖으로 얼굴을 내밀고 있는 사람들도 있다.

남편과 아내는 천천히 그곳을 가로지른다.

"우리 어디에 있을까?"

그가 묻는다.

“당신이 선택해.”

“행렬이 어디에서 오는데?”

“저 아래에서 나올걸.”

“그런데 사람들이 거의 없는데. 우리가 시간을 잘못 안 거 아니야?”

“과일 장수가 행렬이 3시니 조금 일찍 오라고 했어.”

“당신이 잘못 알았나 보지.”

“내가 들은 게 맞는데.”

부부의 발끝에 공이 굴러온다. 남편이 공을 잡아 아이들을 향해 걷어찬다.

“저기 그늘이 좀 있어.”

그들은 낮은 담벼락으로 가서 앉지 않고 대신 몸을 기댄다. 그들은 광장을 등지고 있다. 남편은 셔츠 소매를 걷어 올린다.

“오늘 습도가 높지 않다고 했잖아.”

“아침에는 그늘에 있으면 괜찮았어.”

2분이 흘렀다. 그는 휴대폰을 보기도 하고 사진 몇 장도 찍는다. 그녀는 축구하는 아이들을 눈으로 좇고, 그는 창가에 있는 노인들의 얼굴을 올려다본다. 그가 말한다.

“저 사람들은 최고로 좋은 자리에 있네.”

“누구?”

"창문가의 사람들."

"인상적이네."

"어째서?"

"저 높은 창문 안에서 저들이 너무 작게 보이니까. 각자 저 검은 빈 공간에 끼어들어가 있잖아. 그리고 봐, 저들은 창문 중앙이 아니라 늘 한쪽 구석에 자리 잡고 있어……."

"저들이 우리를 보고 있다고 생각해?"

"저 사람들은 관광객들을 이미 충분히 봤어."

"그런데 성모마리아는 언제 지나가?"

"인내심을 가져, 우린 기다려야 해."

"우리 뭐 좀 먹으러 갈까?"

"방금 먹었잖아."

"크루아상 하나였잖아. 점심 먹으러 갔다가 돌아오자."

"지금 점심을 먹으면 저녁 8시에 배가 고프지 않을 거야. 자리 잡기가 힘든 유명 레스토랑에 내가 이미 예약을 해놨어."

"그럼 우리 아이스크림 먹을까?"

"원한다면 조금 나중에 먹자. 길 건너편에 맛있는 아이스크림 가게가 있어."

"이 광장은 변했어?"

"놀이터는 없었어."

잠시 후 남편이 묻는다.

"처음 행렬을 보았을 때 당신은 그 남자와 함께 있었어?"
"누구?"
"당신과 함께 지내던 남자."
"우리는 함께 지냈지만 그날 그는 할 일이 있어서 나는 혼자 산책을 갔어. 날씨가 참 좋아서 강을 건넜다가 길을 잃었지. 그 당시엔 휴대폰이 없어서 로마에서는 늘 길을 잃는 사람들이 많았어. 나는 순전히 우연하게 행렬을 봤던 거야."
"지금 여기에서도 그 남자가 생각나?"
"우리는 3개월 동안 함께 지냈을 뿐이야."
"그에게 연락해보지 그래?"
"오래전 일이야."
"당신의 첫사랑을 만나도 난 상관없어."
"당신과 함께 여기 있고 싶어."
그들이 손을 잡고 있는데, 아내 또래로 보이는 두 여성이 팔짱을 낀 채 함께 광장을 건넌다. 친구인지 연인인지 자매인지는 명확하지 않다. 그녀들은 뚜벅뚜벅 걷다가 좁은 골목으로 들어가 사라진다. 다른 여자들이 혼자서 또는 자녀나 동반자와 함께 나타난다. 딸과 동행한 엄마들도 있다. 점점 더 많은 여자들이 광장을 채우며 말하고 웃는다. 여자들의 머리카락과 옷자락이 촉수처럼 그녀들 머리와 몸에서 나와 살아 있는 듯 움직이는 것 같다.

그가 여자들을 관찰한다.

"말이 많네."

"급히 할 얘기들이 있는 모양이지."

"여자들이 서로 무슨 말을 하는 거야? 당신은 알아들을 수 있어?"

"몇 마디만."

"모두가 서로 아는 사이인 듯 해."

"모두가 화려해."

"당신도 화려한 여자야."

"이 여자들만큼은 아니야."

"무슨 차이가 있는데?"

"저 여자들을 보면, 잘은 모르지만, 난 너무 풍만한 것 같아."

"그건 절대 단점이 아니야."

"살찌고 싶지 않아. 나는 5킬로그램, 아니 그 이상 살을 빼고 싶어. 저 여자들이 입은 것처럼 입고 싶어. 나는 저 여자들의 주름, 짙은 화장, 인상적인 몸매, 낡은 샌들이 마음에 들어."

"왜?"

"저 여자들은 완벽함과는 거리가 있기 때문이야. 저 여자들은 그런 것에 상관하지 않기 때문에 더욱 아름다워져. 저 여자들은 삶의 표시가 있고 삶에 붙어 있는 것같이 보이기 때문이야."

"우리는 아니야?"

이야기를 나누는 동안 광장 주변은 사람들과 웃음과 다정한 인사로 점점 더 채워진다.

그녀는 잡은 손을 놓고 머리핀을 빼 머리카락을 풀어 내린다. 그녀가 말한다.

"이런 여자들 중 한 명과 함께했다면 당신은 다르게 살았을 것이고, 다른 가족을 만들었을 거야."

"맞아. 당신도 로마 남자친구와 함께했다면 그랬을 거야."

부부 앞에 여러 세대로 구성된 가족이 모여든다. 아직 젊고 뚱뚱한 할머니는 짧고 검은 머리에 입술에는 어두운 색상의 립스틱을 발랐다. 할머니는 어린 손녀의 손가락을 잡고 손녀가 보도 위로 오르락내리락하는 걸 도와준다. 손녀는 이 놀이에 완전히 빠져 있다. 손녀는 망설임과 흥분을 동시에 주는 놀이에 빠져 몸을 흔든다. 어느 순간 손녀는 할머니에게서 떨어져 나와 혼자 뒤뚱뒤뚱 걸어간다.

손녀의 엄마, 임신한 배가 눈에 띄는, 선드레스를 입은 키 큰 조각상 같은 여자는 아이를 쳐다보지 않은 채 다른 사람들과 이야기를 나누고 있다. 부부는 그 광경을 지켜보지만 할머니도 손녀도 지켜보는 사람이 있다는 걸 눈치채지 못한다. 아내는 가방의 지퍼를 몇 번 열었다 닫는다.

"당신 그때 기억나?"

그가 묻는다.

그녀는 아이의 엄마에게 시선을 돌리며 말한다.

"저런 예쁜 선드레스를 입지 못한 지 한참 됐어. 나도 저런 옷이 많았는데, 모두 어디 갔는지 몰라."

"우리 옛날 집 주방에 있었어."

"사실 난 이 옷을 별로 좋아하지 않아."

"우리는 함께 먹을 것을 준비했어."

이제 그녀는 놀이터 쪽으로 시선을 돌린다.

"일요일 아침 아니었어? 우리 공원에 있지 않았나?"

"아니야, 우리는 집에 있었고, 저녁이었어. 내가 시선을 들었을 때 그 애는 어떤 불가사의한 힘에 이끌려 주방을 빠르게 가로질러 오고 있었지."

이제 광장은 매우 시끄럽다. 멀리서 밴드 음악이 들린다. 모든 벤치가 꽉 차 있고, 바는 사람들로 붐빈다. 많은 사람들이 창밖으로 얼굴을 내밀고 있다.

"내 기억은 달라. 내 기억으론 우리는 공원에 있었고 낮이었어."

"당신이 잘못 기억하고 있는 거야."

"당신도."

"그 순간에 대해 어떻게 우리가 이렇게 달리 기억할 수 있지?"

"그냥 놔두자. 어쨌든 나는 그 애가 올해 우리와 함께 로마에 왔을 거라 생각하지 않아."

"아니, 당신 생일을 축하하기 위해 왔을 거야."

"스물세 살이면 우리와 함께 돌아다니는 것을 지루해할 나이야."

"스물세 살이면 약혼할 여자도 데리고 올지 몰라."

그들이 여전히 낮은 담벼락에 몸을 기댄 채 대화를 나누는 동안 몇몇 중년 여성들이 그들 옆에 자리를 잡는다. 그녀들은 머리가 짧고, 가슴이 풍만하며, 편안한 샌들을 신었고, 비슷비슷한 반소매 면 원피스를 입고 있다. 화가 난 듯 서 있는 한 사람을 제외하고 모두 그의 아내 옆 벽에 쪼르르 앉아 있다.

갑자기 아내가 자리를 이동한다.

"앉으세요."

아내가 이탈리아어로 말한다.

상대 여성이 감사 인사 없이 즉시 앉는다.

"왜 당신 자리를 양보했어?"

남편이 묻는다.

"모르겠어. 중간에 낀 느낌이었기 때문이야."

"일찍 오자고 했던 사람은 당신이야. 이쪽으로 와."

남편이 말한다. 그러나 그가 자리를 뜨자마자 임신한 여자가 앉는다.

"이제 우리는 햇빛 있는 곳에 서 있어야 해."

"돌아가자."

"어디?"

"아파트로."

"지금?"

"그래, 지금."

"그럼 성모마리아는? 음악이 더 크게 들려, 행렬이 가까이 왔을 거야."

"더는 기다리고 싶지 않아."

"몇 달 전부터 행렬 이야기를 했잖아. 무슨 일이야?"

이제 광장은 사람들로 붐벼서 매우 시끄럽다. 행렬은 군중 앞에 가까이 다가왔지만 성모마리아는 아직 나타나지 않았다. 그녀의 눈에 눈물이 그렁그렁하다는 걸 알아채기 어렵다. 그녀를 안고 있는 남편 외에는 아무도 그걸 눈치채지 못한다.

3

부부는 아파트로 돌아왔다. 산들바람에 창문 커튼이 살랑거린다. 그는 소파에서 여행 안내 책자를 읽으면서 화이트 피자 한 조각을 먹고 있다. 그녀는 피아노에 앉아 건반을 몇 개 누른다. 보면대 위에 놓인 피아노 교본을 넘긴다.

"오늘 저녁 식당은 어디야? 걸어서 가는 거야?"

그가 묻는다.

"예전에 이곳에 한 가족이 살았었어."

"시간이 있으면 산타 체칠리아 음악원 쪽으로 가면 좋겠는데."

"남자아이 아니면 여자아이가 피아노를 쳤나 봐. 아직도 피아노 선생님의 메모가 있어."

"산타 체칠리아 음악원 알아?"

그녀는 대답하지 않는다. 부엌으로 들어가 경첩이 삐걱거리는 찬장 문을 연다. 문짝은 밝은 코발트색 종이로 싸여 있다. 접어서 얌전히 정리해놓은 식탁보가 찬장 안에 보인다. 식탁보 냄새를 맡아본다.

"집에서 먹자. 햄과 멜론이면 충분해. 날씨가 더워."

"그럼 예약은?"

"다른 날 갈 수 있어."

"왜 다시 생각이 바뀌었어?"

그녀는 식탁 위를 치우면서 한 번에 조금씩 물건을 집어 다른 방으로 옮긴다.

"뭐 해?"

"식탁을 차리려고. 일단 여기 있는 모든 것은 침대에 올려 놓고."

"주방에 있는 작은 테이블도 좋지 않아?"

"여기서 먹자."

"언제 떨어질지 모르는, 당신이 무서워하는 샹들리에 아래에서?"

"응."

물건들을 옮긴 뒤 식탁보를 꺼내 식탁 위에 깔고 찬장 문을 닫는다. 그녀는 여러 번 주방과 방을 오간다. 그녀는 두 개의 접시, 나이프와 포크와 수저, 냅킨, 유리잔, 식탁보, 물병을 가지고 돌아온다. 은촛대에 양초 두 개를 꽂는다. 그녀가 묻는다.

"왜 우리 집에는 여기처럼 벽지를 붙인 찬장이 없을까? 식탁보를 요일별로 하나씩 깔끔하게 정돈해 넣어둔 찬장 말이야."

"당신은 식탁보에 얼룩이 있다고 늘 말했었지."

"볼 때마다 손을 씻고 싶게 만드는, 거품 흔적이 있고 향이 나는 두툼한 비누도 우리 욕실엔 없어."

"우리 집이 당신 마음에 들지 않아?"

"궁금한 게 있어."

“뭐가?”

“이런 곳에서 우리 아이를 키웠으면 어땠을까.”

그는 여행 안내 책자를 덮어 테이블 위에 놓는다. 그는 일어나서 창 앞에 선다. 그는 아내에게 등을 돌린 채 잠시 밖을 내다보기 위해 커튼을 걷는다.

“달라졌겠지.”

“닫혀 있는 방에서 잠을 잤을까?”

“그만해.”

“광장에서 다른 아이들과 놀았을까?”

“부탁인데 이런 질문 하지 마.”

“그 아이가 옆으로 비켜가는 공을 잡으려고 달려갔을 때, 우리가 그곳이 아니라 이곳에 있었다면 어땠을까?”

그는 아내를 돌아보지만 그녀는 계속 식탁을 차린다.

“열두 살이었어. 그 아이는 길을 건너는 법을 몰랐지.”

그녀는 다시 피아노로 돌아가 열쇠가 든 그릇을 뒤지기 시작한다. 그녀는 열쇠 그릇을 들고 복도로 사라진다. 잠시 후 그녀는 실망한 채 돌아온다.

“열쇠가 듣지 않아.”

“뭘 열려고 했는데?”

“닫혀 있는 방.”

“그 방은 우리와 상관없어.”

"단지 방을 보고 싶을 뿐이야."

그는 테이블 위에 놓인 주전자로 컵에 물을 따라 아내에게 내민다.

"받아. 욕조에 들어가. 조금 이따가 먹을 것을 준비하자, 포도주 한 병도 따고."

그녀가 물을 한 모금 마신다. 다른 손에 여전히 열쇠 그릇을 들고 있다. 물을 다 마시고 남편에게 컵을 되돌려준다.

그에게 말한다.

"가자."

"어디로?"

"떠나자."

"이해를 못 하겠어."

"나는 더는 6주 동안이나 로마에 있고 싶지 않아. 집으로 돌아가고 싶어. 일단 이곳을 떠나고 싶어."

"우리는 이미 아파트를 임대했어."

"계획은 언제나 취소할 수 있는 거야."

"집이 아름답고 편해. 바람도 잘 불어. 비누까지 마음에 든다고 말했잖아."

"다른 관광객들처럼 호텔에서 자고 싶어. 이곳에 더는 있을 수 없어."

갑자기 그녀는 열쇠 꾸러미가 담긴 그릇을 바닥에 확 집어던진다. 열쇠 꾸러미가 그들 발치 쪽 바닥에 흩어진다. 남편에게 작은 소리로 묻는다.

"왜 그 방은 열리지 않는 거지?"

그는 아내에게 대답하지 않는다. 네 발로 엎드려서 바닥에 흩어져 있는 열쇠를 줍기 시작한다. 그는 피아노 위에 열쇠 그릇을 올려놓으며 말한다.

"당신이 기대하는 게 그 방엔 없어. 당신 마음속에 남아 있는 그 고통을 빼곤 아무것도 없어."

그녀는 피아노 의자에 앉아 보면대 위에 놓인 피아노 교본을 본다. 그녀는 골똘히 음표를 살피지만 음악에 대해서는 전혀 이해하지 못한다. 그녀는 피아노를 연주하려는 듯 손을 들고, 주먹을 쥔 채 건반을 가볍게 내리치는데 불협화음이 난다. 건반 덮개를 내린다. 다시 정적이 흐르자 그녀는 자리에서 일어나 휴대폰을 찾는다. 테이블에서 휴대폰을 발견한다. 그녀는 앉아서 전화를 걸고 벨이 울리기를 기다렸다가 천천히 이탈리아어로 말한다.

"네, 안녕하세요. 혹시 오늘 저녁 이용 가능한 더블룸이 있을까요?"

대답을 기다린다. 그녀가 다시 말을 시작했을 때 귀가 먹먹한 소음이 집에서, 다른 방에서 들려온다. 집 안을 뒤흔드는 강렬한 소음이다.

그는 즉시 모든 방을 확인하러 가지만 그녀는 샹들리에 아래 테이블에 움직이지 않고 앉아 있다. 어느 순간 그녀는 통화를 끝내고 휴대폰을 빈 접시 옆에 놓는다.

"무슨 일이야?"

남편이 돌아오자 그녀가 묻는다.

"주방 창문 겸 문의 문짝 하나가 떨어졌어."

"그래서 어떻게 됐어?"

"금이 갔고, 일부가 부서졌어."

그는 아내에게 와서 그녀 옆 테이블에 앉는다.

"그럼 뭐를 해야지?"

"문을 고칠 사람을 불러야 해. 집주인에게 알려줘야 하고."

"집주인이 이해해줄까?"

"이해하겠지, 바람이 불었잖아."

"누가 문을 고칠 수 있을까?"

"모르겠어, 철물점에 물어봐야 해. 사방에 유리 파편이야?"

"불행히도 그래. 틀에 아직 붙어 있는 유리 조각들도 위험해."

"보러 갈래. 발코니 세탁기 뒤에 빗자루가 있어."

"조심해. 장갑을 껴야 할 거야."

그녀가 일어난다. 주방에 가기 전에 남편의 어깨를 건드리며 말한다.

"행렬을 못 보게 돼서 미안해."

"상관없어."

"당신을 데려가고 싶었는데."

"당신은 그 기억을 늘 간직할 거야."

"당신은 아니잖아."

"1년 후에 보면 아쉬웠던 시간만큼 많은 경험을 했을 거야."

"알아."

그녀가 샹들리에를 켠다. 매우 강하고 보기 싫은 빛이 어두컴컴한 공간을 요란한 수술실로 바꾸는 것 같다. 11년 전 어느 토요일 오후 의사들이 최선을 다했던 그 수술실 분위기로 바꾸어놓았다.

"여기 남을 거야?"

그가 묻는다.

"그래, 미안해."

"괜찮아."

"당신 말이 맞았어. 우리는 주방 창문 겸 문 앞에 무거운 물건을 갖다놔야 했어."

"내일 철물점에 갈까?"

"내일은 일요일이야. 문을 닫을 거야."

"그래."

"빨리 일어나면, 포르타 포르테세에 갈 수 있어. 날씨가 너무 더워지기 전에 말이야."

"거기에 뭐가 있는데?"

"많은 것이 있어. 거기서 길을 잃기도 해. 당신 마음에 들 거야."

쪽지

물이 닿는 모든 것에 얼룩이 지는 도시에서 설거지를 할 때면 수도꼭지와 싱크대, 방금 닦아 말린 유리잔까지 곰팡이 낀 것처럼 뿌옇게 얼룩지는 걸 볼 수 있어서 나는 짜증이 났다. 남편은 석회가 그 창백한 흔적을 남기기 때문에 식초로 잘 닦거나 레몬을 반으로 잘라 표면을 문지르면 다시 반짝일 수 있다고 설명했다. 남편은 정육점에서 일자리를 찾기 전에 레스토랑 주방에서 일한 적이 있고, 그곳에서 여러 가지 현지 요리를 준비하고 적시에 파스타의 물을 빼고 팬으로 치커리를 볶는 방법을 배웠기 때문에 석회 제거 방법을 알고 있었다. 저녁이 끝날 무렵, 요리사이기도 한 식당 주인이 몇몇 단골손님과 이야기를 나누기 위해 지친 몸으로 머틀주 한 잔을 들고 테이블에 앉아 있을 때, 남편은 식당 위층에 사는 식당 주인 어머니가 아침에 주방에 내려와 마음 편히 파이를 준비할 수 있도록 주방을 깨끗이 치워야 했다.

나는 한 번도 식당 주인 어머니를 만난 적이 없지만 깨끗한 주방을 원하는 마음을 이해했다. 나 또한 집 안 모든 것이 제자리에 잘 정리되도록 신경을 많이 쓴다. 나는 이미 어린 시절부터 청소에 다소 무신경했던 어머니를 도와 부엌의 단지들, 현관의 신발과 샌들, 형제들과 숙제를 하던 삐걱거리는 철제 테이블 위의 공책과 책 들을 강박증이 있나 싶을 정도로 깔끔하게 정돈했다. 의자에 버려진 빈 찻잔이나 창턱에 잠시 놓인 연필을 보면 불안했다. 나는 방 여기저기에 흩어져 있는 물건들을 모두 제자리에 놓는 것에 집착했다. 그렇게 하지 않으면 정말 마음이 편하지 않았다. 밤에 잠을 자려고 눈을 감으면 나는 형제들의 지저분한 옷들 사이에 내 교복이 걸려 있다는 것이 생각났다. 교복 한 벌은 깨끗한 것이었고 다른 한 벌은 여유분으로 잘 펴서 걸어둔 것이었다. 혹은 비눗갑 여기저기 들러붙은 비누 층을 손톱으로 긁어내고 불필요한 때를 깨끗이 지우면 얼마나 만족스러울까 생각했다.

닿은 것을 더럽히는 물의 도시에서 나는 아주 지저분하게 쌍둥이 두 명을 키웠다. 나는 병원에서 쌍둥이를 낳았다. 병원도 물에서 솟아 나온 듯했는데 마치 강 한가운데 정박해 있는 큰 배처럼 보였고, 강물은 우유 몇 티스푼을 탄 차 색깔 같았다. 순식간에 쌍둥이는 키가 커 호리호리해졌고, 아침마다 면도를 했고, 저녁에는 어딘가에서 친구들과 몇 시간씩 시간을 보내며 수다를 떨고 여자애들을 만났다. 쌍둥이 중 누구도 내게 여자친구를 소개하지 않았다. 쌍둥이 아들들은 또래들을 편안해했고, 비록 아들들 모습은 남들과 달랐지만 남들처럼 옷을 입고 말하고 웃었다. 내가 과부가 되었을 때 쌍둥이 아들들은 열다섯 살이었다.

그날은 일요일이었고, 나는 도시 반대편에 위치한, 일주일 내내 문을 여는 양장점에서 일하고 있었다. 나는 옷단을 박고 지퍼를 달았다. 불행하게도 침실에서 심장마비로 사망한 남편을 발견한 것은 쌍둥이였다. 쌍둥이는 아버지가 긴 낮잠을 자고 있다고 생각했지만, 남편은 누구에게도 유언 한마디 남기지 못한 채 세상을 떠났다.

남편이 눕기 전에 샤워를 해서 머리카락이 아직 젖어 있었다고 했다. 그래서 쌍둥이가 구급차 구조대원이 됐다고 나는 생각한다. 어떤 종류의 사고가 발생하더라도 항상 도울 준비가 되어 있는 쌍둥이가 난 너무나 자랑스럽다. 두 아이는 지진 현장이나 차량들이 미친 듯이 쌩쌩 달리는 고속도로에 가본 적 있다고 전화로 내게 말한다. 그러나 보통 쌍둥이 아들들은 그런 곳보다는 급성 맹장염에 걸렸거나 다리가 부러졌거나 아버지를 앗아간 병과 같은 병을 앓는 아픈 사람이 있는 개인 가정집에 들어간다. 20년이 지났고 쌍둥이는 이제 다른 두 곳에서 서로 떨어져 살고 있다. 둘 다 각기 다른 섬 마을에 살고 있다는 사실이 난 놀랍다. 아들들은 도시의 번잡함이 그립지 않다고 말한다. 그래서 아들들은 날 만나러 자주 도시로 오지 않지만, 난 아들들이 일로 매우 바쁘다는 것을 알기에 이해한다.

나는 몇 년 전부터 설거지를 예전처럼 자주 하지 않았고, 며칠 동안 쌓아두기도 했다. 나는 더 이상 남편이나 쌍둥이를 위해 저녁을 준비할 필요가 없다. 우리가 같은 지붕 아래에 있을 때도 아들들은 돌아다니며 패스트푸드를 자주 먹었다. 나는 컵 하나로 며칠을 지낸다. 다른 대륙에서 온 재봉사의 지하 작업실에서 옷단을 올리거나 내리고, 수북이 쌓인 치마와 바지를 줄이거나 넓히며 보내는 시간이 늘어났다. 양장점에 가려면 한 시간 정도 동안 트램을 타고 거의 종점까지 도시를 횡단하는데 창가 자리에 앉아서 밖을 내다보면 심심하지 않다. 그래서 매번 쌍둥이가 태어난 병원, 가로수 길을 따라 돌아다니거나 식사를 하고 있는 많은 사람들을 본다. 양장점 공간은 좁고 겨울에는 춥지만 여름에는 시원하다. 지하실의 내 자리는 안쪽 깊숙이 있어 마음에 든다. 벽을 따라 달아놓은 선반 위에 다양한 색깔과 유형의 단추들을 보관한, 라벨을 붙이지 않은 투명한 플라스틱 작은 병들이 쪼르르 놓여 있다. 다른 사람들의 옷과 천 조각이 어지러이 쌓여 있는 가운데 선반에 놓인 작은 병들은 질서와 활기를 느끼게 해준다. 지하실 네온 불빛 아래 앉아서 일하는 동안 나는 고향 음악을 듣는다. 양장점 주인 여자는 단골이 많고 친절하지만 성격이 급하다. 양장점 월세를 내기 힘들어서 주말에 내게 줘야 할 임금을 다 주지 못하는 경우가 종종 있다. 양장점 주인이 며칠간 휴가를 가거나 약속이 있으면 내가 혼자 양장점을 관리하고, 가끔은 고객이 나를 미덥게 여기지 않아 주인 재봉사가 해주기를 원하지만 그래도 웬만하면 내가 몸 치수를 잰다.

양장점에는 항상 수선하고 해야 할 일이 쌓여 있기에 시간이 잘 흘러간다. 불안하게 흔들리며 윙윙 소리를 내기도 하는 깜박이는 네온 불빛 아래에 있으면 절로 긴장된다. 그러나 적어도 양장점에서는 집에서 느끼는 가슴을 꼬집는 통증, 밤에 잠시 숨이 가빠오는 아픔, 배에서 올라와 목을 죄는 슬픔의 폭발을 피할 수 있다. 그 공간에서 두 아이를 키우며 한때 아내로 살았던 아름답고도 고통스러운 기억과 관련된 모든 것을 피할 수 있다.

양장점에서는 저녁에 아파트의 여러 방에 불을 켜야 하는 작은 고통을 피할 수 있다. 헤드보드가 없는 두 개의 싱

글 침대, 침대 사이에 놓인 옷장, 이불에 드리운 그림자와 잔물결을 보는 것이 늘 고통스럽더라도 쌍둥이의 침실 문을 열어둔다. 쌍둥이가 떠났을 때 그것은 마치 내가 두 번째로 출산한 것과 같았다. 병원에서의 첫 번째 출산으로 쌍둥이를 낳았지만 내 머릿속에서는 단지 한 번의 출산이었기 때문에 두 번째라고 말한 것이다. 평생 처음 아무도 없이 산다는 것은 삶의 기쁨이 없는, 마치 그저 생각이 흘러가는 대로 사는 것 같은, 완전히 새로운 순간처럼 느껴졌다. 어머니로서의 불안이 시간이 지남에 따라 점점 커지고 악화되는 것이 이상하다. 자식들이 만든 거리, 부재, 침묵을 어떻게 견뎌야 할까?

어느 날 양장점에서 쌍둥이가 다녔던 초등학교 선생님 한 분을 만났다. 내가 가장 좋아하는 선생님이었고, 다른 학생들이 내 아이들을 놀린다는 것을 안 유일한 선생님이었다. 내가 오후에 학교로 갔을 때 미소를 지으며 내 화려한 면 플레어 원피스에 감탄한 유일한 사람이었다. 양장점에 온 그녀는 월말에 결혼식에 가야 한다고 설명하며 내게 수선할 긴 드레스를 보여주었다. 그녀는 약간 살이 쪘다. 그녀는 내 남편의 죽음에 슬퍼했지만 쌍둥이의 바쁜 일정과 섬 생활에 대해 듣고는 기뻐했다. 내가 그녀의 몸에 맞게 실핀을 꽂고 있을 때, 그녀는 아직도 교단을 잡고 있는 학교에서 선생님들이 점심을 먹거나 다른 일을 할 수 있도록 한 시간 정도 아이들을 지켜볼 사람을 구한다고 말했다. 평소 아이들을 돌보던 부인이 수술을 받아서 몇 주 동안 쉬어야 하기 때문이라고 했다.

예전처럼 매일 아이들 초등학교에 간다고 생각하니 기뻤다. 일찍 일어나 아침 식사를 준비하고 쌍둥이와 만원 버스를 타기 위해 나가지 않은 지 꽤 오래됐다. 우리는 버스에 타 서서 갔고, 공항 근처에 있는 멀고 조용한 동네에서 내렸다. 버스에 타면 아무도 일어나지 않았고, 우리 언어로 서로 이야기하면 어른들이 우리를 쳐다봤다. 그래도 좋은 추억으로 남았다. 그 시절에 쌍둥이는 학교에 있지 않으면 나와 함께 있었고 다른 곳에는 없었다. 나는 항상 쌍둥이가 어디에 있는지, 어떻게 지내는지 알고 있었다.

학교는 상점이 별로 없는 한적한 길에 있었다. 모든 것이 엇그제 일처럼 낯익어서 버스에서 내리자마자 과일주스 한 잔을 마시기 위해 예전에 가던 바에 잠시 들러 빨간 앞치마를 입은 예전의 대머리 바텐더에게 과일주스를 주문했다. 바텐더는 날 알아봤는지 가볍게 고갯짓을 했다. 나는 그렇게 많은 시간이 지났는데도 바가 여전히 그 자리에 있고 바텐더도 똑같다는 사실에 놀랐고, 마찬가지로 내가 같은 도시에서 그렇게 오래 살았고, 벌써 지구 반대편에서 20년 이상을 보냈다는 사실에 놀랐다. 그런 다음 나는 5, 6층짜리 건물들과 양쪽에 주자된 차들을 옆에 끼고 학교를 향해 갔다. 나는 이 지역에 사는 사람을 알지 못했지만 여전히 내가 여기에 속한다고 생각했다. 길을 걷는 동안 나는 손을 잡고 있는 쌍둥이의 존재를 느꼈다. 쌍둥이 아들들은 가는 목소리로 떠들어대며 매일 아침 내 손을 꼭 잡고 있다가 쏜살같이 뛰어서 학교 안으로 사라지곤 했다.

나는 행정실로 갔고 한 여성이 무엇을 해야 할지 내게 설명했다. 첫날에는 단순히 여러 서류를 작성했고, 여자는 아이가 다칠 경우를 대비해 양호실을 보여준 다음 아이들이 어디에서 노는지 알려주기 위해 나를 밖으로 데리고 나갔다. 마지막으로 여자는 화장실이 있는 복도로 나를 데려갔다. 내가 빈손으로 자유롭게 아이들을 도울 수 있도록 지갑을 포함한 소지품을 화장실에 놔두어야 했다. 화장실은 일종의 창고였고, 문은 있었지만 잠기지 않았다. 학교 입구에는 경비를 서는 수위가 있었다. 점심은 건너뛰어야 했는데, 나는 그녀에게 괜찮다고, 아침을 든든히 먹겠다고 말했다. 이제는 목소리가 바뀌고 나보다 키가 훨씬 커졌기 때문에 어린 시절의 쌍둥이를 더는 상상할 수 없었다. 그러나 옛날에 쌍둥이도 내 앞에 있는 아이들처럼 시끄럽게 떠들곤 했다.

첫날 너무 긴장한 나는 어린 시절부터 나를 위로해주었

던 이상하고 비밀스러운 습관에 굴복하고 싶은 유혹을 느꼈다. 집 아래 빵집에서 아침에 일부러 가져온 종이 냅킨의 일부분을 매일 저녁 씹는 습관이었다. 저녁 식사 후 나는 몰래 냅킨 한 조각을 찢어 입에 물었다가 뱉었다. 나는 특히 냅킨 조각이 내 혀에서 완전히 녹지는 않으면서도 살살 풀어지는 게 참 좋았다. 그 무미하고 포근한 맛이 냅킨에서 내 몸으로 차츰차츰 스며드는 게 참 좋았다. 그것은 엄청난 기쁨이었고 결코 나를 해치지 않았다. 설명할 수 없을 정도로 내 긴장을 풀어주는 미신적인 의식이었다. 불운을 막기 위해, 예를 들어 어머니가 병에 걸리는 것을 막거나 악몽을 꾸지 않기 위해 나는 그 행동을 했다. 어느 시점에서 나는 그 습관을 멈췄다. 어쩌면 그 습관을 멈추지 말았어야 했을지 모른다. 그랬으면 남편이 나에게 경고도 없이 젖은 머리로 침대에서 죽지 않았을지도 모른다. 그래서 나는 혹시나 하는 마음에 종이 냅킨을 집어 얼른 내 코트 주머니에 넣었다.

살을 에는 듯한 바람과 비로 가득 찬 이상한 봄이 지나가고 마침내 좋은 날씨가 되었다. 추위가 가시지 않은 아침에는 남들처럼 바바리코트를 입었지만 정오가 되니 더위가 심해져 코트를 벗었다. 나는 창고에 바바리코트를 걸어놓고, 가방을 잘 잠가 의자에 올려놓은 뒤 밖으로 나가 내 자리로 갔다. 때때로 나는 아이를 화장실에 데려가거나 학교 울타리 너머로 날아간 공을 되찾아 와야 했다. 위험한 사고나 상처 나는 일은 없었고, 소파 쿠션 사이에 손을 끼운 채 텔레비전을 보고 있던 쌍둥이 중 한 명을 쏘았던 벌도 없었다. 불쌍한 아들은 벌에 쏘인 손이 금방 부풀어 올라서 몇 주 동안 햇볕을 피하고 거즈 장갑을 착용해야 했었다. 어떤 아이들은 놀지 않으면서 이미 지루한 어른이 된 것처럼 쪼르르 앉아 다른 아이들을 지켜보기만 했다. 때때로 그 아이들 중 몇몇은 물이 기도로 넘어가서 혹은 병뚜껑이나 펜 뚜껑처럼 유해한 물건을 물고 있다가 질식할 뻔하기도 했다. 그럴 경우 양호실로 달려갈 시간이 없었기 때문에, 오래전 쌍둥이에게 했던 것처럼 입 안에 손가락을 넣고 기도로 넘어간 물체를 확인한 다음 턱을 벌리고 뱉어내게 했다. 네온 불빛 아래 지하실에서 재봉 일을 할 때 놓쳤던 것, 야외에 있을 때 살갗에 닿는 열기를 즐길 수 있어 너무나 행복했다.

며칠 후부터 나는 생활 리듬을 잡았다. 학교에 들어가기 전 두 번째 아침을 먹고, 그 후 점심시간에 간단한 음식을 파는 카페에 가서 가볍게 식사했다. 요리사를 돕는 보조가 내 고향 사람이었기에 날 보면 평소보다 음식을 더 맵게 해 주었다. 나는 항상 배가 고팠고, 한 시간 동안 서 있는 일이 이렇게 피곤한 일일지 몰랐는데, 참 피곤했다. 어느 날 야채가 담긴 밥 한 그릇을 먹고 계산대에서 계산하기 위해 코트

주머니를 뒤지다가 여러 번 접은 종이쪽지를 꺼내게 됐다. 트램에서 딴생각을 하다가 우연히 구긴 영수증이나 대중교통 티켓, 혹은 미신을 의식해 첫날 가져갔다가 잊어버린 냅킨일 거라고 생각했다. 그런데 손으로 찢은 기다란 종이쪽지에는 "우리는 너를 좋아하지 않는다"라고 적혀 있었다.

연필로 쓴 손 글씨는 모든 글자가 약간 비뚤어져 있어서 이제 막 글 쓰는 법을 배운 어린아이의 글씨처럼 보였다. 충격을 받긴 했지만 나는 충격을 깊숙이 흡수하지는 않았다. 양파를 썰다 잠깐 부주의해서 칼로 베인 상처가 막연히 짜증만 날 뿐 출혈은 없는 것과 같았다. 나 아닌 다른 사람에게 보내진 쪽지가 이유는 모르겠지만 학교의 혼란스러운 환경에서 어쩌다 내 코트 주머니에 들어오게 된 것이라고 확신했다. 정말로 그렇게 생각했고, 다시는 그것에 대해 생각하지 않았다. 그러나 며칠 후 교대 근무가 끝날 무렵, 같은 코트 주머니에서 비슷한 메모가 나를 기다리고 있었다.

이번에는 기다란 종이쪽지에 "우리는 네 얼굴이 마음에 들지 않는다"라고 적혀 있었다. 이번에도 손 글씨는 어린아이 글씨였고, 메시지도 연필로 작성되었다. 나는 아직 학교의 좁은 복도에 있었고, 배에 가벼운 펀치를 맞은 것 같은 불편함을 느끼며 울고 싶은 심정이었다. 하지만 나는 아무에게도 말을 하지 않았고, 누구에게 도움을 청해야 할지조차 몰랐다. 학교에서 인사하는 사람도 거의 없었고, 내게 일을 제안한 선생님은 외부에서 견학 중이었으며, 다른 선생님들은 나를 무시했고, 아이들 몇 명만 내게 미소를 지어주었다. 그로부터 3일이 더 지났다. 세 번째 쪽지에는 "너는 더러워"라고 두 단어만 적혀 있었다. 이 말에 나는 매우 기분이 나빴다. 얼룩 하나 없이 깨끗한 내 집과 남편이 윤나게 닦은 식당 주방을 생각했다. 다음 날 나는 아침에 비가 내렸는데도 무슨 일을 보게 될지 몰라 코트를 입지 않았다. 오후에 나는 내 가방에 슬쩍 들어가 있는 쪽지를 발견했다. 이번에는 "우리는 네가 여기 머무르는 것을 원하지 않는다"라고 적혀 있었다. 나는 매우 혼란스러웠다. 누군가 내 가방을 연 게 분명했다. 하지만 가방 안의 열쇠, 돈이 들어 있는 지갑, 립스틱, 안경 등 모든 것은 그대로 들어 있었다. 그들은 내게서 동전 한 푼도 훔치지 않았다.

나는 그날도 메시지에 대해 아무에게도 말하지 않았다. 나는 가방을 어깨에 메고 다니기로 했다. 하지만 행정실에서 일하는 여자가 그것을 즉시 알아차렸고, 내가 거의 내내 서서 시간을 보내며 주변에서 뛰어노는 아이들을 지켜본다고 해도 내 몸과 손이 완전히 자유롭지 않으면 일을 할 수 없다고 말했다.

예전에는 매일 아침 학교에 가는 것을 좋아했지만 이제

는 항상 겁이 나고 불편해서 일을 빨리 끝내고 싶어 견딜 수가 없었다. 그즈음 쌍둥이 중 한 명이 내게 전화를 했고, 무슨 일이 있었는지 말하자 아들은 불같이 화를 냈다. 아들은 내가 교장과 이야기했어야 하고 고발도 할 수 있다고 말했다. 그 빌어먹을 학교로 돌아가서 교장에게 말하라고 아들이 말했다. 그러나 쌍둥이 아들들은 어느 누구도 쪽지를 보낸 누군가와 맞서기 위해 오지 않았다. 다음 날 나는 나에게 일자리를 제안한 선생님을 찾아 봉투에 넣어 보관했던 쪽지 네 개를 보여주었다. 그녀는 어찌할 바를 모르며 약간 당황했지만 나를 안심시키려고 애썼다.

"아이들끼리 하는 장난인 것 같아요."

그녀가 내게 말했다.

"그럼 왜 쪽지가 내 주머니에 들어 있었을까요?"

내가 물었다. 그녀는 이것을 설명할 수 없었다.

"쪽지를 모두 버리세요, 그냥 내버려두세요. 당신은 여기서 일한 지 얼마 되지 않았어요. 쪽지가 뭐가 중요한가요?"

그녀가 내게 말했다.

사건은 내가 일을 그만두면서 그렇게 일단락됐다. 마지막 날 행정실 여자가 내게 임금을 지불하고 정중하게 인사를 건넸다. 내가 일을 대신해주었던 동료는 수술에서 회복되어 다음 날 돌아올 예정이었다.

그 쪽지 네 개를 어떻게 해야 할까? 부쳐야 할 편지라도 되는 듯 쪽지를 넣은 봉투를 아직도 가지고 있지만 누구에게 보내야 하는 걸까? 나는 누구도 그것을 열거나 발견하는 것을 원하지 않았다. 다른 쌍둥이 한 명도 내게 전화를 걸었는데, 쪽지를 보관하고 있으라고 말했다. 결국 꼬깃꼬깃 접은 기다란 흰 쪽지, 각기 다른 종류의 글귀가 적힌 쪽지 네 개를 봉투에 보관했다. 그러나 나는 고발은 하고 싶지 않았다. 집 안 서랍에 넣어두건, 선반에 올려놓건, 책갈피 사이에 끼워 넣건, 소파 쿠션 아래 놓건, 계절의 변화가 보이는 1층과 2층 사이 중간층에 놓건 그 봉투의 존재가 아우성치며 나를 괴롭혔다.

나는 양장점에서 일하는 시간을 늘렸다. 적어도 그곳은 쪽지에서 떨어져 있었고, 나를 덜 짓눌렀다. 그러던 어느 날 주인 재봉사가 커피를 마시러 나가고 혼자 있게 됐을 때 불안한 일이 일어났다. 선반에 놓인 단추 병들 중에 맞는 단추를 고르기 위해 잠깐 일어섰을 때 내 재봉틀 위에 설치된 희미한 네온등이 순간 꺼지면서 동시에 천장에서 분리되었고, 요란스러운 소리를 내며 산산조각이 났으며, 날카롭고 끔찍한 파편들이 내 작업대를 뒤덮으면서 천과 바닥, 그리고 내 의자에 흰색 가루를 뿌렸다. 내가 그 순간 바로 물러나지 않았다면 나는 흰 가루를 뒤집어썼을 것이다.

심한 충격을 받은 나는 쌍둥이 모두에게 전화를 걸었고, 그 중 한 명에게 연락이 닿았다. 아들은 곧 화들짝 놀라며, 흰색 물질에 수은이 포함되어 있고, 일단 전구가 파손되면 수증기가 되어 주변에 퍼질 수 있다고 말했다. 아들은 내게 모든 흔적을 아주 조심스럽게 제거해야 한다면서, 장갑을 끼고 목도리 같은 것으로 입을 가리고, 어떤 경우에도 아무것도 만지지 말고, 주변을 쓰는 대신 손으로 파편을 모으고, 창문을 열라고 조언했다. 하지만 그 지하실에는 창문이 없었고, 위층 양장점 문은 내 위치에서 너무 멀어서, 공기가 순환되지 않는 탓에 유독성 증기를 내보낼 수 없을까 봐 두려웠다. 1분 후 다른 쌍둥이도 매우 걱정하며 내게 전화를 걸었다.

"주인 재봉사에게 전기장치를 점검해보라고 말하세요. 그런 것이 화재를 일으킬 수 있어요. 제발 엄마, 입을 막으세요."

아들이 전화를 끊기 전에 말했다.

나는 할 수 있는 것을 다 했다. 혹시 다칠까 염려하며 젖은 천으로 바닥을 닦는데 자꾸 작은 유리 파편을 건드렸고, 목도리가 입에서 미끄러져 내려갔다. 먼지는 거의 눈부신 흰색이었다.

재봉사가 커피를 마시고 돌아왔을 때 나는 이미 쓰레기

봉투를 묶고 기진맥진해 있었다.

"전등을 켜놓지 않았나요?"

재봉사가 내게 물었다.

"전등이 나갔어요."

"다치지 않았어요?"

"안 다쳤어요. 하지만 전기기사를 불러주실 수 있을까요?"

"일단 저쪽으로 자리를 옮겨요. 다른 전등은 아주 잘 작동하니까요."

재봉사가 말했다.

나는 정신없이 집으로 돌아왔고 다음 날 재봉사에게 전화를 걸어 두통이 심하다고 말했다. 실제로 유독성 증기와 관련된 약간의 신맛과 함께 목에서 끔찍한 덩어리가 느껴진다고 생각했다. 나는 진정을 좀 시키기 위해 집에 머물면서 몇 가지를 정리하려고 생각했다. 그러나 불가사의하게 폭발한 전구 때문에 공포가 밀려왔다. 그 두려움 뒤에는 마찬가지로 설명할 수 없는 쪽지 사건에 대한 공포도 숨어 있었다. 갑자기 더위가 확 올라왔다. 나는 기분이 좋지 않았고, 양말을 줄지어 정리하거나, 유통기한이 지난 연고를 버리거나, 냄비들을 새로 배열하고 싶은 마음이 들지 않았다. 전날의 피로 때문에 나는 완전히 지쳐 있었다.

나는 선풍기를 켜고 테이블에 앉았다. 그 자리에서 나는 봉투를 열고 기다란 종이쪽지를 꺼냈다. 그동안 나는 종이 쪽지를 상자에 숨긴 다음 테라스 벽장 안 빗자루들 사이에 끼워놓았었다. 연필로 쓴 글이라 나는 지우개로 최대한 지우려고 애쓰며 옅은 흔적만 남겼다. 그런 다음 손가락으로 종이를 쫙쫙 찢어 잘게 조각냈다. 처음에는 천천히 했지만 점점 더 즐겁게 도전을 즐기면서 쪽지를 찢었다. 나는 손끝이 꽤 야무져서 제일 가는 바늘귀에도 실을 잘 꿰었다. 내 앞에 작은 흰색 더미가 생겼다. 잘게 잘린 종이 조각들은 마치 파네토네와 콜롬바 또는 몇몇 종류의 비스킷 위에 뿌려지는, 이따금 쌍둥이의 생일 케이크를 장식하기 위해 내가 사곤 했던 설탕 알갱이들처럼 보였다. 선풍기 때문에 찢긴 종이 조각 더미가 살짝 움직였는데, 일부는 바르르 떨리거나 펄쩍펄쩍 튀어 올랐다. 양장점에 있는 단추들처럼 물병에 넣어야겠다고 생각했다. 그런데 밤에 공원을 펄럭이며 날아다니는 곤충처럼 종이 조각 하나가 펄럭 날아올라 내 입 안으로 들어왔다. 내가 종이 조각을 뱉기도 전에 그것은 정말 설탕 알갱이처럼 내 혀에서 녹아내렸다.

그게 바로 내가 해야 할 일이었다. 나는 그 작은 종이 조각들을 하나씩 입에 넣었다. 종이 조각은 곧 혀에 기분 좋은 맛을 남기며 녹아내렸다. 10분도 채 안 걸렸고, 그렇게 그 메시지는 목구멍에서 신맛과 함께 사라졌다.

단테 알리기에리

1

열일곱 살 때까지 나는 누구와도 키스해본 적이 없었다. 어린 시절부터 가장 친했던 내 친구도 그랬다. 내 친구는 수년간 응답받지 못하면서도 열렬히 따라다닌 끝에, 우리보다 두 살 더 많은 활기차고 냉소적인 청년 S와 사귀게 됐다. 친구와 나는 그 변화를 시시콜콜 자세히 분석하곤 했다. 그는 내가 태어나고 자란, 여름에는 습하고 겨울에는 눈이 많이 내리는, 격렬한 대서양에서 가깝고 녹음이 푸르른 마을의 대학에서 이미 공부하고 있었다. S가 우리 고등학교에 다닐 때 그는 우리를 몰랐는데, 그 당시 우리보다 나이가 많은 다른 여자와 사랑에 빠졌었기 때문이다. 그녀와 영원한 사랑의 이야기를 쓰면서, 좀 이르지만 진지하게 사귀는 것 같았다. 그러나 이후 그는 그 여자와 헤어졌고, 어느 날 여름이 끝날 무렵 S와 내 친구는 해안가에서 우연히 만나 몇 마디를 나누었는데 며칠 후 그가 내 친구에게 전화를 걸어 영화를 같이 보자고 했다.

침착하지 못하고 장난꾸러기였던 내 친구는 무대에 서는 것을 좋아했다. 실제로 어느 날 저녁 S는 우리 고등학교로 와서 연말 공연을 봤다. 공연에서 그의 남동생은 오케스트라에서 연주했고 내 친구는 중요한 역할을 맡았다. 공연에서 내 친구는 화장하고 무대 의상을 입은 채 밝은 조명 아래에서 서른 살의 고통스러운 여인을 연기했는데, 그는 내 친구의 모습을 보고 사랑에 빠졌다. 당연히 내 친구는 S와 함께 보낸 시간을 내게 자세하게 말해주곤 했다. 그는 문학을 공부했고 시를 썼으며 찰리 채플린을 열렬히 좋아했다. 친구는 보통 숙제를 해야만 하는 저녁 시간에 전화로 다채롭고 상세히 이야기해줬다. 친구는 그들의 첫 키스에 대해서도 내게 얘기해줬다. 두 번째로 영화를 함께 본 후, 그들은 밤 산책을 하다가 처음 만났던 해변으로 갔고, 여름이 지났는데도 아직 철거되지 않은 구조대 탑에 올라갔다. 그들은 보통은 구조대원이 도움을 청하는 사람이 있는지 혹은 위험한 사고가 일어나지 않았는지 주의 깊게 살피는 구조대 탑 나무판 위에서 꼭 끌어안았다. 그곳에서 내 친구는 S의 입술이 자신의 입술에 닿는 것을 느꼈고, 그의 얼굴이 자신의 피부를 사포처럼 여기저기 문지르는 당혹스러운 충격을 느꼈다. 두 사람의 머리카락이 사방으로 흩날리는 동안 그녀는 자신의 등을 감싸는 그의 손가락을 느끼며 배경음으로 요란한 파도 소리를 들었다.

나는 놀라움을 금치 못하며 친구의 비밀 얘기를 쏙쏙 흡수했다. 한편으로 나는 소외감을 느꼈고 뒤처졌다고 느꼈지만, 동시에 친구가 오직 나에게만 모든 비밀을 털어놓고 싶어 한다는 것을 알았다. 친구는 S와 두 시간 동안 외출하고 난 다음 나에게 전화를 걸어 네 시간 동안 그와의 데이트를 이야기했기 때문에 나는 그들의 역동적인 데이트를 현장에 있는 듯 속속들이 알 수 있었고 친구와 한층 더 가까워진 느낌이었다. 나는 내가 그들 관계에 있어 보이지 않게 중요한 역할을 하고 있다고 생각했는데, 그들은 어느새 감정적인 문턱을 넘어서 결혼을 약속한 깊은 관계가 됐다. 나는 청소년기에 조금이라도 마음에 드는 사람과 커플이 되지 못한 것이 걱정되기도 했다. 그러면서 나는 친구의 얘기를 항상 귀 기울여 들었고 내게도 사랑이 찾아오기를 기다렸다.

불행하게도, 이 말로 시작하는 것이 잘못이지만, 약 1년 후 가까운 친구들 여러 명과 중국 식당에서 내 친구의 생일 파티를 하고 얼마 지나지 않아 나는 당시 친구와 진지하게 사귀고 있던 S가 나를 사랑하게 됐다는 사실을 분명히 깨달았다. 생일 파티에서 그는 내 얼굴을 전혀 쳐다보지도 않았고 그 때문에 나는 아무 의심도 하지 않았다. 그는 평소처럼 내 친구에게 세심하고 헌신적인 것처럼 보였고, 그의 한쪽 팔은 늘 친구의 의자에 얹혀 있었으며, 그의 손은 때때로 친구의 머리를 헝클었다. 그러나 며칠이 지난 토요일, 아버지는 집으로 배달된 신문을 찾으러 나갔다가 나직한 붉은 단풍나무 아래 우체통에서 언제 부쳐졌는지 모르는, 우표가 붙지 않은 편지 한 통이 있는 걸 발견했다. 파란색 잉크 펜으로 봉투에 적힌 수신인은 나였으며, 상단 모서리에 발신인의 이름과 주소 대신 단테 알리기에리라고 대문자로 적혀 있었다. 아버지는 대학에서 경제학을 가르쳤고, 지구 반대편에서 왔다. 진짜 단테 알리기에리가 누구인지 전혀 모르는 아버지는 눈 하나 깜짝하지 않고 편지를 내게 건넸다.

나는 편지를 잘 살펴보기 위해 들뜬 마음으로 방에 들어가 침대 가장자리에 걸터앉아 봉투를 열었다. 손으로 쓴 편지가 몇 장 들어 있었다. 편지의 정확한 내용은 기억나지 않는다. 수수께끼 같은 말로 다소 유명한 노래를 언급한 S는 그 노래에서 내 이름이 섬세한 떨림으로 무한히 반복되면서 아로새겨졌다고 말했다. 그는 몇 주 동안 그 노래를 들으며 날 더 가깝게 느꼈다고 했다. 편지에 적힌 모든 단어의 충격이 지금도 여전히 마음속에 떠오른다. 상상하기조차 어려울 정도로 거친 얼굴 피부를 만졌을 때의 느낌보다 분명 더 마음 아프고 혼란스러운 충격이었다. 손 글씨 자체가 그 불쌍한 청년의 마음을 꾹꾹 담은 새장처럼 느껴졌다. 죄책감이 뒤섞인 슬픔과 동경으로 가득 찬 러브레터였다. 그는 가끔 내 친구의 공연에서 우리가 만나곤 했기 때문에 사실 몇 달째 은밀히 나를 생각해왔다고 고백했다. 영화관 앞이나 혹은 기억나지 않는 어떤 곳에서 그가 친구를 만나러 왔을 때 종종 우리 둘은 자리를 함께했다. 그 경우 나는 곧 다음 약속을 잡고, 친구와 그에게 인사하고, 그에게 친구를 넘긴 다음 그 자리를 떠나기 위해 그들이 키스를 끝내길 기다렸다.

그러나 편지에서 S는 자신이 더 이상 내 친구를 사랑하지 않으며, 친구에게 키스할 때 나를 생각했고, 몇 주 동안 잠을 잘 못 잤으며, 더 이상 제대로 먹지도 못한다고 말했다. 그는 매일 밤 내 꿈을 꾸고, 낮에 거리의 모든 젊은 여자가 몇 초 동안 나처럼 보이는 환상에 시달린다고 했다. 한번은 그가 해변에서 나를 꿈꾸고 있을 때 기적적으로 내가 나타나기도 했다고 썼다. 편지 말미에서 그는 내 친구에게 자신들의 사랑이 끝났다는 걸 알리는 또 하나의 편지를 남겨두었다고 적었다. 그리고 덧붙였다.

"너도 날 사랑하는 거 알아."

무엇보다 나는 편지 전달 방식에 놀랐다. S가 운전을 하지 않으며, 아직 운전 면허증을 따야 한다는 걸 알고 있었다. 사실 내 친구는 그것에 대해 불평했었다. 그는 모두 자동차로 이동하는 작은 마을에서 우리 가족의 집까지 아마도 손전등을 든 채 어둠 속을 걸어왔을 거였다. 그 사실은 내 눈에 그를 독특하고 낭만적이며 다소 영웅적으로 보이게 했다. 내가 자고 있는 동안 두근거리는 마음으로 그 봉투를 우체통에 넣기 위해 도대체 몇 시간을 걸어왔을지 궁금했다. 그는 내 방을 추측하기 위해 집 창문 아래에서 몇 분 동안 머물렀을까? 조만간 내 친구에게 아픈 이별의 편지를 전하기 위해 친구 집에 갈까?

난생 처음으로 사랑받고 있다는 감정에 나는 무척 당황했고, 또한 그의 말에 현혹된 나는 그를 거부할 수 없었다. 나는 내가 다른 남자에게 고통과 꿈과 불면의 밤을 초래했다는 사실에 놀랐다. 하지만 더 놀라운 것은 편지를 끝맺는 말이었다. "너도 날 사랑하는 거 알아." 그 문장을 읽자마자 나는 그의 말이 맞으며, 내가 내 친구만큼이나 S를 사랑하고 있고, 보답받기를 기다리고 있다는 걸 깨달았다. 내 마음을 정복하고 동시에 나 자신을 벌레처럼 느끼게 만든 것은 단테 알리기에리라는 그 요란한 가명과 더불어 바로 그 뻔뻔한 한 줄이었다.

지금은 그 사건이 잘 기억나지 않는다. 그 이후 전화 통화를 했었던가? 또 다른 편지가 있었던가? 어느 토요일 아침 한산한 캠퍼스 벤치에서 우리는 만났다. 7월이었고, 공기는 고요하고 무더웠다. 건물은 텅 비어 있었고, 책은 모두 도서관에 반납됐다. 요컨대 모든 수업이 끝난 다음의 매우 조용하고 썰렁한 분위기였다. 당황스럽고 어색했던 나는, 결국 먼저 입을 열어 내 친구에게 상처를 주고 싶지 않다고 말했다. 언젠가 내가 친구의 자리를 대신한 적이 있는데 친구는 심한 우울증에 빠졌었다. 친구에게 사과하고 말을 걸기 위해 우리가 수없이 행복한 시간을 보냈던 방으로 친구를 찾아갔지만, 친구의 부모님은 나를 흘겨보았다. 친구는 침대에 쓰러져 내게 등을 돌린 채 울고 있었다. 내가 친구에게 인사를 하자 친구는 뭔가 중얼거렸다. 나는 친구의 얼굴이 창백하고 머리카락은 떡이 됐으며, 며칠 동안 집을 나가지도 샤워를 하지도 않은 것을 보았다. 방 안 공기에서 살짝 역한 냄새가 나는 것에 정신이 어지러웠던 기억이 난다. "난 네가 내 가장 친한 친구인 줄 알았어." 내가 더는 가장 친한 친구가 아니라는 사실을 알리기 위해 친구가 말했다. 그리고 덧붙였다. "네가 모든 걸 망쳐놨어."

S도 창백하고 초췌해 보였다. 그는 나를 기다리는 동안 몸을 웅크린 채 책을 읽고 있었고, 내가 옆에 앉았을 때 그 역시 내 얼굴을 똑바로 쳐다보지 못했다. 그는 나를 보는

것, 아니 내가 가까이 온 것에 기뻐하지 않는 듯했고, 나를 원하면서도 그 모든 상황에 점점 더 괴로워했다. 우리 셋 중 나만 앉는 자세가 똑바른 편이었고, 마음속으로 여러 감정이 싸우더라도 겉으론 꽤 멀쩡했다. 그런 의미에서 그들은 여전히 하나였고, 나는 여전히 비극의 중심에 박혀 있는 이방인이었다. 나는 벤치에서 한참을 망설였지만, 결국 그 텅 빈 쓸쓸한 건물 앞에서 오래된 우정을 지키기 위해 S의 구애를 거절했다. 그리고 그는 품위 있지만 실망하는 태도로 심사숙고한 나의 결론을 받아들였고, 나의 희생이 상당히 올바르고 우정에 충실한 행동이며 이것이 나에 대한 그의 동경을 증가시킬 뿐이라고 덧붙였다.

그는 자신이 갖고 있던 책을 펼쳐 보이며 내게 "모든 갈망은 결정이 된다"라는 밑줄이 그어진 문장을 인용했다. 어느 유명 여성 작가의 일기라고 내게 설명하며 이렇게 말했다. "넌 네 인생에서 아주 특별한 일을 할 거야." 그는 마치 신탁처럼 말했고, 내 어린 시절의 특별한 일 한 가지를 말해달라고 부탁했다. 대체로 이해할 만한 부탁이었다. 마음속으로는 그가 내게 키스, 가슴 아픈 단 한 번의 키스를 해주기를 바랐지만 말이다. 나는 이미 머릿속에서 그에게 키스를 허락했다. 나는 그가 은밀히 다가와 한 손을 무릎 위에 얹고, 눈을 감은 채 입술을 부딪치고 입 안의 향기를 맡길 기다렸다. 나는 그가 나의 소녀다운 희생정신을 떨쳐버릴 파렴치한 몸짓을 해주기를 원했다. 대신 그는 우리 사이에서 지켜야 마땅한 공간을 계속 유지하면서 내 말을 들었다. 그래서 나는 어린 시절 돌 아래 사는 생물체를 찾아 시냇물이 흐르는 집 뒤편 숲으로 갔을 때의 외로운 놀이에 대해 이야기했다. 돌들은 무거웠지만 나는 돌을 뒤집어 벌레와 곤충을 찾아냈다. 벌레와 곤충들은 햇살 아래서 몸부림치며 굼틀거렸다. 나는 그것들을 건드리지 않은 채 두려우면서도 매혹된 눈으로 바라보았다. 그것들은 어두운 갑옷을 입은 살아 있는 생물, 선사시대 곤충의 모습이었다. 나는 그것들을 연구했지만 어느 정도까지였다. 생물체를 살핀 후 덮개를 다시 닫아 그토록 열망했던 숨겨진 우주를 평화롭게 남겨뒀다. S는 이야기에 반응하지 않았고, 내게 다른 것을 묻지 않은 채 그저 듣기만 했다. 나 역시 줄곧 그 보이지 않는 생물 중 하나라는 느낌이 든다는 것과 그 연애편지로 그가 나를 덮고 있던 돌을 들어 올렸다는 사실은 그에게 말하지 않았다. 물론 나는 지금 우리의 관계, 적어도 우리 관계의 잠재력이 덮개가 다시 덮이고 잊히기 전에 잠시 동안, 아주 잠시 동안만 노출됐던, 작지만 격정적인 곤충들의 삶과 같았다는 것을 안다.

2

그런데 오늘 이 설교 내용이 무슨 상관이 있단 말인가? 한때 나의 시어머니였던 사람의 장례식이 치러지는 교회 신도석에 앉아 있는 와중에, 억눌린 채로 아직도 혼란스러운 기억들이 머릿속을 맴도는 이유는 무엇일까? 도망가듯 빠르게 지나가는 모든 시간을 당신의 시간처럼, 마지막 시간처럼 어떻게 살 것인지, 당신의 시간을 온 마음을 다해 어떻게 살 것인지 보여주십시오.

몇 년 동안 나는 거의 매주 일요일 지금 관에 누워 있는 시어머니와 점심을 먹었다. 처음엔 시어머니가 집에서 우리를 맞이해 3인분의 식사를 준비했었고, 그다음엔 우리가 음식을 가져왔으며, 마지막엔 간병인이 우리 모두를 위해 수프를 데웠고, 시어머니는 잘게 썬 사과 조각과 함께 간신히 스프를 맛보았다. 여기 장례식장에 간병인과 내 남편이 있다. 남편의 헝클어진 머리는 이제 새하얗고, 검은 재킷은 어깨를 가볍게 조이며, 여전히 잘생긴 얼굴은 어머니를 애도하며 긴장되어 있다. 25년 동안 함께 꽤 행복하게 살았던 남자. 조금 전 대성당 앞에서 우리는 포옹하고 키스했다. 그러나 그는 길고 검은 곱슬머리에 곧은 등을 가진 키 큰 여성과 함께 들어왔다. 그들은 나란히 앉아 있다. 아는 여자다.

그녀는 계단 한편에 있는 우리 집 근처의 1930년대풍 건물에 살고 있으며, 그녀처럼 마른 회색 개와 함께 산책을 한다. 대성당 앞에서 남편은 시어머니가 아침 목욕을 한 후 옆에 사랑하는 사람 하나 없이 심장이 멈췄으며, 간호사들이 시어머니의 옷을 겨우 다시 입혔다고 내게 말했다. 시어머니의 유일한 손녀인 우리 딸은 장례식에 참석하지 못했다. 외국어 고등학교를 졸업한 직후 딸은 북쪽으로 이사했고 한동안 소식을 듣지 못했다. 딸은 현재 넓은 바다를 건너는 데 적합하지 않은 배를 타고 모든 위험을 감수하며 이 나라에 상륙하려는 사람들을 돕기 위해 배를 타고 있다.

나도 비행기로 대서양을 건너 오늘 아침에 막 도착했다. 남편과 별거하기로 결정한 이후로 7년 동안 나는 두 대륙 사이에서 산다. 마치 그런 위치가 영원한 림보를 암시하는 것 같은데 그럴 수도 있겠다고 나 자신에게 말한다. 8월 말에 나는 로마 생활과 지중해에서 벗어나 그토록 친숙하고 맹렬한 대서양을 건넌다. 5월 중순에는 로마로 다시 돌아온다. 하지만 지금은 일주일 휴가를 내 10월 말에 로마에 왔고, 크리스마스가 있는 12월을 보내기 위해 다시 돌아갈 것이다. 오늘 아침 새벽에 도착했을 때 공항은 텅 비어 있었고 나는 곧바로 택시에 몸을 실었다. 택시 기사가 로마—피우미치노 고속도로를 달리는 동안 고개를 거의 들지 않을 정도로 익숙한 길이다. 하지만 나는 비행기가 하강하는 동안 보이는 라치오 해안의 하얀 띠에 늘 크게 동요한다. 라치오 해안의 모래사장, 작은 식당들, 그리고 파도 사이에 이제는 끝나버린 엄마와 아내로서의 삶의 한 조각이 남아 있다. 높은 데서 보면 우리의 시간, 우리의 모든 말다툼이 무한한 바닷물에 비해 얼마나 좁고 가는 모래사장의 테두리에 머물러 있는지 이해할 수 있다.

택시 안에서 휴대폰 문자를 확인했다. 남편이 아니라, 우리 부부가 함께 아는 지인이 보낸 문자를 통해 요양원에 들어간 지 얼마 안 된 시어머니가 전날 세상을 떠났으며, 장례식은 이날 오후에 열릴 것이라는 사실을 알게 됐다.

나는 택시 기사에게 돈을 지불하고, 여행 가방을 들고 차량이 붐비는 길을 건넜으며, 수위에게 인사했다. 수위는 나를 기다리는 청구서를 들고 반갑게 인사했다. 엘리베이터를 타고 올라가 열쇠를 왼쪽으로 세 번 돌려 문을 열었지만, 곧바로 다시 나가 아래층 바에서 커피를 마시고, 여전히 강렬한 가을 햇살을 즐기고, 이웃들에게 인사를 하고, 우유와 빵을 사고 미용사와 약속을 잡았다. 나는 여전히 부분적으로 로마에 살고 있는 나의 일부를 다시 일깨우기 위해 광장을 빠르게 둘러보았다. 돌아올 때마다 나는 젊어지는 느낌이 드는데, 때로는 전생을 되찾은 것 같은 기분이다. 나는 다시 집으로 돌아가 창문을 열어 신선한 공기를 들여보내고, 식물에 물을 주고, 수건을 꺼낸다. 내가 이 집에 없을 때는 한 번도 만난 적 없는 사람들, 전 세계에서 휴가를 와서 자신들의 행복의 암묵적인 흔적을 남기는 사람들에게 짧거나 긴 기간 동안 집을 임대하기 때문에 작은 의식들이 항상 필요하다.

내가 없을 때는 잠가두는 옷장에서 검정색 옷을 고른다. 나는 역시 열쇠로 잠가놓았던 서랍을 열고 딸이 태어난 후 시어머니가 선물한 귀걸이를 꺼낸다. 나는 좀 더 완벽한 쇼핑 목록을 만들고 싶어서 같은 서랍에서 내가 스물한 살 때부터 써온 가장 아끼는 만년필을 꺼낸다. 내가 대학을 졸업할 때 부모님이 선물해주신 만년필이다. 내가 직접 고른 만년필이다. 부모님은 내게 무엇을 선물할지 몰라 늘 뭘 원하는지 정확하게 말해주길 원했고, 나중에는 단순히 필요한 것을 살 돈을 주기 시작했다. 불행하게도 오늘 방금 집어든 만년필이 떨어졌다. 펜촉 끝이 대리석 바닥에 부딪혀 잉크의 흐름을 해쳤기 때문에 이제부터 쓰는 모든 문장은 망설인 듯한 불연속적인 선, 짜증 나는 긁힘이 함께 나타날 것이다.

장례식 복장을 갖추고 나는 미용실에서 염색을 하는 동안 전등 아래에서 긴장을 풀고 신문을 넘기며 관이 이미 도착한 중세식 대성당을 곁눈질로 살폈다. 관광객, 연인, 가격은 비싼데 음식 맛은 평범한 레스토랑 앞에서 호객하는 웨이터 들과 그 고통스러운 장례식 장면을 함께 보자니 색다른 느낌이었다.

지금은 오후 3시 반이고 대성당으로 노란빛이 창문을 통해 비스듬히 들어온다. 그 빛은 아키트레이브를 따라 네 개의 다른 지점을 비춘다. 남편 옆에 앉은 곱슬머리 이웃 여자가 시어머니를 만나본 적이 있는지 의심스럽다. 내 생각이 틀렸을까? 두 사람은 아침에 개들과 함께 산책을 갈까? 분명히 그들은 남편이 달리기를 하는 공원에서 만났고 어느 날 대화가 길어졌을 것이다. 나는 고개를 들어 본당을 가로지르는 빛을 따라간다. 교회의 나무 천장은 나에게 별과 팔각형의 질서 정연한 미로처럼 보인다. 구멍이 숭숭 파인 다채로운 판 같다. 제단 위로 성상이 천장에 고정된 채 우리를 위에서 내려다본다. 성상이 두 손을 올리고 손바닥으로 우리를 민다. 그것은 축복을 내리는 몸짓이지만, 나에게는 거부의 몸짓으로 보이기도 한다. 나도 그 성상처럼 내 삶을 위에서 내려다보려 노력한다면? 나에게 어떤 전망이 나타날까? 아니면 그냥 불편하기만 할까? 그들은 우리를 유혹하는 것, 우리를 미혹케 하는 것에 눈을 감았습니다.

3

부모님은 나의 첫 번째 감정적 혼란을 전혀 알지 못했다. 부모님은 대개 내가 무엇을 생각하고 무슨 문제가 있고 뭘 걱정하는지 몰랐다. 부모님은 일단 호기심이 발동하면 자신들이 함께 만든 이상한 생물체에 지나친 친밀함을 보여줄 것 같았는지 내게 거의 질문을 하지 않았다. 부모님은 우리 사이의 취향이 다르다는 것을 받아들였다. 슈퍼마켓 장바구니에는 나만을 위해 구입한 식품들, 학교에 가져갈 샌드위치 재료와, 간식용으로 구입한 식품이 있었다. 부모님은 대개 멀리서 항상 조심스럽게 나를 관찰하는 것을 더 좋아했는데, 그것은 때때로 부모님 눈에 내가 어둡고 갑옷을 입은 유기체로 보이는구나 하고 느끼게 했다. 저녁 식사에서 우리는 거의 이야기를 나누지 않았다. 집에서 우리는 주로 침묵을 더 원했다. 침묵은 마치 우리 가족과 함께 살며 식사를 하러 방에서 내려오고, 우리가 함께 있을 때 잠깐 우리를 찾아오는, 그래서 관심을 보여야 하고 예의 바르게 행동해야 하는 신중한 친척 같았다.

그 침묵은 테이블 위의 접시에 놓인 음식을 먹었고, 식당의 공기를 호흡했으며, 우리 가족이 저녁 식사 후에 우연히 거실에 앉아 뉴스를 보면 안락의자에 자리를 잡고 앉았다.

집에서 멀지 않은, 불과 한 시간 거리의 작은 여자대학에 부모님이 날 데려다주셨던 날 자동차 안에는 역시 침묵이 우리와 함께했다. 아버지와 결혼하기 전 집에서 공부했던 외국 출신 어머니는 나의 대학 새 침대에 시트를 깔아주기 위해 함께 왔다. 어머니는 나에게 작별 인사를 할 때, 오래 전 자신처럼 내가 마지못해 홀로 세상의 반대편으로 떠나기라도 하듯 눈물을 펑펑 흘렸다. 어머니는 대학의 목가적인 환경을 미더워하지 않았다. 반면에 아버지는 경제학을 공부해서 좋은 성적을 얻으라고 조언했다.

사실 나도 처음에는 다소 목가적이면서도 이질적인 그 새로운 세계에서 눈물이 났다. 아는 사람이 너무 없어서 부모님과의 친숙한 침묵조차 그리웠다. 처음 몇 달 동안 나는 가장 친한 친구를 잃었다는 것, 구애를 거절한 후 더 간절히 꿈꾸고 바랐던 S와의 가능성을 잃었다는 것을 철저히 깨달았다. 나는 그의 편지를 간직하고 있었고, 매일 밤 잠들기 전에 새 방에서 편지를 읽었으며, 매트리스 밑에 편지를 숨겼고, 자는 동안에는 베개 밑에 두었다. 편지에 적힌 그의 말과 은밀하게 접촉하면서 나는 공식적으로 내 친구를 배신했다. 나는 내가 S에게 정직하지 못했고, 나 자신에게도 정직하지 못했다는 것을 알았다. 그 모든 것에도 불구하고 나는 머릿속으로 희미한 빛을 품고 있었다.

대학교로 떠나기 전, 여름이 끝날 무렵 해변에서 우연히 그를 다시 한번 보았었다. 그는 여전히 창백했고, 피곤해 보였고, 매우 말랐다. 나는 다른 친구와 함께 걷고 있었는데 그는 내가 너무 생기발랄하게 아니면 죽은 사람같이 보였는지 시선을 외면했다. 나는 대학교 내의 작은 방에 고립되어 괴로워하며 S에게 장문의 연애편지를 썼다가 버렸다. 그의 마음이 이미 다른 여자에게 갔을지 몰라, 어쩌면 같은 노래에서 이미 다른 여자 이름을 듣고 있을지도 몰라, 하고 나는 마음속으로 중얼거렸다. 분명 그 대담하고 신랄한 단테는 더 이상 나를 생각하지 않겠지만, 나는 이따금 그를 생각했고 그에게 무슨 일이 일어났는지 궁금했다. 삶이 나를 알지 못하는 사이에 진짜 시인 단테의 출생지와 무덤에서 그리 멀지 않은 곳으로 몰아냈기 때문이다.

내가 설명해보겠다. 나는 가짜 단테와의 진정한 관계 대신 시인 단테의 작품을 처음에는 번역본으로, 그다음에는 원어로 연구하기 시작했다. 즉, 나는 13세기의 역사, 운문, 철학, 신학, 정치를 파헤쳤다. 너무나 생소하기만 했던 중세 세계와 나는 정말 사랑에 빠졌다. 나는 도서관에서 늦게까지 공부했고, 수업 중에 메모를 몇 페이지씩 했고, 삼행시를 외웠다. 나는 편지 봉투에 있던 단테 알리기에리라는 그 가명의 의미를 이해했고, 내가 이론상으로만 사랑받았을지도 모른다는 걸 깨달았다. 가명의 단테 알리기에리는 머리로만 나를 숭배했을 것이고, 그에게 내가 살아 있는 진짜 여자친구가 아니었기 때문에 분명 그는 벤치에서 내게 키스하지 않았을 것이다. 나는 단테의 시가 예언으로 가득 차 있지만, 예언자들, 예를 들어 테이레시아스와 그의 불쌍한 딸 만토 역시 『신곡』의 「지옥편」에서 예언한 대가로 비극적으로 얼굴이 뒤로 돌아간 채 저주받은 자들 사이에 끼어 형벌을 받은 것을 알았다.

더 나아가 나는 시인 단테에게 공식적으로 몰두해서 대학 마지막 학년에 『신곡』의 여성 캐릭터가 표현되는 방식에 대한 논문을 쓰기로 결정했다. 고귀한 베아트리체, 프란체스카, 피아 데 톨로메이 또는 마틸다 대신 기형적이고 못생긴 인물, 예를 들어 하르피이아와 에리니에스, 감히 미네르바에 도전했던 아라크네, 미친 아라크네를 연구하고자 했다. 아버지는 내가 아버지의 조언과 방식을 따르지 않은 것에 실망하셨고, 주말이나 방학을 보내러 집에 돌아오면 점점 더 말수가 줄었다. "너는 네 미래를 버리고 있어." 어느 날 아버지가 내게 말했다. 그리고 감히 남편 의견에 반대하지 못하는 어머니는 내 편을 들어주지 못했다. 나를 환영하기 위해 부모님은 여전히 나는 좋아하지만 부모님은 평소에 먹지 않는 것, 즉 내가 매일 아침 반으로 자르는 빨간 자몽, 식초와 소금을 뿌린 감자칩, 커피 아이스크림을 샀다. 나는 과일 꼭지를 혼동해서 과일을 가로로 자르지 않고 꼭지 끝에서 아래로 자르는 것, 그래서 단면 조각 대신 두 개의 세로 반구를 노출시키고 배꼽 대신 심지를 노출시키는 것을 싫어했다.「연옥편」의 어느 시점에서 베르길리우스가 우리를 고아, 바보로 남겨둔 채 떠난 것처럼 어쨌든 부모님은 이미 오래전부터 더 이상 나를 이끌어주지 못했다.『신곡』에 등장하는 니므롯처럼, 나는 항상 부모님이 결코 이해하지 못하는 나만의 언어를 가지고 있다고 생각했다. 논문으로 받은 작은 상은 부모님을 더욱 당황하게 했다. 그래서 졸업 후 부모님이 선물한 펜과 내가 느낀 인상을 적기 위한 메모장을 들고 도서관에서 일하면서 모은 돈에 상금을 보태, 당시 책으로만 알았던 단테의 풍경을 보기 위해 친구들 몇 명과 함께 이탈리아로 떠났다. 중세 공부를 계속 하기 전 몇 달 동안은 여행할 생각이었다.

우리는 먼저 황갈색의 차분한 피렌체로, 그다음에는 파랗고 낮은 라벤나로, 그리고 마지막에는 로마로 순례를 떠났다. 어느 날 로마 라르고 아르젠티나의 한 버스 정류장에서 나는 눈썹이 선명하고 귀의 절반을 덮는 긴 머리를 가진 잘생긴 남자를 만났다. 나는 버스 안내판에 표시된 여러 정류장을 독해하기 위해 친구들과 애쓰고 있었는데 그가 우리를 도왔고, 그는 버스에서 내 옆 좌석에 앉았다. 그는 우리끼리라면 절대 가지 못했을 법한 곳, 관광객이 없는 곳으로 우리를 데려갔다. 순식간에 그는 저녁 식사 자리를 마련하고 자신의 친구 몇 명을 우리에게 소개시켜주었다.

그는 로마 출신이었고 다른 곳에서는 살아본 적이 없었다. 그는 의사였고, 신장 전문이였으며, 개와 달콤한 목소리를 지녔고, 환자도 많았으며, 나보다 거의 스무 살이나 많았다. 그는 내 첫 남자친구가 됐다. 그는 나를 오토바이에 태워 바다로 데려갔고, 아피아 안티카에서는 폐허 속에서 키스를 했다. 그는 미국에 가본 적이 없었고 미국의 모든 것을 알고 싶어 했다. 내가 그에게 남자친구가 없었다고 말했을 때도, 『신곡』의 특정 구절을 암송했을 때도 그는 놀라워했다. 몇 가지 슬픈 사실, 예를 들어 우리 집에는 세 식구를 위한 세 대의 다른 TV가 있다거나, 부모님 두 분 모두 입이 작고 약간 졸린 눈이며 코와 입술 사이가 넓은 게 서로 너무 닮아서 혹시 내가 사촌지간의 딸이 아닐까 두려웠다는 것 등을 그에게 말했을 때 그는 재미있어했다. 어느 날 그와 산책을 하다가 내가 한쪽 발이 불편해서 구두를 고치기 위해 구두 수선공에게 들렀다. 예쁜 표범무늬 구두였는데 밑창에 작은 구멍이 뚫렸다. 구두 수선집은 차가운 느낌의 작은 가게였고, 지저분한 벽에 걸린 선반에 수많은 신발들이 칸칸

이 잘 정리되어 있었다. 구두 수선공은 내 신발을 가져가 잠시 바라보더니 동그랗고 맑은 눈으로 나를 가만히 쳐다보며 말했다. "버려도 되겠어요."

모든 갈망은 결정이 된다. 스물두 살에 나는 그 구두 수선공이 단죄한 구두만을 버리진 않았다. 나는 다른 것들도 꽤 많이 버렸다. 우선, 나는 친구들과 함께 미국으로 돌아가는 대신 로마에서 행복하게 잘 지냈다. 경제학을 공부하지 않은 것에 대한 죄책감, 자신의 운명에 나를 묶고 자신이 겪은 불행을 물려줄 생각으로 몇 번이나 결혼 주선을 시도한 어머니의 말을 듣지 않은 것에 대한 죄책감을 버렸다. 나에게 무슨 선물을 해줘야 할지 모르는 부모님과 거리를 두는 것도 괜찮았다. 나는 남자친구가 의사가 되기 위해 수년 동안 공부했던 대학에 등록했고, 월세를 내기 위해 기사를 번역했으며, 중세 공부를 어설프게나마 계속했다. 그러나 새로운 언어로 공부하는 것이 어려웠고, 교수님들 수업을 따라가기가 버거웠다. 실제로 책과 공책과 씨름하며 방 안에 갇혀 있는 것보다 남자친구와 저녁에 산책하는 것이 더 좋았다. 나는 아침에 그의 침대에서 일어나 테이블 위 그가 준비해놓은 아침 식사, 러스크, 잼, 그가 좋아하는 진한 모카커피가 놓인 쟁반을 발견하는 것이 더 좋았다. 가판대에서 산 옷을 입고 피부에 닿는 각기 다른 원단과 재단, 스타일을 느꼈다.

그가 진료실에 가지 않아도 되는 화요일이면 우리는 오스티아에 가서 봉골레 파스타를 먹고 산책을 하곤 했는데, 처음에는 지하철로, 그다음에는 그가 산 세이첸토 자동차를 타고 움직였다. 어느 날 저녁 오스티아에서 우리의 그림자가 모래사장에 길게 드리워졌을 때 그가 내게 청혼을 했다.

나는 청혼을 받아들였다. 나는 영원히 그와 함께 하기 위해 많은 서류 양식을 작성하고, 사회보장번호를 얻고, 일반의를 선택했다. 다림질해야 하는 옷가지들, 갓 세탁한 옷 냄새, 집 안 대리석 바닥, 명확한 이유 없이 손에서 미끄러져 바닥에 떨어지고 와장창 깨지는 온갖 물건들에 익숙해졌다. 나는 기어로 차를 운전하는 법을 배우고, 무수히 많은 도로 표지판의 의미를 외워 새 면허증을 땄다. 나는 내게 필요한 모든 것을 샀다. 모직 바지와 부드러운 비둘기색 스웨터를 입은 친절한 아주머니를 아직도 기억한다. 나는 칼과 접시, 소형 가전제품을 파는 작은 가게에서 그 아주머니를 통해 헤어드라이어를 샀다. 아주머니는 상자에서 헤어드라이어를 꺼내 어떻게 작동시키는지 보여주기 위해 몇 초 동안 시범 삼아 켜주었다. 나는 열정적으로 새로운 삶을 구축하면서 계속 버렸다. 예를 들어, 실제로 갓 구입한 일부 물건도 3일 후 내게 가치가 없다는 확신이 들었기 때문에, 혹은 금방 다른 모델, 다른 색상을 원했기 때문에 친구에게 선물로 주거나 노란색 재활용 수거함에 넣고 잊어버렸다. 하지만 무엇보다 새로운 삶을 구축하려는 내 열정이 나를 더욱 덜렁대고 부주의하게 만들었고, 그래서 새 물건을 쉽게 망가뜨리는 습성이 생겼기 때문에 안타까워하며 버리는 물건도 있었다. 큰 야외 파티에서 어찌된 일인지 얼룩이 져버린 스웨이드 부츠 한 켤레가 그랬는데, 물방울처럼 증발할 얼룩이라 생각했지만 그게 아니었고, 구두 수선공의 염료로도 얼룩을 숨길 수 없었기 때문에 아쉬워하면서 버렸다. 많은 드레스와 셔츠도 같은 운명을 겪었다. 저녁 외식을 위해 입었다가 집에 돌아와서 지울 수 없는 기름이나 포도주의 얼룩을 발견하면 가차 없이 버렸다. 나는 플라스틱 화분에서 거칠게 식물을 뽑아내다가 아름다운 식물을 여럿 죽였다. 결혼식이 끝나고 비닐에 싸인 새 매트리스가 배송됐을 때 포장 비닐을 잘라내기 위해 가위를 사용했다가 바로 작은 구멍을 내고 말았다. 얼마나 안타깝던지. 나는 매트리스 아래 부분에 난 그 구멍 위에서 잠을 자면서 혹은 목이 잘린 식물을 바라보면서 실수로 일을 망치는 사람, 새로운 삶을 고집하는 사람에게 보복이 있는 건지 궁금했다.

"어느 날 나보다 더 젊은 남자 때문에 나를 버릴지도 모르겠는데. 내가 당신을 사랑한 유일한 남자라는 법은 없잖아." 남편이 농담으로 말했다. 그런 말을 하면 나는 기분 나쁘다는 듯 반응했다. 또 다른 예언일까 봐 두려웠고 그런 일은 절대 일어나지 않을 것이라고 남편을 안심시켰다. 나는 어리석게도 내가 단테 알리기에리라는 젊은 남자에게 이미 사랑을 받아봤다는 사실이 남편의 농담 섞인 예언에 꽤 무거운 덮개를 씌울 것이고, 그래서 나는 남편과 결혼한 상태로 쭉 함께 늙어갈 것이라고 생각했다. 나는 남편만을 사랑했고, 남편을 위해서 겨울의 습한 아침 날씨와 오후 2시경 모두가 일광욕을 즐기려고 밖에 앉아 있는 것에 익숙해졌다. 남편을 위해 나는 여름철 주말에 바다에서 시간을 보내고, 비키니 수영복을 입고, 물에 뛰어들기 전에 자갈과 바위를 밟는 아픔을 견디고, 더위에 흐물흐물 늘어지거나 추위에 몸이 덜덜 떨리면서도 배에서 오후를 보내고, 목이 뻑뻑해지고 차가운 바람을 맞는 걸 피하기 위해 에어컨을 사용하지 않는 것을 배웠다.

딸이 태어났다. 어린 딸은 나에게 딱 달라붙어 화장실까지 졸졸 따라왔다. 일요일이면 우리는 오스티아에 가서 봉골레 파스타를 먹고, 개와 아이가 뛰어놀게 하거나 남편이 어렸을 때부터 십대 시절까지 보냈던 시댁에 갔다. 시댁은 늘 너무 춥거나 아니면 너무 더웠다. 이제 나는 계절에 따라 옷을 다르게 입고 몸을 잘 덮는 법을 배웠다. 나는 남편의 환상을 간직한 곳에 가는 것이 좋았고, 남편에겐 예측 가능했고 나에겐 깨달음을 줬던 식탁에서의 대화가 좋았다.

나는 시어머니가 작은 부엌에서 준비한 모든 음식을 맛있게 먹었다. 시어머니의 안식처에는 식기세척기가 없었지만 싱크대 옆 대리석으로 된 조리대 아래에 세탁기가 있었다. 시어머니는 다양한 요리, 미트볼, 야채튀김을 만드는 방법을 내게 가르쳤고, 겨울에 감귤, 파네토네, 식탁에서 깨먹을 호두를 내놓고, 커피를 잔에 따라 쟁반에 나르고, 시아버지가 산에 가서 용담을 따 만든 쓴 술을 내오는 방법을 가르쳤다. 시부모님은 상냥하고 교양 있는 사람들이었다. 내가 이탈리아어로 빨리 말하면 어떤 실수도 용서해주었다. 시부모님은 내가 자신들보다 단테를 더 잘 공부했다고 말했지만, 사실이 아니었다. 시부모님은 눈을 감고도 거의 『신곡』 전체를 암송했다. 우리는 배부르게 집에 돌아갔고, 차 안에서 나는 저녁이 빨리 내려앉고 있음을 알리는 분홍빛 하늘을 보고 감동했다. 일요일의 첫 번째와 두 번째 코스 요리를 배불리 먹고 나면 우리는 저녁 식사를 건너뛰었고, 차 한 잔과 약간의 과일로 충분했다. 나는 그 전에도 그 후에도 결코 느껴보지 못한 만족감을 안고 가벼운 마음으로 잠자리에 들었다. 비록 시댁에서, 즐겁고 평화로운 식탁에서 너무나 감동해 혹시 내가 삶의 끝자락에 있는 건 아닐까, 죽음이 다가온 건 아닐까 두려울 정도였지만 말이다. 이 모든 것이 내가 올바른 길을 선택했고, 예상치 못한 미래에 덮개를 다시 씌우지 않길 잘했으며, 마침내 내 존재를 빛에 노출시키면서 천국 같은 세상에 도달했다는 증거로 느껴졌다.

1년에 한 번 나는 새 가족과 함께 바다 건너 외국에 계신 부모님을 만나러 갔다. 부모님은 단테 알리기에리가 편지를 전달했던, 플라스틱 자재가 조금 섞인 옛날 그 목조주택에서 여전히 조용하고 여전히 불행하게 살고 있었다. 어머니는 손님방에 퀸 사이즈 침대를 마련했고, 아버지는 텔레비전에서 자신이 좋아하는 프로그램을 시청했다. 나는 매일 아침 반으로 자른 자몽을 찾았다. 부모님은 결혼 때문에 머나먼 타국에 사는 것이 해방이 아니라 운명적으로 나에게 떨어진 희생이라고 생각했다. 나는 단테 공부를 그만두고 어머니처럼 외국인 주부가 되었지만 이 공통점도 우리를 더는 묶어주지 못했다. 부모님은 내가 다른 세계에서 편하게 움직이고 새로운 언어를 잘 구사하는 것에 놀라지 않았다. 대신 부모님은 자신들을 괴롭히는 지병에 대해 내 남편과 이야기하거나 이탈리아의 실업이 어떤지 또는 세금이 어떻게 운영되는지에 대해서 자세히 물었다. 부모님은 내 딸에게 너무 큰 옷과 바닐라 향이 나는 부드러운 인형을 선물했다. 부모님은 항상 미래만을 보았고 현재는 거의 보지 않았다.

부모님은 매번 그해에 우리를 방문할 것이라고 말했다. 그런데 이런저런 이유로 여행이 취소되었고 나도 부모님도 그리 아쉬워하지 않았다. 나는 늘 그렇듯이 부모님과 함께 있으면 제자리에 있지 않은 것처럼 불편했다. 부모님은 외동딸인 나라는 사람을 깊이 있게 대면한 적이 없었다. 한때 내가 가장 사랑하는 친구를 배신한 게 두려웠던 것처럼, 나는 부모님의 뜻을 배신한 것이 두려웠다. 나는 부모님께 갈 때마다 역한 냄새가 가득한 방 안 침대 가장자리에서 비난을 받던 그날 내 모습이 떠올랐다. 친구의 부모님은 나를 흘겨보고 친구는 "네가 모든 걸 망쳐놨어" 하고 말했던 그날이 떠올랐다.

나는 새 가족을 데리고 집 뒤 숲속, 회색빛의 혹독한 자연으로 둘러싸인, 잎 떨어진 나무들 사이를 산책했다. 분위기가 달라졌다. 개울가를 따라 난 옛 오솔길은 아스팔트로 덮였고, 여기저기 벤치가 있었다. 땅은 빛바랜 주황색 낙엽 더미로 덮였다. 딸은 땋은 머리를 흔들며 우리보다 앞서 오솔길을 달려갔고, 남편과 나는 나무들이 개울에 반사되어 거꾸로 비치는 걸 보았다. 잎이 떨어진 나뭇가지는 마치 개울 검은 바닥에 뿌리를 뻗은 것처럼 보였다. 마치 완전히 거꾸로 뒤바뀐 내 삶 같았다. 서른 살에 진짜 뿌리가 뒤집혔고, 원래의 뿌리는 이제 비슷한 복제품같이 보인다는 생각이 들었다. 오래전 그 숲에서 나는 어둡고 서늘한 대지 속에 숨은 꿈틀대는 생명을 찾아 행복하게 길을 헤맸었다. 그러나 일단 그 세계에서 나와 멀어지자 나는 어떤 돌도 더는 건드리지 않았다. 그 이후로 나는 단테도 「연옥편」에서 바위 밑을 들여다봐야 했다는 것을 알았다. 저쪽을 잘 보아라, 그 돌 아래에 무엇이 있는지 들여다보고 알아내라.* 나는 우리가 벌레라는 것을 알았다.

4

길을 가고, 갈망하고, 결정을 내리다 보면 반짝이는 기억 혹은 깨우고 싶지 않은 고통스러운 기억이 생겨난다. 그러나 오늘 대성당에서는 숨겨진 기억이 지배한다. 그 기억이 바위 아래에서 기다린다. 기억을 들추면 생생히 살아 있고 불안한 나 자신의 조각들이 펄쩍 뛰어오른다.

예를 들어, 바로 이 순간, 일어났다가 앉았다가 기도하다가 사제가 낭송하는 장례미사를 듣는 이 순간 내 머릿속을 스치는 기억 같은 것이다. 우리는 준비하고 싶습니다. 당신이 언제 우리를 찾으러 오실지 우리는 모릅니다. 모든 것이 순조롭게

* 단테 알레기에리, 「연옥편」, 『신곡La Divina Commedia』, 19곡 118~119.

흘러가는 것처럼 보이던 결혼 초기 여름날의 묻혔던 기억이다. 다른 두 가족과의 열흘간의 휴가, 함께 빌린 해변가의 집, 퍼걸러, 숲속의 오솔길, 해안으로 이어지는 모래 언덕, 분위기 있는 소나무 숲, 저녁 식사 후 마시는 달콤한 레몬 술, 카드 게임, 별똥별, 휴가를 같이 보내게 된 친밀감으로 만들어진 늦은 시간까지의 긴 수다. 우리는 첫 번째 가족을 잘 알지 못했고, 두 번째 가족은 전혀 알지 못했다. 하지만 우리 딸은 첫 번째 가족의 딸과 아주 친한 친구였고, 첫 번째 가족은 두 번째 가족과 늘 휴가를 함께 했다.

무료 해변은 끝이 없었고, 매일 아침 우리는 다른 많은 사람들과 함께 옹기종기 파라솔을 폈다. 점심시간에 우리는 소나무 숲 한편의 삐뚜름한 나무 테이블 주위로 피곤하고 배고프고 햇볕에 그을린 채 모여 앉았다. 팔꿈치와 무릎이 서로 닿았다. 두 번째 가족 부부의 남편은 몇 년 동안 해외에서 공부했다. 그는 미국인 어머니를 두었으며 녹색 눈을 가졌고 조부모가 나의 원래 가족과 멀지 않은 곳에 살고 있었다. 그래서 그는 내 과거, 내 어린 시절의 몇 가지 세세한 일들을 이해했다. 그는 여름에 길가에 주차된 트럭에서 사는 레몬 스무디, 녹인 버터로 삶은 바닷가재를 먹기 위해 길게 줄 서는 것을 이해했다. 그는 민간 미신에 관한 책을 집필 중인 인류학자였다. 불길한 징조의 부엉이, 갓 결혼한 여자가 도넛과 홀수 개의 달걀과 살아 있는 암탉을 아버지 집에서 남편 집으로 손에 들고 가는 것 등.

어느 날 아침 나와 그는 파라솔 아래에 머물며 단테를 비롯해 여러 가지 이야기를 했다. 그는 숱이 많은 턱수염과 물에 젖어 빛나는 검은 머리카락을 가진 까무잡잡한 피부의 잘생긴 남자였다. 그는 강한 에너지를 전염시키며 자신의 모든 계획에 대해 이야기했다. 그러나 그가 오므린 손을 턱에 괸 채 자신만의 수화라도 되는 듯 거의 대화하는 내내 손가락을 쉼 없이 움직이는 통에 나는 정신이 산란했다. 손가락은 목구멍을 만졌다가 입을 만졌다가, 때때로 안경알 뒤를 만지기도 했다. 나는 그가 내게 물었기 때문에 남편에게 한 번도 말하지 않은 것, 비밀은 아니었지만 여기에 정착하고 새로운 삶을 구축하는 것이 어땠는지에 대한 몇몇 인상을 이야기했다. 심지어 몇 가지 쓸데없는 얘기, 예를 들어 세탁기가 돌아가는 세 시간 동안 무엇을 하며 적응했는지에 대해, 딸을 학교에 데려다준 후 다음 일정으로 달려가는 대신 긴 오전 시간 광장에 머물며 햇볕을 쬐고 다른 엄마들과 수다를 떤 것 등에 대해서도 이야기했다. 그는 그런 쓸데없는 얘기를 손으로 얼굴을 약간 가린 채 날 쳐다보지도 않고 놀라운 집중력을 보이며 경청했다. 오랜 수영을 마치고 합류한 내 남편은 그에 비해 약간 초췌해 보였다. 남편은 여전히 잘생겼지만, 할 얘기도 별로 없었고, 눈은 빨갛고 젖은 머리카락은 이미 희끗희끗해지고 숱이 없었던 걸로 기억한다.

그 일이 있은 다음 날 침대에서 머리를 빗고 있던 딸이 베개 위에서 작은 무언가가 움직이는 것 같다고 말했다. 남편은 그곳에 없었다. 남편은 차를 타고 포도주 저장 창고를 구경 갔기 때문에 가장 가까운 약국까지 동행한 사람은 인류학자였다. 아주 더운 시간이었고 차 안에 우리 둘만 있었다. 수박이 주렁주렁 열린 밭. 20분간의 주행. 도로에서 바다와 해변이 살짝 보였다. 그는 불운을 가져오는 혜성이나 오로라가 무엇을 예언했는지 말해주었다. 우리는 전날 밤 저녁 식사 후 각자 다른 차를 타고 마을을 돌아다니다가 약국을 봤었다. 약국 개업 축하 행사가 있었다. 주차장에는 사람들이 있었고, 풍선과 샴페인 병이 있었다. 나는 약국에서 이를 죽이기 위해 빗과 샴푸를 샀고, 그날 오후 바다로 돌아가 다른 사람들이 수영하는 동안 딸과 함께 있으면서 머리를 감기고 빗질을 반복했다. 우리는 햇볕 아래 자리를 잡았고 딸의 매끄러운 머리카락에서 살아 있는 혹은 죽은 하얀색 이들이 빠져나와 떨어졌다. 해저에서 몸을 쓸고 다니는 물고기, 아니 지하 생물체를 연상시킬 만큼 창백한 하얀색이었다. 내 딸은 겁에 질렸지만 나는 그것이 또 다른 예언적 징조라는 것을 알았다.

9월에 우리 아이들이 도시의 모든 아이들과 함께 학교로 돌아간 후, 인류학자와 나는 교회에서 멀지 않은 호텔, 한때 수도원이었기 때문에 답답한 분위기인 호텔 안뜰에서 점심을 먹기 시작했다. 근처에 있는 작은 대학에서 그는 일주일에 한 번 가르쳤다. 호텔 안뜰에 가려면 예배당을 지나 벽에 그림 몇 점이 걸려 있고 흑백 체크무늬 바닥이 깔린 긴 복도를 지나가야 했다. 우리는 얼떨떨한 관광객들 사이에서 잊을 수 없는 식사를 했다. 호텔에서 가까운 곳에 늘 비어 있는 미술관이 있었는데, 점심 식사 후 우리는 그곳에 가서 높은 프레스코 천장 아래를 말없이 무심하게 천천히 거닐며, 아마도 여전히 배가 고팠기 때문인지, 음식, 과일 무더기, 내장을 제거한 생선, 와인 잔을 그린 그림들을 봤다. 그런 다음 우리는 좁고 구부러진 돌계단을 올라갔다. 우리는 처음에는 주로 야외에 있었지만, 그와 함께 있는 것은 갑자기 이용 가능해진 여분의 방, 꿈에서만 나타나 집을 정말 놀라울 정도로 더 넓어지게 만드는 그런 방에 있는 것 같았다. 그 방의 발견은, 사랑하는 것이 두렵지만 누구의 갈망의 대상이 되지 못하는 것도 두려웠던 내 삶의 먼 부분으로 다시 돌아가게 했다. 단테 알리기에리의 편지를 받은 후, 나는 즉시 잘못되었다고 느꼈고 불가능한 선택으로 인해 괴로워했었다. 그 벤치에서의 유혹과 망설임을 다시 느꼈다. 산책을 끝내고 우리는 앉아서 키스를 했다. 그랬다. 우리는 일몰의 엄청난 슬픔, 도시가 불타고 산이 하늘과 하나가 되며 해송 나뭇가지들이 화산 연기처럼 건물 사이로 삐죽 튀어나오는 순간, 매일 우리를 둘러싼 거의 모든 것, 모든 세세한 것들과 영혼이 어두워지고 추악해지며 순식간에 없어지는 순간을 대면했다.

5

벤치에서 만난 이후 체크무늬 마루가 깔린 그 호텔의 한 방에서 오후를 보내는 일이 몇 달 동안 지속되었다. 우리는 함께 밤을 보내지는 않았지만, 섹스 후 나른한 잠이 오면 나는 그의 등 밑부분의 털 뭉치, 나를 감싸는 팔을 손으로 만졌다. 눈을 뜨면 피곤해 머릿속이 뒤죽박죽됐는지 그의 손목이 사라지면서 해골 뼈가 되는 것처럼 보였다. 그러나 이후 우리는 만남을 멈췄다. 시아버지의 병이 빠르게 악화되면서 모든 것이 매우 복잡해졌다. 그 당시에는 남편에게 바람피운 걸 고백하지 않았다. 몇 년 후에 몇몇 여자 친구들에게만 솔직히 털어놓았다. 여자들은 무덤인데 말이다. 나는 여전히 남편을 사랑했고 죄의식을 느꼈다. 아니, 내가 벌레 같았지만, 인정하건대 과거에 나를 방해했던 잘못된 미덕에서 해방되었음을 느꼈다. 실수 한번 하지 않고 죽는 것이 두려웠다. 그러나 매일 저녁 남편과 함께 식탁에서, 그리고 매일 밤 침대에서 남편이 코를 골고 자는 동안 나는 내가 우리 사이의 좋은 관계를 망쳤다는 것을 알았다. 마치 꽃집에서 갓 고른 꽃다발을 매만지다가 아주 싱싱한 꽃줄기를 똑 하고 꺾어놓았을 때처럼 말이다.

남편이 나에게 물었다면 나는 모든 것을 말했을 것이고, 그러면 아마도 꺾인 꽃줄기를 구했을지 모른다. 대신 남편은 내게 아무것도 묻지 않았고, 시아버지가 돌아가신 후에도 삶은 계속되었다. 바다에서의 휴가, 2주 동안 소나무 숲에서 함께 점심을 먹은 사람들에 대해서 말을 한다 해도 평온한 대화였을 뿐 다른 것은 없었다. 하지만 나는 긴장해서 여러 번 커피 주전자를 태웠고, 어느 일요일 아침에는 가스레인지 옆에 냄비 받침을 놔두어서 주방에 작은 화재를 일으키기도 했다. 그리고 내가 미안하다며 남편 품에 안겨 울고, 잠옷 차림으로 목을 찢는 그 매캐한 연기에 휩싸여 있을 때 나는 남편이 이미 모든 것을 알아채지 않았을까 의심했다.

우리는 황량한 해안에 이르렀다.* 내가 마흔 살, 딸이 열여섯 살, 남편이 거의 예순 살이었을 때, 요컨대 각기 세대가 다른

* 단테 알리기에리, 「연옥편」, 『신곡』 1곡 130.

중요한 연령대에, 나는 다시 공부를 시작했다. 책장을 넘기고 싶었고, 어머니처럼 외국인 주부가 되고 싶지 않았다. 어린 시절 항상 나에게 찰싹 붙어 있던 딸은 퉁명스레 자신의 방으로 사라졌고, 매일 저녁 외출해 누군지 모르는 친구와 돌아다녔다. 딸은 머리를 땋는 대신 머리카락을 거의 밀다시피 했다. 남편은 중요한 진료소의 의료 책임자가 되어 매우 바빴다. 나는 로마 외곽의 대학에 등록해서 일주일에 여러 번 통학했다. 다시 공책, 수업, 숙제였다. 나는 단테의 언어와 문화를 전 세계에 가르치는 방법을 공부해 석사학위를 취득했고, 그 후 시내에 있는 단테의 이름을 딴 회사에서 일하기 시작했다. 나는 원어로 『신곡』을 조금 읽고 싶어 하는 나 같은 외국인이나 관광객 들에게, 혹은 멋진 곳에 빌라를 빌리고 싶어 하는 관광객에게 레슨을 해주었다. 또 다시 시인, 죽은 진짜 시인 단테가 나의 길을 만들어주고 나를 앞으로 이끌었다.

어느 날 아버지로부터 전화를 받았다. 어머니가 장폐색에 걸렸다고 했다. 나는 어머니의 수술 때문에 급히 미국으로 돌아갔고, 남편은 병세가 심각하다고 설명했다. 수술한 지 2주 후 엄마는 임신한 것처럼 배가 부풀어 오른 채 병원에 갔다. 결국은 시어머니가 나를 엄마보다 잘 안다고, 어떤 때는 나보다 더 나를 잘 안다고 생각했지만, 나는 엄마가 최소한 집에 남은 내 침대를 정리하고, 로마에 있는 손녀에게 매년 사이즈

보다 큰 드레스를 우편으로 보내면서 나름대로 나를 사랑했다는 것을 알고 있었다. 나는 아버지를 돕기 위해 한 달 동안 아버지와 함께 있었다. 아버지는 곧 은퇴할 예정이라 집을 팔고, 가구와 기타 물품을 기부하고, 작은 아파트로 이사하기를 원했다. 집을 정리하면서 아버지는 여러 상장과 에세이와 함께 내가 여덟 살이었을 때부터의 모든 성적표, 심지어 『신곡』에 관한 내 논문까지 꺼냈다. 아버지는 모든 것을 따로 상자에 넣어 보관해놨었다. 내 방, 하나도 버리지 않은 내 물건들 사이에서, 단테 알리기에리가 보낸 러브 레터를 찾아봤다. 편지는 사라지고 없었다.

그리하여 외국을 여러 번 오가는, 내 인생의 새로운 국면이 시작되었다. 2, 3개월마다 나는 홀로된 은퇴한 아버지를 방문했다. 어머니를 잃은 나는 아버지와 남은 시간을 낭비하고 싶지 않았다. 여행은 항상 힘들었지만 나는 마음이 편했고, 아버지와 2주를 함께 보내며 냉장고와 냉동고를 음식으로 채우는 것이 싫지 않았다. 나는 집 안이 어두워졌을 때 아버지가 종종 방의 불을 켜지 않고 무신경하게 안락의자에 가만히 앉아 있는 것을 보았다. 나는 잎이 무성한 나뭇가지가 뿌리처럼 보이는 개울을 따라 숲속에서 조용히 산책하기 위해 아버지를 데리고 나갔다. 아버지는 나에게 숲속을 산책하며 시간을 같이 보내달라 요구하지 않았고, 숲속 산책을 큰 소리로 고마워하지는 않았지만, 내가 올 때마다 나는 아버지의 새로운 작은 부엌에서 과일 바구니에 놓인 검게 얼룩진 바나나 사이 빨간색 자몽(때때로 나는 위에서 아래로 자르기도 했다), 식초와 소금을 친 감자칩, 커피 아이스크림을 발견하곤 했다.

한번은 공항에서 탑승한 비행기가 이륙하기 직전에 똑똑한 젊은 이탈리아인을 만났다. 그는 내 옆자리였고, 내가 졸업한 대학교 이름이 적힌 가방을 가지고 있었다. 그는 내가 졸업한 대학교에서 교편을 잡고 있었는데, 1년 동안 언어 강좌를 맡아줄 사람을 찾고 있다고 말했다. 나는 지원서를 냈고, 그 자리를 제안받았다. 남편이 나를 공항까지 데려다 주었고, 우리는 크리스마스에 만나자고 했다.

나는 한 원로 교수의 거대한 주거지 뒤, 이미 가구가 비치된 별채에 거주했다. 불그스름한 원목 마루, 저녁에 불을 붙이는 진짜 벽난로, 다락방의 작은 창문들이 있는 아늑한 공간이었다. 약간 구부러진 열쇠 하나로 문을 열었다. 다시 나는 푸른 잔디와 키 큰 나무들에 둘러싸였고, 풀을 베고 나뭇잎을 쓸어내는 기계 소음을 들었으며, 아침에 삽으로 눈을 퍼내는 걸 보았고, 거센 바람에 집이 삐걱거리는 소리를 들었으며, 눈 내린 뒤 얼어붙은 보도를 어떤 목적지에 가기 위해서가 아니라 오직 산책을 위해서 걸었다. 예전의 삶에 다시 온 것, 예전과 같은 건물, 캠퍼스 잔디밭에 놓인 예전의 조각상, 내가 학생 때 푼돈을 벌었고 내가 가장 좋아하는 벽감 안 안락의자가 나를 기다렸던 예전의 그 도서관에 다시 온 것은 감동이었다.

나는 가르치는 것을 좋아했고, 여학생들은 훌륭했고, 나에게 많은 질문을 했다. 어떤 동료들은 나에게 친절했으며 나를 저녁 식사에 초대하기도 했다. 두 번째 학기에는 수십 년 전에 들었던 단테 강좌도 수강했다. 공항에서 만난 그 젊은 교수의 시험 답안지 수정을 돕기도 했다. 별채는 나를 유쾌하게 했다. 내가 이곳에 살기 전에 어떤 예술가가 문과 벽난로 위에 귀여운 그림을 그려놓았다. 일요일이면 나는 아버지를 만나러 갔고, 개울을 따라 숲속을 말없이 걸었다. 나는 항상 시어머니의 레시피로 아버지가 좋아하는 도넛을 만들었다. 사나흘에 한 번씩 남편과 전화 통화를 했다. 남편은 로마, 태양과 비, 우리의 친구와 친척들, 그의 일에 대해 이야기했다. 때때로 남편이 일요일에 프레제네나 안치오에서 개와 함께 긴 산책을 하다가 전화를 걸어오면 나는 남편이 누구와 함께 있는지 궁금했다. 연말에 대학에서는 3년 재계약을 제의했다. 나는 여름과 겨울에 로마로 돌아갈 수 있었다. 남편이 딱 한 번 별채로 나를 찾아왔는데, 나뭇잎이 연둣빛으로 돋아나려 하고 나뭇가지 윤곽이 잔디밭에 벌거벗은 선명한 그림자를 드리울 때인 우울하고 짧은 부활절이었다. 조금 더 가니, 우리와 그들 사이에 긴 거리가 있어서인지 일곱 그루의 황금 나무 같은 헛것이 보였다.*

남편은 우리가 살던 집에 계속 살았는데, 나는 남편을 위해 같은 지역에 있는 더 작은 집을 찾아주었다. 다육식물이 있는 작은 테라스, 손님방 즉 혹시 올지 모르는 딸을 위한 손님방이 있다. 우여곡절을 겪으면서도 남편과 나는 여전히 결혼 상태이고, 우리는 친구로 남아 있다. 그래서 만약 내가 로마에 돌아가는 경우, 우리는 여전히 함께 점심을 먹으러 간다.

6

경험했거나 눈으로 봤거나 실수했거나 세심하게 탐구했던 이야기는 무겁다. 어떤 것은 일상생활에서 사용하고 버리는 에너지를 능가한다. 깊은 기억은 시냇물에 비친 수없이 많은 뿌리, 끝없는 복제 같다. 그러나 모든 이야기는 모든 삶과 마찬가지로 특정 지점까지만 지속된다. 자신을 위해 준비된 수프 몇 스푼을 맛보기를 기다리며, 간호사가 목덜미 뒤로 머리를 모아주길 기다리며 머리를 풀어 내린 채 어제 세상을 떠난 시어머니처럼. 이제 주님, 그들은 평안을 찾았

* 단테 알리기에리, 「연옥편」, 『신곡』, 29곡 43~45.

습니다. 주님께서 그들에게 주시고 남아 있는 평안, 그 무엇도 방해할 수 없는 평온, 흔들리지 않는 평온을 찾았습니다.

7

장례식장에는 사람이 많지 않고, 나는 핵심 가족이다. 남편의 친척들과 동료 몇 명이 보인다. 내가 정규적으로 바에서 만나 수다를 떨곤 하던 여자 친구들이 보인다. 몇 명은 나처럼 별거 상태이거나 이미 남편과 사별했고, 몇 명은 아직 결혼을 유지하고 있다. 우리는 거의 모두 오십대인데, 육십대가 다가오고 있다는 의미다. 우리는 두세 개의 테이블을 합쳐놓고 이야기를 잠깐 나눈다. 질병, 계획, 호르몬, 자녀, 중년에 고아가 된 느낌, 단조로이 보내는 긴 저녁 시간, 자식이 친구와 문자를 주고받을 때 끼어들면 부모를 마치 침입자처럼 대하는 것에 대한 당혹감을 이야기한다. 내가 로마에 있으면 우리는 함께 외출하고, 영화관이나 극장에 가고, 강변에서 가볍게 한잔 마시거나, 세상의 모든 범법 행위를 보호하고 숨겨주는 분위기의 군중 속을 함께 산책한다. 우리는 저녁 식사와 휴가, 트레킹을 계획하고 1년에 한 번 일주일 동안 어디서나 바다가 내려다보이는 멋진 집을 빌린다. 우리는 온라인으로 집을 검색하고, 채팅으로 댓글을 달고, 집주인이 누구인지 궁금해한다.

삶의 여정 중간에 있는 이 여성들은 내 인생의 세 번째 가족이다. 우리 역시 상처, 실망, 고뇌를 덮어줄 큰 집단적 덮개를 만들었다. 그렇지 않으면 나는 왜 거의 매일 새벽 3시에 잠에서 깨어 세상의 다른 두 끝에서 친구 중 누군가가 집안을 돌아다니고 있다고 확신하는 걸까? 나는 왜 아직 어린 내 딸이 방마다 뛰어 돌아다니거나 내가 샤워를 하고 있는지 확인하려고 문을 노크한다고 생각하는 걸까? 아니면 아침에 남편이 그 시각 주방에서 첫 번째 커피를 내리고 잼을 꺼내고 있다고 생각하는 걸까? 거리는 유용하다. 정기적으로 관점을 바꾸는 데도 유용해서 긴 결혼 생활의 결론을 덜 무겁게 한다. 그래서 슬픈 어린 시절, 덮개를 덮고 있던 청소년기, 모든 것을 망치지 않았나 하는 두려움이 계속되진 않는다.

나는 일주일 후에 로마—피우미치노 도로 위를 다시 택시를 타고 달려 세상의 다른 끝으로 갈 것이다. 아홉 시간의 비행. 아마도 숨 가쁜 여정이 나에게 좋을 것이다. 나는 그곳으로 돌아가 학기를 마치고 코트를 어디에 둬야 라디에이터 위에서 코트가 따뜻해지는지 아는 도서관에서 많은 시간을 보낼 것이다. 집에 가기 위해 밖으로 발을 내딛자마자 귀가 얼어붙는다. 아직 나무에 붙어 있는 단풍잎을 하나씩 세어본다. 단풍잎이 떨어져서 창문 유리에 부딪힐 때 쉭쉭거리는 마른 소리가 빗소리 같다. 이따금 해 질 녘에 나는 풀밭에 앉아 있는 토끼를 본다. 토끼의 몸은 동글동글하고 탱글탱글하다. 토끼의 검은 대리석 눈은 아무것도 보지 않거나 또는 모든 것을 응시하고 있다. 토끼는 두려움을 보인다. 아니, 단순히 내 두려움을 보여주는 것 같다. 내가 그렇게 자주 이동하지 않고 살았다면, 방랑하는 영혼이 내 운명이 되지 않고 살았다면 어땠을지 궁금하다.

단테의 시대에 한 번 이상의 삶을 살 거라는, 혹은 단 한 번도 온전한 삶을 살 수 없을 거라는 형벌을 받은 사람들이 있었을까? 오후 5시 반에 이미 짙은 어둠이 찾아오고, 안에서 기다리는 사람이 없다는 것을 아는데 구부러진 열쇠로 별관 문을 여는 건 힘든 일이다. 정문과 찬기를 막는 유리 금속 문 안으로 들어갈 때마다 등 뒤에서 엄청난 무게를 느끼고, 첫 번째 문에 압도되는 와중에 뒤적뒤적 열쇠를 찾는 것은 불편하다. 문이 닫히기 전에 들리는 피곤한 한숨 소리는 육중한 문에서 나는 소리일지 아니면 나에게서 나오는 소리일지 궁금하다.

나는 두 얼굴을 가진 내 삶의 학문적 해안을 일종의 연옥이라고 부르고 싶다. 로마는 여전히 천국과 지옥 사이에서 흔들린다. 부서지고, 잘못되고, 상처받고, 버려지고, 죽은 것들로 가득 차 있지만, 나는 연결된 실을 자를 수가 없다. 테라스에 있는 다육식물은 관리하기 힘들어서 내가 집을 비우는 것을 용서하지 않는다. 물이 너무 많거나 부족했을까? 다육이 옥수수나무 잎은 왜 만지면 떨어질까? 피부가 얇아져서인지, 아니면 최근 몇 년간 도로에 박혀 있는 충돌 방지 기둥이나 나무토막 같은 딱딱한 것에 손을 부딪혔기 때문인지 피가 다르게 흐르기 시작했다. 설거지를 하다가 냄비에 손가락 하나가 부딪히기라도 하면 작은 혈종이 생겨 아주 아프다. 나는 내가 물건들을 고장 내고 엉망으로 부수어놓던 새 부츠를 얼룩지게 하고 방금 산 비싼 블라우스를 더럽히던 그 멍청한 바보 같다. 만년필의 매부리코처럼 삐뚤어진 펜촉이 너무나 아깝다. 이것이 첫 번째 단테 알리기에리가 예언한 특별한 삶일까?

빛은 더 이상 대성당 안으로 들어오지 않고, 태양은 사라졌다. 너무나 멀리 있다고 느껴짐에도 불구하고 하늘은 그리 멀리 있지 않습니다. 나는 천장에 붙어 있는 성상을 다시 올려다본다. 곧 떨어질 듯 매달려 있다. 하지만 성상은 떨어지지 않는다. 손으로 써서 전달한 말, 우정, 세포, 표범무늬 신발과 과거의 일요일 점심, 청소년 시절과 성인 시절의 열정, 칼과 소형 가전제품을 파는 상점, 부모님의 불안, 아이들의 목소리, 접시 가장자리에 놓인 조개껍데기만이 떨어진다. 약간의 아쉬움이 남아 있다. 나는 남편의 용서를 기다리고 있고, 열일곱 살

때 만난, 불안에 떨었지만 대담했던 청년에게 나도 그를 사랑한다고 말하기를 기다리고 있다.

8

오늘에서야 나는 단테 알리기에리 얘기를 누구에게도 말한 적이 없다는 것을 깨달았다. 지금까지 단테는 내 기억의 책 속 그 부분에* 둥지를 틀고 있었다. 나는 아직도 단테를 꿈꾼다. 그는 손전등을 손에 들고 걸어서 왔고, 유리 금속 문 너머에서 나를 기다리고 있다. 그가 나를 보러 왔다.

9

우리는 일어났다. 마치 교회가 자신의 작업실인 양 홀린 듯 앉아 글을 쓰고 있는 신사가 보인다. 나는 그 뒤편의 다른 관광객들을 본다. 그들도 시어머니의 장례식에 있었다. 수십 년 전, 버스 정류장에서 남편을 만나기 전, 나는 여전히 나의 새로운 삶을 기다리며 관광객들 사이에 있었던 것 같다. 더 나은 세상을 위해 우리 곁을 떠난 이들이 우리 곁에 더 가

* 단테 알리기에리, 『새로운 인생La vita nuova』, 1장 첫 구절.

까이 있습니다. 이제 와서 생각하니 나는 사람이 아닌 장소와 결혼했다는 이상한 느낌이 든다. 나는 지구 반대편이 아닌 여기서 죽기를 바란다.

관이 운구되고 우리는 줄을 서서 교회를 떠난다. 시어머니를 영구차에 싣는 동안 나는 나를 너무나 몰랐던 내 엄마를 애도한다. 이제 시어머니는 그녀의 남편 옆에, 한때 내가 돌을 들어 올리며 찾던 곤충들과 함께 땅 아래 묻힐 것이다. 영원히 하나의 덮개가 덮였다. 무덤 속에 누운 사람들이 보이지 않을까요? 모든 뚜껑이 이미 열려 있고, 누구도 감시하지 않는데요.* 나는 여러 사람들과 포옹했고, 마지막으로 남편과 포옹한다. 나는 남편에게 피곤하다고, 비행기에서 잠을 못 잤다고, 공동묘지까지 따라갈 수 없다고 말한다.

남편은 와줘서 고맙다고 말한다.

"우리는 어머니가 그리울 거야."

그는 상냥하게 대답한다. "어머니는 당신을 매우 사랑하셨어."

남편은 나이가 들었지만 나와 함께 살지 않는다. 남편은 이웃 여자와 함께 자신의 차로 걸어가기 전 나에게 인사하고 양쪽 볼에 입맞춤한다.

* 단테 알리기에리, 「지옥편」, 『신곡』, 10곡 7~9.

살아남는 법을 배우려면 얼마나 오래 살아야 할까?

몇 번이나 새로운 삶을 시작할 수 있을까?

나는 여자 친구들과 저녁 식사를 할 계획이다. 광장 위로 맑은 하늘이 펼쳐진다.

"참 엿같은 도시야." 우리 중 한 명이 침묵을 깨고 말한다. "하지만 너무나 아름다워."

옮긴이의 말

줌파 라히리는 미국에서 활동하는 인도계 이민 2세대로 이주 문학, 트랜스컬처 문학의 대표자이다. 영어로 쓴 작품으로 퓰리처상을 수상하기도 했던 그녀는 이탈리아어에 대한 호기심과 자신의 글쓰기 세계를 확장시키려는 욕구 때문에 이탈리아로 이주해 3년간 거주했고, 꾸준히 이탈리아어를 공부하면서 이탈리어어 작품을 발표하고 있다. 이탈리아의 언어와 문화는 라히리에게 새로운 정신적 공간을 열어주고 탈주를 허락했으며, 정해지고 주어진 정체성이 아니라 스스로 또 다른 정체성을 찾아나가게 해주었다.

라히리는 이전 산문집 『이 작은 책은 언제나 나보다 크다』에서 작가의 정체성 탐구와 새로운 언어를 찾아가는 탈주 사이의 관계를 성찰했다. 산문집에서 밝혔듯 그녀가 글을 쓰는 이유는 존재의 신비를 탐구하고 느끼기 위해서, 불완전을 잊기 위해서, 벽을 허물기 위해서, 자신을 순수하게 표현하기 위해서이다. 산문집에서 보여줬던 불안한 내면과 정체성에 대한 사색은 첫 이탈리아어 소설 『내가 있는 곳』에서 이름 없는 주인공의 내면적, 외면적 공간 이동을 통해 표현된다. 주인공은 뿌리를 내리고 소속감을 느끼고 싶지만 동시에 자신의 경계를 넘어 새로운 세계로 나아가고 싶은, 다른 정체성을 찾아가고 싶은 욕구를 함께 지니고 있다. 작가 라히리는 주인공의 모습을 통해 자신이 물리적 공간에 머물기보다는 늘 떠나기를 기다리며 언제나 움직이는 유목민, 즉 노마드적 존재임을 보여주고 있다. 라히리는 특정한 가치와 삶의 방식에 얽매이지 않고 끊임없이 자기를 부정하면서 새로운 자아를 찾아가는 작가이다.

줌파 라히리의 두 번째 이탈리아어 소설인 『로마 이야기』는 로마에 사는 다양한 인간 군상을 그린다. 라히리가 묘사하는 로마는 과거와 현재가 공존하는 아름다운 도시뿐만이 아니라 로마의 중산층 시민, 이주민, 불법체류자, 유학생, 관광객 들이 공존하는 혼종의 도시이다. 문화적, 사회적 현실이 다른 나라에서 새로운 희망을 찾아 로마로 온 사람들, 로마에 뿌리를 내리지 못한 채 살아가는 이민자들의 이야기가 많다. 소설의 제목은 1954년 나온 알베르토 모라비아의 단편집 제목과 같다. 모라비아는 자신의 단편집 『로마 이야기Racconti Romani』에서 제2차 세계대전을 겪고 경제 부흥의 기적을 앞두고 있던 과도기의 로마, 가난한 노동자에서부터 부유한 중산층에 이르기까지 다양한 로마인들의 모습을 그렸다. 라히리는 그로부터 약 70년의 세월이 흐른 하이브리드 시대, 혼종의 시대 속 로마와 그 안에서 조용히, 그렇지만 치열하게 살아가는 사람들의 모습을 그리고 있다.

소설의 배경이 로마지만 로마라는 지명은 몇 번 거론되지 않으며 로마의 구체적인 지명과 등장인물의 이름도 잘 언급되지 않는다. 라히리는 이름이 가지는 무게와 중요성을 알고 있다. 이름은 규정하고 구체화한다. 이름은 우리의 태생이나 모국어처럼 부과된다. 라히리는 이름이 부여하는 정체성 너머에 있는 개인의 또 다른 본질에 관심을 가진다. 이름을 제거하는 것은 라히리에게 어떤 무게에서 자유로워지는 걸 의미한다. 이름이 없으면 경계가 허물어지고 의미가 확장된다. 이탈리아어 소설을 쓰면서 새로운 문체를 시도하고자 했던 라히리는 이름을 없애고 모든 것을 추상적이면서 보다 열린 것으로 만들고자 했다. 그렇게 소설 속 주인공의 이야기는 우리 모두의 이야기로 확장된다.

『로마 이야기』는 모두 아홉 개의 이야기로 구성되어 있다. 첫 번째 작품의 제목이 「경계」인 것은 의미가 있다. 주인공 소녀는 국경, 즉 경계를 넘어 이민 온 이민 2세대이며, 로마 외곽에서 부모님을 도와 작은 펜션을 관리하고 있다. 그녀의 아버지는 로마의 한 광장에서 꽃을 팔다가 폭력을 당하고 도시 외곽으로 밀려났다. 그녀의 가족은 로마에 뿌리를 내리지 못한 경계에 선 사람들, 고국이라는 경계를 넘어왔지만 이곳 경계에는 들어가지 못한 사람들의 상처를 보여준다.

두 번째 작품 「재회」는 어두운 피부색 때문에 경멸의 시선을 받는 교수의 슬픔과 굴욕감을 보여준다. 예전과 달리 여러 인종이 섞여 살아가지만 여전히 '차이'를 수용하지 못하고, 자신의 모습, 자신의 신념과 다른 것에 경멸과 조롱을 보내는 지금 우리의 모습이 담겨 있다.

세 번째 작품 「P의 파티」는 아내의 친구인 P의 생일 파티를 떠올리는 로마 중산층 부부의 이야기이다. 부부는 아들을 다 키워 외국으로 떠나보내고 이젠 서로에 대한 열정을 잃은 채 각자의 삶을 좇는다. 남편은 실제 불륜을 저지르진 않지만 P의 파티에서 만난 외국인 여성에게서 사랑을 느끼고 잠깐이나마 열정에 불타면서 창작의 힘을 얻는다.

네 번째 작품 「밝은 집」은 제목과 달리 내용이 어둡다. 시민권이 없는 이민자 가족이 햇볕이 잘 드는 작은 아파트를 어렵게 구하지만, 그곳 아파트 주민들의 파시즘적 증오와 인종차별을 겪은 후 결국 쫓겨나, 아내와 아이들은 고국으로 돌아가고 남편은 부랑자 신세가 된다. 유럽 사회에 아직도 존재하는 나치즘과 파시즘의 흔적을 보여준다.

다섯 번째 작품 「계단」에는 계단을 자주 오르내리는 여섯 인물의 이야기가 담겨 있다. 고향에 두고 온 아이들을 그리워하며 자신이 맡은 아이들을 정성껏 돌보는 외국인 가사도우미, 방탕한 젊은이들이 밤사이 계단에 남겨놓은 쓰레기 때문에 고통받는 깐깐한 성격의 미망인, 남편의 일 때문에 로마에 와서 살게 됐는데 외국 땅에서 수술까지 받게 돼 더더욱 고향을 그리워하는 외국인 여성, 학교의 이탈리아인 친구들처럼 자유로운 학창 시절을 보내고 싶지만 부모님 나라의 관습을 따를 수밖에 없는 이민 2세대 여학생, 동성애자였던 아버지의 장례식 참석차 로마로 돌아와 어릴 적 기억을 되새기는 형제, 이혼한 전처의 아이들과 현재의 아내 그리고 아이들을 떠올리며 계단을 오르던 중 강도를 만나 시계를 빼앗기는 시나리오 작가가 그 등장인물 들이다. 이 작품은 마치 한 골목을 중심으로 그 골목 사람들의 이야기를 그리듯, 로마를 대표하는 계단을 자주 오르내리는 사람들의 일상과 아픔, 상처를 그리고 있다.

여섯 번째 작품 「택배 수취」는 간간이 집안일을 도와주는 집주인 아주머니의 택배를 찾으러 갔다 오는 길에 피부색이 다르다는 이유로 오토바이를 탄 소년들로부터 공기총 총격을 받는 이민자 소녀의 이야기이다. 범죄를 저지른 소년들은 아무런 가책을 느끼지 않고 태연히 해수욕을 간다. 소녀는 캄캄한 밤에 계단에서 잡담을 나누며 노는 젊은이들 무리에 끼고 싶지만 늘 배제되는 자신의 처지 때문에 총알 하나가 가슴에 박힌 것처럼 아린 통증을 느낀다.

일곱 번째 작품 「행렬」에서는 자식을 잃은 부부가 로마에 와서 위안을 찾으려 하지만 그 상실감을 극복하지 못한다.

여덟 번째 작품 「쪽지」에서는 쌍둥이 아들들을 다 키워 내보내고 양장점에서 일하며 과거의 단란한 시절을 회상하던 여성이 초등학교에서 잠깐 아이들을 돌보는 일을 맡게 되는데, 생김새와 피부색이 다르다는 이유로 아이들로부터 떠나라는 협박 쪽지를 받는다. 여성은 그 종이쪽지를 입 안에 넣고 녹인 다음 삼킬 수밖에 없다. 이민자로서 겪어야 하는 설움을 곱씹으며 삼켜 넘길 수밖에 없다.

아홉 번째 작품 「단테 알리기에리」에서 단테의 『신곡』을 사랑했던 미국인 여학생은 로마에 왔다가 이탈리아 남성과 사랑에 빠져 결혼하고 좋은 시부모 아래 행복한 가정을 이루지만, 어느 순간 불륜을 저지르게 되고, 다시 미국 대학에서 일자리를 얻어 이탈리아와 미국을 오가는 생활을 한다. 그녀는 남편과 이혼하지는 않지만 남편은 이웃 여자와 함께 살고 있고, 그녀는 시어머니의 장례식 참석을 위해 로마를 다시 찾는다. 로마는 "참 엿같지만 너무나 아름답다"는 친구의 말 속에, 여러 인종이 공존하며 살아가는 어둠과 빛의 도시 로마가 극명하게 표현되어 있다.

줌파 라히리는 지난 이탈리아어 작품들에서 경계를 넘어 새로운 세계, 새로운 자아를 찾아가는 존재의 불안을 부드럽고 단순하면서도 폐부를 찌르는 예리한 언어로 표현해냈다. 이번 작품 『로마 이야기』에서는 불안한 존재, 여러 타인들이 혼재하며 살아가는 혼돈의 공간을 에피소드 속 상황을 통해 독자가 느끼게 만든다. 이전과는 달리 작품 속 어휘가 로마에 사는 인물들의 실제 언어를 표현하듯 생생하다. 라히리는 깊은 성찰이 엿보이는 문장뿐 아니라 정확히 묘사된 상황을 통해 잔잔한 울림을 준다. 줌파 라히리의 또 다른 변화를 느끼며 좋은 책을 번역할 기회를 준 마음산책에 감사드린다.

2023년 서울에서

이승수